KB072826

FUSION FANTASTIC STORY

가프 장편 소설

9급 공무원 포에버

Forever

9급 공무원 포에버 5

가프 장편 소설

초판 1쇄 찍은 날 § 2015년 3월 16일
초판 1쇄 펴낸 날 § 2015년 3월 23일

지은이 § 가프
펴낸이 § 서경석

편집부장 § 권태완
편집책임 § 한준만

펴낸곳 § 도서출판 청어람
등록번호 § 제387-1999-000006호
등록일자 § 1999. 5. 31
어람번호 § 제1-2080호

주소 § 경기도 부천시 원미구 부일로 483번길 40 서경B/D 3F (우) 420-822
전화 § 032-656-4452 팩스 § 032-656-4453
http://www.chungeoram.com
E-mail § chungeorambook@daum.net

ISBN 979-11-04-90162-1 04810
ISBN 979-11-04-90071-6 (세트)

5

FUSION FANTASTIC STORY

가프 장편 소설

9급 공무원 포에버 Forever

도서출판 청어람

9급 공무원 포에버

Forever

CONTENTS

1장

성골 위에 황골(皇骨)

"이어, 조탁대 주무관!"

차 앞에 선 고동길이 손을 흔들었다. 영하 10도를 넘는 맹추위가 서릿발처럼 봉황시의 하늘을 얼려 버린 아침이었다.

"잘 다녀와라."

집 앞까지 나온 마더의 배웅을 받으며 탁대는 고 기자의 차에 올랐다.

"무지하게 추운데?"

"그러네요. 이런 날 오시게 해서 죄송합니다."

탁대는 조수석에서 인사를 전했다.

고 기자를 호출한 건 탁대였다. 탁대의 전화는 자정 너머까지 울렸다. 오죽하면 전화기를 꺼버릴 정도였다.

'바른 길을 가는 자네를 응원하네. 그 길 위에서 내 생각은 말

게나.'

꿈속에서 만난 로르바흐는 한마디로 탁대를 지지했다. 대마법사의 품격은 역시 달랐다. 처음엔 자신에게 내린 천형에 좌절하는 것도 같았지만 그 천형을 달게 받아들인 지금은 180도 변했다. 세입자인 자신보다 집주인 탁대의 길을 응원하는 것이다. 더불어 혜자와의 교제에 대한 축하도 받았다.

"시청이 시끌벅적한 거 같던데 결과가 나왔나?"

"네."

"뇌물 처먹은 인간들 다 밝혀졌어?"

"12명 다 나오긴 했습니다만……."

"흐음, 눈치를 보니 나한테 말하기 곤란한 모양이군."

"원하시면 공개하겠습니다."

"아니야. 그냥 둬. 솔직히 나도 인간인데 누군가의 아킬레스건을 잡고 있으면 이용하고 싶어지거든."

"그렇군요."

"나를 호출한 건 청탁 봉쇄 때문인가?"

"딱 아시네요."

"좁은 봉황시잖나? 솔직히 나라도 구린 일이 걸리면 인맥 동원해서 지우려 하겠지. 아니, 봉황시만 그런가? 지금 대한민국 돌아가는 꼴이 다 그렇잖아? 청와대, 국회, 기업… 누구 하나 양심적이고 청렴한 멘토가 없다니까."

"……."

"불렀으면 시나리오도 얘기해야지. 그냥 시청 앞에 내려주면 되나?"

“저는 여기다 내려주십시오.”

탁대는 시청이 보이려 하는 지점에서 하차를 원했다.

“어쩌려고?”

“기자님은 지금 바로 시청으로 가셔서 저를 기다리고 계십시오. 그런 다음에 제가 들어서면 달려와 기사 감 없냐고 물어주시면 됩니다.”

“옳거니! 기자가 붙었으니 청탁하려던 찌질이들이 제풀에 겁을 먹고 물러설 거다?”

“예!”

“그럼 탁대 씨가 내 차를 탄 걸 본 사람이 있다면?”

“그때는 거의 유괴 수준이었다고 말하면 될 것 같습니다.”

“이야. 국민영웅, 국민영웅 하길래 정의감만 압권인 줄 알았더니 머리도 좀 도네?”

“이 은혜는 나중에 꼭 갚겠습니다.”

“뭘로 갚을 건데? 자네가 시장이라서 지역신문에 예산을 줄 것도 아니고…….”

“혹시 기자님 차가 브레이크 풀려 돌진하면 제가 세워드릴 수도 있지요.”

탁대는 진지한 눈빛으로 고 기자를 바라보았다. 그 눈빛에 압도된 고 기자는 피식 웃어버렸다.

부릉!

탁대를 통학로 앞에 내려놓은 고 기자의 차가 시청을 향해 출발했다. 여전히 차가운 바람. 서너 명의 여학생이 깔깔거리며 탁대를 지나갔다.

좋을 때.

갑자기 그런 생각이 들었다. 사람은 어릴수록 웃음이 많다. 특히 아기를 보라. 손만 닿아도 까르르 폭소를 터트린다. 그런데 나이를 먹으면 자꾸 웃음이 줄어든다. 오늘 아침의 탁대도 그랬다. 무사히 사무실까지 들어갈 생각을 하니 비장해지기까지 했다.

"까악!"

그때 탁대 뒤에서 여학생들이 비명을 질렀다.

'바바리맨?'

혹시나 싶은 생각에 재빨리 돌아보는 탁대. 만약 바바리맨이라면 바바리를 활짝 벌린 상태로 찬 바닥에 붙여 버릴 생각이었다.

뒤돌아본 탁대는 하핫 얼굴을 붉히며 웃었다. 두 여학생이 손을 잡은 채 엉덩방아를 찧은 모양이었다. 억지로나마 웃은 탁대는 옷깃을 여미며 시청으로 향했다.

'까짓것 청탁이고 나발이고!'

"이어, 조 주사, 일찍 오네."

청사 앞에서 맹대우 방호장이 인사를 건넸다. 그는 추위에도 아랑곳없이 제복에 모자를 단정히 갖추어 쓰고 반갑게 탁대를 맞이했다.

"수고하세요."

겸손히 인사를 하고 청사로 향할 때였다. 현관문을 열고 나오는 사무관 두 사람이 보였다. 힐금 주차장을 돌아보았다. 야속하게도 고 기자가 보이지 않았다.

'분명히 들어왔을 텐데?'

우려는 오래가지 않았다. 고 기자가 청사 안에서 나왔기 때문이었다.

"어이, 조탁대 씨!"

고 기자는 지나가는 행인에게도 들릴 만큼 큰 소리로 탁대를 부르며 다가왔다. 탁대를 기다리던 사무관 두 사람의 인상이 구겨지는 게 보였다.

"듣자니 비리 공무원들 리스트 나왔다는 소문 돌던데, 주민을 위해 공개 좀 합시다."

고 기자의 목소리는 계속 높아졌다.

"아직 파악 못 했습니다."

"어, 이러면 곤란해."

"죄송합니다."

탁대는 찡긋 윙크를 남기고 서둘러 청사로 들어섰다. 고 기자는 바로 탁대를 쫓아왔다. 5층으로 올라가는 계단참에 인사팀장 이형민이 서 있었지만 그도 탁대를 아는 척하지 못했다. 고 기자가 보였기 때문이었다.

감사실까지 따라온 고 기자는 권 팀장을 상대로 다그친 후에야 돌아갔다. 탁대가 기대했던 것보다 더 훌륭한 연기였다.

잠시 후에 도 과장이 출근을 했다.

"보고서 작성은 끝났나?"

도 과장은 겉옷을 벗지도 않은 채 탁대 옆에서 물었다.

"예."

"결재받을 거 없이 그냥 시장실로 들고 가."

"……?"

그 말에 눈이 휘둥그레진 사람이 많았다. 우선 선우 팀장. 그래도 자신이 직속 팀장이니 결재가 넘어오길 바라던 그였다. 다음으로 권 팀장. 딴에는 두 명의 이름을 지웠지만 그 역시 탁대의 보고서가 궁금하기는 마찬가지였다.

"과장님!"

권 팀장은 칼칼한 목소리로 도 과장을 바라보았다. 하지만 도 과장은 권 팀장에게 쐐기를 박아넣었다.

"솔직히 우리 이름이 있다고 해도 모르는 게 좋아. 알면 온갖 구설에 오르거나 리스트에 적힌 사람의 원망을 듣지 않겠나?"

도 과장이 권 팀장과 눈싸움을 하고 있을 때 탁대 책상의 전화기가 부산하게 울렸다.

따르릉!

"두 명이 빠졌군."

시장실에서 단둘이 독대한 탁대와 시장. 시장은 보고서의 명단을 보더니 신중하게 입을 열었다.

"……."

"파악이 안 된 건가? 아니면 뺀 건가?"

"……."

"조탁대!"

시장이 대답을 재촉했다.

"외람되지만 시장님께서 아실 것 같아 적지 않았습니다."

"……?"

허를 찔린 시장은 가는 신음을 토해냈다.

"나 말인가?"

"……."

"대단하군. 역시 조탁대야."

시장은 두어 번 박수를 쳐 주었다.

"송구합니다."

"그래도 한 사람이 모자라."

"한 사람은……."

잠시 주저하던 탁대는 오래지 않아 뒷말을 이었다.

"기광준 팀장 자기 자신입니다."

"자기 자신?"

"12병을 샀지만 한 병은 자기가 마셨다는군요."

"허어, 그 친구……."

"그럼 저는 이만……."

탁대는 목례를 하고 자리에서 일어섰다.

"앉게. 이제 시작 아닌가?"

"시장님……."

"나도 해명을 해야 할 테고."

"저한테 해명하실 일은 아닌 거 같습니다."

"어쨌든 기자가 12명이라는 단서를 가지고 왔으니 숫자는 맞춰야 할 거 아닌가?"

'숫자를 맞춘다고?'

탁대는 살짝 긴장했다. 아무래도 제물 하나가 필요하다는 걸까?

"마지막 한 명은 송영철이라고 적어놓을 텐가? 내가 받은 술은 거기로 갔거든."

'송영철?'

낯익은 이름. 하지만 선뜻 떠오르지는 않았다. 그 답은 시장 김성곽이 내놓았다.

"우리 시 국회의원이시네."

"……?"

탁대는 한 방 얻어맞은 기분이었다. 시청 직원도 아니고 국회의원이라니?

"적어 넣을 텐가?"

시장은 탁대에게 꽂힌 눈빛을 거두지 않았다.

"적겠습니다."

골똘하던 탁대는 보고서를 집어 들었다. 국회의원이고 나발이고 비리 연루자라면 망설일 게 없었다.

"STOP!"

탁대가 볼펜을 꺼내들 때 시장이 제동을 걸었다.

"자넨 진짜 마인드가 다르군. 그만하면 되었네."

"시장님!"

"명절에 인사갈 때 내가 빈손으로 가기가 뭐해서 그 양주를 가져다준 건 맞네만 사안이 그렇다 보니 그렇게 엮을 수야 없겠지. 자칫하면 국회 쪽 통로를 잃게 되어 예산 문제부터 꼬일 수 있으니까."

"……."

"부족한 한 명의 자리에는 도 과장과 권 팀장, 선우 팀장과 이 팀장의 이름을 적어 넣겠네. 그러면 보상이 되겠나?"

김성곽은 뜻밖의 카드를 꺼내들었다.

"그들은 마땅히 책임을 져야지. 직무를 감시할 처지에 있으면서 대충 넘긴 과실이 있잖나?"

"시장님……."

"하긴 12명이니 한 명만 희생하면 되겠군. 권 팀장으로 가세."

"그건 알아서 하시기 바랍니다."

탁대는 의례적으로 답했다. 굳이 의사를 표명해 후환을 남길 일이 아니었다.

"나도 잘못이 있으니 스스로 처벌을 받겠네."

시장은 그 길로 탁대를 내보내고 긴급 간부 회의를 개최하라고 비서실에 통보했다.

3시간 후에 회의실에서 간부회의가 소집되었다. 시청 소속 6급 이상 간부가 전원 참석하는 자리였다. 탁대는 팔호, 유 주임, 양 주임 등과 함께 복도에서 간부를 안내했다. 본래 총무과가 해야 할 일었지만 시장이 감사실에 주관을 맡긴 것이다.

자리에 앉은 간부들은 웅성거리느라 바빴다. 얼굴색도 굳었다. 이미 12인의 리스트 작성이 끝난 걸 아는 마당이었으니 리스트에 오른 사람들은 올랐기 때문에, 오르지 않은 사람들은 공연한 불똥이 튈까 전전긍긍하는 것이다.

"시장님 오십니다."

간부들이 다 모이자 비서실의 여직원이 알려왔다.

"……?"

시장을 본 탁대는 소스라치고 말았다. 비서실장을 대동하고 걸어오는 김성곽. 그의 머리가 시원하게 빛나는 게 아닌가?

'삭발?'

그제야 탁대는 아까 시장이 한 말을 깨달았다.

스스로 처벌을 받겠네.

그는 시장이다. 그러니 삭발로 자신을 징계한 것이다.

회의실 안에서는 시장의 목소리만 높았다. 다른 사람들은 숨소리도 들리지 않았다. 이날 시장은 격앙된 목소리로 간부들을 질타했다. 그리고 감사실 간부를 포함해 리스트에 오른 사람들은 전부 견책의 징계를 내리도록 지시했다.

다만 기광준 팀장에게는 아무런 징계도 내리지 않았다. 그에게 결정된 건 직위해제였던 모양인데 쪽이 팔릴 대로 팔린 그가 사직 의사를 밝혔기 때문이었다.

그러나!

엉뚱한 데서 대사건이 터졌다.

회의가 끝나기 무섭게 방호원이 옥상을 바라보며 비명을 지른 것이다.

"사람이다!"

어둠이 내리고 민원이 끊긴 퇴근 직후, 옥상 난간에 선 사람은 안병모 과장이었다. 놀란 공무원들이 몰려나와 옥상을 바라보았다.

"나는 결백하다. 결백하다고!"

안 과장은 어둠이 찢어져라 소리쳤다. 움직일 수 없는 증거가 나왔음에도 혼자 꼴값을 떠는 것이다.

"이봐, 안 과장. 그러지 말고 내려와. 신문기자라도 보면 일이 더 커질지도 몰라."

퇴근길에 시장을 모시고 나온 총무국장이 안 과장을 설득했지만 듣지 않았다.

"경찰 불러야겠는데요. 저러다 떨어지면……."

시장 옆에 붙어선 또 한 사람, 권 팀장이 말했다.

"제가 설득하겠습니다."

그때까지 침묵하던 탁대가 나섰다. 결자해지라 했다. 양주 건을 파헤친 게 탁대였으니 누구도 제지하지 않았다.

"그냥 무조건 잘못했다고 하고 내려오도록 하게. 자칫하다 떨어지면 큰일이야."

권 팀장의 주문은 한결같았다.

'그건 당신 생각이고.'

탁대는 방호원들에 앞서 옥상으로 뛰었다.

"이번 징계에서 나는 빼주십시오. 진짜 결백합니다!"

안 과장의 목소리는 조금씩 쉬어갔다.

"그러지 마시고 내려오시죠."

안 과장을 자극할까 봐 접근하지 못하는 공무원들을 헤치고 탁대가 나섰다.

"너 이 새끼, 넌 저리 꺼져."

"과장님!"

"다가오지 마. 다가오면 뛰어내린다."

안 과장은 악다구니를 쓰며 팔을 휘저었다. 그대로 탁대는 걸음을 멈추지 않았다. 비리를 저지르고 이런 식으로 무마하려는 그를 용서할 수 없었다.

"오지 말라니까!"

"야, 조탁대. 너 뭐 하는 짓이야?"

안 과장 목소리에 권 팀장의 말이 묻어왔다. 어느새 그도 옥상에 도착해 있었다. 그렇다고 해도 변할 것은 없었다. 부릅뜬 눈으로 안 과장을 쏘아보며 탁대는 손을 내밀었다. 그때였다. 안 과장이 악을 쓰다가 중심을 잃고 말았다.

"으아악!"

떨어지겠다던 인간이 비명 한 번 크다. 탁대는 손을 내밀어 구하는 척하면서 그의 몸이 수직으로 기우는 순간에 접착 마법을 뿌렸다.

'붙어라. 발!'

"……?"

발악을 하며 두 팔을 팔랑거리던 안 과장은 눈을 의심했다. 지금쯤 시청 바닥에 떨어져 아작 나야 할 순간인데 그러지 않은 것이다. 안 과장이 어리둥절해하는 사이에 탁대가 안 과장의 발목을 잡았다.

"조, 조탁대……."

"이거 놓을까요, 말까요?"

"놓, 놓지 마."

"양주 받으신 거 맞죠?"

"응, 응……."

공포에 질린 안 과장은 고개가 부러져라 끄덕였다. 탁대 곁으로 뛰어온 사람들은 그 말을 똑똑히 들었다. 탁대는 그제야 안 과장을 끌어올렸다.

짝짝짝!

옥상에 와 있던 여직원들이 먼저 박수를 쳐 주었다. 탁대는 머쓱한 인사로 박수를 받았다.

"우어어엉!"

공포에서 벗어난 안 과장이 통곡하기 시작했다. 잔머리를 굴리다가 체면을 제대로 구긴 것이다.

"안 과장님!"

눈치 빠른 권 팀장이 다른 주임과 함께 안 과장을 부축했다. 하지만 시장의 눈빛은 달랐다.

부욱!

그의 손길이 안 과장에게 날아갔다.

짝!

빈 허공에 파찰음이 울려 퍼졌다. 울화가 치민 시장이 안 과장의 따귀를 갈겨 버린 것이다.

"시장님……."

"정신줄 놓은 거 같아서 응급조치한 거야. 구급차에 태워."

시장이 구급차를 가리켰다. 직원들은 숨도 쉬지 못하고 안 과장을 차에 실었다. 안 과장은 들것에 실려 구급차에 태워질 때까지 눈을 뜨지 못했다. 본전도 못 건질 걸 아는 모양이었다. 하지만 그것으로 끝났다고 생각했다면 큰 오산이었다. 시장이 괘씸죄까지 첨부한 것이다.

"저 친구 직위 해제시켜."

추상같은 한마디에 간부들은 누구도 이의를 달지 못했다.

"조탁대."

대충 수습이 되자 시장이 탁대에게 다가왔다.

"수고했어. 자네 없으면 시청 쓰러지겠구먼."

시장이 탁대의 어깨를 두드렸다.

탁탁!

그 소리는 상쾌했지만 몇몇 사람은 인상을 찡그렸다. 권 팀장과 용 팀장, 그리고 이팔호 등이었다. 그래도 그 사이에서 탁대는 보았다. 황 팀장이 엄지를 우뚝 세워주는 걸. 어둠 속에서 오직 그 손가락만이 빛났고 그것으로 말미암아 긴장과 피로가 싹 풀려 나갔다.

*　　*　　*

봉황 12인방.

잠룡 12인방.

소문은 달빛처럼 소리 없이 구석구석 퍼져 나갔다. 풍문으로만 들었던 공무원들은 그게 실존하는 이야기라는 걸 알고는 혀를 찼다.

12인방의 이름이 밝혀진 것만으로도 효과는 가시적이었다. 시장을 빼고 감사실의 간부들이 들어갔지만 그들 중 누가 진퉁인지는 소문으로도 판가름이 났다.

권 팀장.

직원들은 삼삼오오 모여서 수군거렸다. 징계를 먹은 12인방은 일제히 숨을 죽였다. 소나기는 피해 간다는 심정으로 근신하게 된 것이다. 덩달아 다른 인맥도 잠수를 탔다. 친분을 과시하며 이루어지던 술자리와 산악회 모임 등이 죄다 취소되어 버린 것이다.

하지만 그것으로 뭉개질 일은 아니었다. 치명적인 소문은 그들 양주파가 다가오는 승진에서 모두 물먹을 거라는 거였다. 승진을 앞둔 사람도, 꿀보직으로 전보를 꿈꾸던 사람도 꿈이 깨진 것이다.

"아마 헛소문이 아닐 거야. 김 시장도 재선을 위해서 쇼라도 해야 할 형편이잖아?"

고 기자의 문자를 받은 탁대는 그저 담담하기만 했다. 당연한 일이지만, 뚜껑이 열릴 때까지는 지켜볼 생각이었다.

'아무튼 파장이 굉장하네? 아직 후폭풍이 남은 셈이잖아?'

중앙에만 정치가 있는 게 아니었다. 어쩌면 보이지 않는 곳에서 불꽃을 튕기며 시의 패권을 꿈꾸는 사람들. 현직 시장과 출마 후보자 표강일, 그리고 지난 선거에서 분루를 삼켰다는 마웅. 셋의 불꽃 튀는 물밑 전쟁은 이미 시작된 거나 다름이 없었다.

며칠 후, 탁대는 윤아, 명하, 혜자와 송별식 자리를 가졌다. 이번에는 혜자가 주인공. 그녀가 공무원 공부의 올인을 위해 사직서를 제출한 날이었다.

그 자리에서 탁대는 혜자와 사귄다는 사실을 밝혔다. 윤아와 명하는 거듭 놀랐다.

"어유, 탁대 씨는 내가 키워서 데리고 살까 했더니……."

그 말을 들은 윤아는 반농담으로 부러움을 표시했다.

"좋겠다. 나는 하고 싶어도 자신이 없어서 못 하는데……."

명하 역시 혜자에 대한 부러움이 가득했다.

"그러지 마. 나 시험에 떨어지면 후회할지도 몰라."

"그 말 안 어울리는 거 알지? 혜자 너는 나름 독종이라서 꼭 합격할 거야."

명하는 혜자를 인정했다. 듣는 탁대는 기분이 나쁘지 않았다. 평판은 하루아침에 생기지 않는다. 누군가에게 인정받는 사람이라면 그만한 자부심을 누려도 상관없었다.

"그나저나 명품 양주 실체가 뭐예요? 무지무지 비싼 술이라던데?"

강냉이 튀긴 걸 집어먹던 윤아가 탁대에게 물었다. 퍼지다 퍼지다 이제는 시들해진 풍문이었지만 그녀들이라고 호기심이 없을 수 없었다.

"어허, 많이 알면 다쳐요."

탁대는 누군가 놓고 간 라이터를 만지작거리며 대답했다.

"어유, 감사실 가더니 사람 변했네. 발렌타인 30년산입네 조니워커 파란 딱지네 하는 말 돌던데 비싸게 굴기는?"

장난기가 발동한 윤아가 도끼눈을 뜨며 탁대를 다그쳤다.

"뭐 대충 면세 가격으로 일이십만 원 정도 하는 거래요."

"그럼 열두 병이면 얼마야? 간도 크네?"

윤아는 벌린 입을 다물지 못했다. 고작 돈 이백여만 원에 놀라다니? 조금은 순진하다는 생각이 들기도 하는 탁대였다.

"그런데 그 양주 먹은 사람들이 시청 실세 중의 실세라던데 맞아요? 한편에는 잠룡 12방이라는 말도 있고……."

잠룡 12방.

그 말을 들은 탁대가 웃었다. 시 보직의 노른자위를 자치하고 자기들 사람과 인맥을 동원해 요직을 이어가는 세력들. 하지만 아직은 뭐라고 할 단계가 아니었다.

"그거야 지어내기 좋아하는 사람들이 지어낸 거죠."

탁대는 그 정도로 대답을 갈음했다.

"하긴 코딱지만 한 지역에서 잠룡이면 뭐하고 승천룡이면 뭐할 거야. 그나저나 그날 안 과장님 구할 때 진짜 멋졌어요. 좀 가슴이 조마조마하긴 했지만……."

윤아가 화제를 돌렸다.

"언니, 그거 직접 봤어요? 우린 말로만 들었는데."

명하가 바로 말을 받았다.

"그날 안 과장님만 개쪽당했지, 뭐. 뛰어내리지도 못할 주제에 괜히 나댔다가 본전도 못 뽑고 직위 해제까지……."

"탁대 오빠가 슈퍼맨처럼 몸을 날려 떨어지는 안 과장님을 잡았다면서요?"

명하도 계속 안달이다. 그나마 조용한 건 혜자뿐. 그녀는 이미 탁대의 설명을 들었던 까닭이었다.

"그냥 사람 하나 살려야겠다는 일념에 몸을 날렸을 뿐이야."

탁대는 늘 그렇듯이 겸손하게 대답했다.

"자, 그럼 얄미운 바퀴벌레 한 쌍의 예쁜 사랑과 혜자의 공무원 합격을 빌며!"

윤아의 선창으로 일동 건배를 하고 자리를 끝냈다. 단 네 사람의 단출한 자리. 만약 일반직 직원이 그만두는 자리라면 이렇지 않았을 것이다. 그 또한 계약직의 그늘이라면 그늘이었다.

"바래다줄까?"

밖으로 나와 윤아와 명하를 보낸 후에 탁대가 혜자에게 물었다.

"괜찮아요. 오빠도 요즘 힘들었잖아요? 잠룡 12인방 밝혀내고 안 과장님도 구하고……."

"골치 아픈 일 끝나서 어제 오늘은 널널하게 놀았는데, 뭐."

"그럼 용 팀장한테 갈래요?"

"용 팀장?"

이름만 들어도 짜증이 쓰나미로 몰려오는 용 팀장. 혜자 또한 그 인간을 좋아할 리 없는데 그 이름이 나오니 넘겨 버리지 못하는 탁대였다.

"저번에 강추위 몰려온 날 있잖아요? 그때 응급실에 실려 간 후로 계속 병원 생활로 병가예요. 꼴도 보기 싫기는 하지만 그만둔다는 말은 해야 할 거 같아서……."

'강추위가 몰려온 날?'

까마득히 잊은 일이 탁대의 뇌리를 파고들었다. 바로 안 과장을 데리고 와서 청탁을 하려던 그날이었다.

"원래 악몽에 시달려서 비실거렸는데 몸이 무척 허해진 모양이에요. 가는 길에 잠깐 들리려고요."

"악몽?"

"그것 때문에 정신과 상담도 받았대요. 보기에는 약아빠진 사람도 그런 면이 있다니 우습죠?"

탁대는 혜자를 따라갔다. 병원이 그리 멀지 않았기 때문이었다.

용 팀장은 2인실 병실에 혼자 있었다. 아내가 있다가 아이들 챙겨주려고 귀가한 모양이었다.

"미안해."

용 팀장은 그 한마디를 혜자에게 남기고 다시 자리에 누웠다. 며칠 만에 곪을 대로 곪은 모습을 보니 인간적으로 좀 안되어 보였다.

"불 끄지 말고 가. 내가 눈만 감으면 꿈자리가 뒤숭숭해서 말이지."

벽의 스위치를 끄려던 탁대는 동작을 멈추고 용 팀장을 보았다. 환자복을 입고 축 늘어진 모습은 그 어디에도 자신의 이익과 승진만을 위해 잔머리를 굴려대던 모습이 남아 있지 않았다.

탁대는 혜자를 택시에 태워 보내고 다시 병실로 돌아왔다.

"조탁대……."

탁대가 다시 돌아오자 용 팀장은 놀라는 표정이었다. 당연한 일이었다. 그는 탁대에게 잘한 게 없었다. 그러니 자신을 간호하려고 온 건 아니라는 걸 본능적으로 알았던 것이다.

"팀장님!"

"……."

"악몽 때문에 고생하신다고요?"

"그, 그건……."

"다른 건 몰라도 제가 악몽을 고치는 법은 알고 있습니다."

"자, 자네가 어떻게? 의사도 아닌데……."

"아무것도 아니지만 화물트럭을 세운 간절함은 있지 않습니까? 그때처럼 간절한 마음으로 기도하면 고칠 수 있을 것 같습니다만……."

탁대는 담담한 눈빛으로 용 팀장을 바라보았다. 그 눈빛에 압도된 용 팀장은 숨도 제대로 쉬지 못했다.

용 팀장이 잠들었다.

탁대는 침묵이 자글거리는 병실에서 용 팀장을 바라보았다.

'타자환몽.'

꿈에 들어가는 건 일도 아니다. 그 안에서 꿈을 조종하는 것도 큰일이 아니다. 하지만 악몽을 뿌리 뽑는 건 어떨지 조금 긴장이 되었다. 악몽이라면 대개 귀신이나 혹은 참혹한 일이 일어나는 꿈이기 때문이었다.

'까짓것.'

탁대는 침을 넘겼다. 그런 다음 가만히 그의 손 위에 자신의 손을 포개는 탁대.

후우웅!

그의 꿈에서는 음산한 바람이 먼저 느껴졌다. 마구 뒤틀린 세계, 눈앞의 색감도 어린아이가 멋대로 섞어 놓은 물감처럼 혼란스러웠다.

"으아악!"

주변을 살피는 사이에 비명이 들렸다. 용 팀장의 것이었다. 탁대는 비명을 따라 뛰었다. 그러다 바닥이 닿지 않는 공간에 들어서면서 몸이 중심을 잃었다. 탁대는 두 손을 휘저어 날았다. 혹시나 하고 휘저은 건데 몸이 둥실 떠오른 것이다.

'저기다!'

멀지만 꿈의 주인공이라 그런 건지 용 팀장은 금세 알아볼 수 있었다.

'으헉!'

가까이 다가선 탁대는 뼛속에서 치고 올라오는 공포감에 그 자리에서 얼어붙고 말았다. 허공에 둥실 떠 있는 용 팀장. 그를 들고 있는 건 투명한 생명체였다.

"조탁대!"

그래도 아는 얼굴이 반가운지 손을 내밀어 도움을 요청하는 용 팀장. 그가 버둥거리자 그를 잡고 있던 괴물체가 천천히 선명해지기 시작했다.

"……?"

탁대는 머리카락이 쭈뼛 산발을 하며 솟구쳤다. 지상에서는 본 적이 없는, 무수한 공포 영화에서도 본 적이 없는 이상한 생명체가 거기 있었다.

사람의 세 배쯤 큰 몸체에 투박한 털로 뒤덮인 외형, 눈과 입에서 떨어지는 붉은 액체는 보기만 해도 몸서리가 쳐질 지경이었다.

"이놈이 악몽의 주인공인가요?"

탁대가 용 팀장에게 물었다.

"아니, 나를 괴롭히는 패거리의 일부야."

'일부?'

실망스러운 대답이었다. 전부라고 해도 쉽지 않을 것 같은 상황이었다.

"크으으!"

괴생명체는 용 팀장을 아귀의 힘으로 뭉개 버렸다. 비명도 없이 우수수 부서져 내리는 용 팀장. 그래도 바닥에 흘러내려서는 다시 본래의 모습으로 돌아갔다. 그러는 동안 용 팀장의 얼굴에는 지상의 모든 고뇌와 고통이 범벅이 되어 머물렀다.

쿵—! 쿵!

괴생명체는 말없이 다가왔다. 공포도 그만큼 가까이 다가왔다.

'나는 이 꿈의 주인이야. 내가 들어온 이상 이 꿈 모든 것의 지배자라고.'

탁대는 깊은 심호흡을 하며 공포를 밀어냈다.

"우워어어!"

괴생명체의 공격이 시작되었다. 놈이 덮칠 때면 장막이 덮치는 것 같았다. 재빨리 몸을 굴린 탁대는 주머니를 뒤졌다. 안에서 볼펜이 잡혔다.

'커져라, 장검처럼!'

탁대가 소망하자 볼펜은 바스타드 소드처럼 커졌다.

"크워어!"

다시 달려드는 괴생명체. 탁대는 그 입에 볼펜을 쑤셔 박아주었다.

"카아악!"

괴생명체가 몸서리를 치며 물러섰다.

'늘어나라, 한없이!'

기선을 잡은 탁대는 괴생명체의 입에 박힌 커다란 볼펜을 내장 속으로 계속 쑤셔 넣었다. 볼펜은 마침내 괴생명체의 내장을 지나 또 다른 구멍(?)을 뚫고 나왔다.

'펑!'

탁대는 주먹을 불끈 쥐며 괴생명체의 폭사를 원했다. 그러자 놀랍게도 그 소망이 이루어졌다.

퍼엉!

'우웃!'

탁대는 용 팀장을 보호하며 몸을 숙였다.

괴생명체는 핏빛 안개가 되어 사라졌다.

"괜찮으세요?"

"진짜 악몽이 올 거야. 저놈은 악몽의 예고편에 불과해."

용 팀장은 탁대의 어깨 너머를 바라보며 벌벌 떨었다.

휘이잉~!

다시 스산한 바람이 불어왔다. 불길에는 분노와 원한이 가득 묻어 있었다. 바람이 닿은 피부에서 핏물이 배어나왔다.

'이번에는 또 뭐란 말인가?'

탁대는 전방을 주시하며 정신을 바짝 차렸다.

"왔어!"

탁대 뒤에서 바들거리던 용 팀장이 눈을 뒤집으며 소리쳤다.

'왔다고?'

시야를 넓혀보지만 바람 속에는 아무것도 보이지 않았다. 순간, 용 팀장이 맥없이 허공을 가리켰다.

'위?'

그제야 눈치를 챈 탁대가 하늘을 보았다.

"우엉!"

뭔가 허연 공포가 순식간에 파도처럼 덮쳐 왔다. 너무나 빨라 탁대는 피하지 못했다.

"크아악!"

옆에 있던 용 팀장의 비명이 찢어질 듯 울려 퍼졌다.

"……?"

탁대는 용 팀장의 몸이 걸레처럼 찢어져 나가는 것을 보았다. 삽시간에 용 팀장은 오장육부와 신체 주요기관들이 따로 분리되어 핏물 속에서 허우적거렸다.

"너는 뭐냐?"

비틀거리며 일어선 탁대가 허공을 보며 물었다. 대답 대신 허공이 울렁거리더니 속이 투명하게 비치는 강철 덩어리가 모습을 드러내기 시작했다.

'이건 또 뭐야?'

탁대는 눈자위를 구겼다. 오만잡상을 한 형체. 그 얼굴은 찌그러진 용 팀장 같기도 하고 웃는 얼굴로 보이기도 하여 종잡을 수가 없었다. 몸체도 마찬가지였다. 한없이 투명해 안의 내장이 고스란히 보였는데, 이렇게 보면 정다움이 느껴지고 저렇게 보면 더러운 오물 덩어리처럼 천변만화하며 판단을 어렵게 했다.

"이게 당신 악몽의 실체인가요?"

탁대가 돌아보며 물었다.

"맞아. 내 주변의 모든 것을 빨아들이는 악몽……."

겨우 다시 형체를 갖춘 용 팀장이 울음 섞인 목소리로 대답했다. 하지만 그는 곧 비틀어질 것 같은 비명을 터트리며 절규를 멈추지 못했다.

소년.

소녀.

여자.

남자.

할머니.

할아버지.

수많은 얼굴이 나른한 순수를 지닌 채 용 팀장 옆에 등장했다. 그런 사람들이 하나하나 늘어날수록 용 팀장의 절규는 무너질 듯 더 커져 갔다.

'사랑하는 사람들?'

탁대는 금세 분위기를 파악했다. 그들은 용 팀장이거나 그의 가족들이 분명했다. 강철 덩어리는 버둥거리는 용 팀장을 밀어내고 그 사람들을 하나둘 찢어버렸다. 마지막으로 용 팀장이 잡혔을 때 탁대가 사자후를 토했다.

"멈춰라!"

용 팀장을, 영혼까지 찢어발기려던 강철 덩어리가 탁대를 돌아보았다.

"참견하지 말라."

강철 덩어리는 삭은 종소리 같은 목소리로 대답했다.

"미안하지만 그렇게는 안 돼."

그렇게 말하며 탁대는 다시 주머니를 뒤졌다. 핸드폰과 지갑,

그리고 자동차 키, 이어 동전 몇 개가 손에 잡혔다.

'다른 게 있을 텐데?'

다시 안을 더듬자 이번에는 라이터가 잡혔다. 술집에서 만지다가 집어넣은 모양이었다.

"너, 정체가 뭐냐? 왜 용 팀장을 괴롭히는 거지?"

탁대는 종아리에 힘을 주고 버티고 선 채 물었다.

"무식한 놈. 용석봉의 꿈에 사는 내가 누구겠나? 나는 용석봉의 일부이니 관여 말거라."

"용석봉의 일부?"

그 말은 강철 덩어리를 이해하는 데 결정적인 단서가 되어 주었다.

'그럼 이 괴물은 용 팀장의 욕망이자 스트레스?'

상황을 파악한 탁대는 강철 덩어리를 다시 살펴보았다. 어딘가 용석봉의 이미지를 닮아 있다. 웃을 때는 이기심을 숨긴 미소가 그랬고 화를 낼 때는 그의 야비함이 배어나왔다.

그러니까 이 괴물은 용석봉의 야망이자 이기심이었고 그의 양심이자 가책, 욕망 안에 사는 두려움 등의 복합체였다.

"아무튼!"

악몽의 실체를 알아차린 탁대. 라이터를 가볍게 튕기며 뒷말을 이었다.

"이제 네 주인이 너를 원치 않으므로 사념 덩어리가 되어 사라져 줘야겠다."

"미친… 이제 용석봉 꿈의 주인은 나야!"

"그랬겠지. 내가 이 꿈에 들어오기 전까지는."

"감히 타인이 남의 꿈속에 참견하겠다는 것이냐?"

"물론!"

탁대는 천천히 라이터를 치켜들었다.

"오냐. 타인이라 그냥 두려했다만 정 원한다면 너 또한 용석봉의 꿈 안에 가둬 내 분풀이의 대상이 되게 하리라."

강철 덩어리가 후끈 달아오르는 순간, 탁대는 라이터를 겨누며 벽력처럼 소리쳤다.

"녹여라! 이 악몽을 흔적도 없이 녹여라!"

화아악!

불길이, 라이터의 작은 불길이 노도처럼 터져 나갔다.

'아아!'

탁대는 직접 보면서도 그 장대함에 몸서리를 쳤다. 불길이 마치 태산처럼 커진 것이다.

"꾸어어!"

벌겋게 달아오른 강철 덩어리는 불길을 뒤집어쓰고 몸서리를 쳤다. 그래도 탁대의 염원은 결코 멈추지 않았다.

"녹여, 흔적도 없이!"

탁대는 한 치의 자비도 없이 밀어붙였다.

"우어어어~!"

불길 속에서 버둥거리던 강철 덩어리는 욕망 안에서 꼬이고 뒤틀리나 싶더니 뒤틀린 욕망이 한 겹씩 벗겨져 나갔다. 맨 마지막에 나타난 건 용 팀장의 양심과 자책감이었다. 그것들이 괴물이 되어 용 팀장을 몰아쳤던 모양이었다.

알짬을 드러낸 강철 덩어리는 마침내 곤죽이 되어 흘러내렸다. 괴물이 한 줌의 액체가 되어 끝장이 나자 뭉개고 찢겨졌던 용 팀장의 사람들이 하나둘 본래의 모습으로 돌아오기 시작했다. 용 팀장 역시 상처와 고통이 말끔히 씻겨 나가며 말쑥한 몸으로 돌아갔다.

탁대는 용 팀장에게 걸어갔다.

"조탁대……."

탁대는 대답 대신 손을 내밀었다. 잠시 주저하던 용 팀장이 그 손을 잡아 손과 손 사이에서 무지개가 피어올랐다. 탁대는 그 무지개를 타고 용 팀장의 꿈에서 나왔다.

용 팀장도 잠깐 눈을 떴다. 하지만 탁대를 확인하기도 전에 다시 눈을 감았다. 얼마나 격렬한 악몽을 꾼 건지 그의 몸은 홍수를 뒤집어쓴 것처럼 젖어 있었다.

'웃는다.'

탁대는 다시 꾸는 꿈에서 웃는 용 팀장을 보았다.

'악몽이 끝난 모양이네.'

용 팀장의 얼굴은 편안해 보였다. 탁대는 가만히 병실 문을 닫고 나왔다. 하늘에는 푸른 별들이 소리 없이 와글거리며 끝나가는 겨울밤을 밝히고 있었다.

다음 날 아침, 탁대는 출근도 하기 전에 용 팀장의 전화를 받았다.

—출근하는 길에 잠깐 들러주겠나?

용 팀장의 목소리는 겸손하면서도 정중했다.

탁대가 병실 문을 열었을 때 용 팀장은 창가에 서 있었다.

"조탁대……."

기분 때문일까? 그의 목소리가 정답게 들렸다.

"기분이 좋아 보이시네요."

"응. 어젯밤에 잘 잤거든. 뭐 사실 처음에는 어마어마한 악몽을 꾸었지만 꿈에서 자네가……."

용 팀장은 거기까지 말하고는 탁대를 우두커니 바라보았다. 탁대는 달리 뭐라고 설명하기도 그래서 빙그레 미소로 화답했다.

"기억나나?"

"뭐 말이죠?"

"자네가 내 꿈에서 한 일……."

"……."

"솔직히 하나도 믿지 않았고 지금도 뭐가 뭔지는 모르겠지만 한 가지는 기억하네. 자네가 내 꿈 안에서 나를 위해 악몽에 맞서 장쾌하게 싸워주었다는 거."

"……."

"초능력이든 간절함이든 상관없네. 중요한 건 내가 그 귀신 같은 놈들이 사라진 후로 편안하게 잤다는 거니까."

"다행입니다."

"고맙네."

용 팀장이 다가와 탁대의 손을 잡았다. 전과 다른 목소리. 느끼하거나 이기적인 마음이 하나도 느껴지지 않는 손이었기에 탁대는 가만히 있었다.

"출근하면 조윤아 주임을 만나게나. 아마 봉투 하나를 줄 거야."

"봉투요?"

"솔직히 말하면 선우 팀장이 자네 비리나 과오 내지는 업무상 과실 같은 자료를 원하더군."

"……?"

"아마 자네를 견제할 자료를 모으는 눈치였네."

"선우 팀장이 말입니까?"

"그 양반, 나하고는 아삼륙이라네. 딱히 자네를 견제할 이유는 없지만 이번 봉황대교 건으로 뒤숭숭하다 보니 보험용으로 필요한 눈치였어."

"제게도 업무상 과실 같은 게 있었나요?"

"CCTV 계약 서류 생각나나?"

"예……."

"실은 그 기기에 하자가 조금 있다네. 내가 윗선에 인사하느라 거마비를 좀 받았더니 몇 군데 대충 설치한 곳이……."

"그건 팀장님이 책임지신다고……."

"미안하네만 당시 그 업무 담당자는 자네였네. 문제가 적발되면 자네가 가장 많이 걸리게 되어 있어."

"……?"

탁대는 기가 막혀 말도 나오지 않았다. 자기가 책임지겠다고 결재를 윽박지른 상황인데도 그 책임이 탁대에게 있다니? 대체 공무원들이란…….

"하지만 걱정 말게. 내가 업자를 만나 허술하게 장착된 몇 곳의 보완을 요청하겠네. 그런 다음에 관련 사진을 검수서류에 추가해 놓으면 문제없을 거야."

"그럼 저번에 은 과장님께 드린 금팔찌도?"

탁대는 내친 김에 찜찜하던 일까지 거론하게 되었다.

"그것도 알고 있었나?"

용 팀장은 눈을 동그랗게 뜨고 놀라워했다.

"실은 시장 상인들과 만난 자리에서 팀장님 가방에 든 봉투도 직접 받았다는 걸 알고 있습니다."

"그래서 고 기자를 불렀던 거로군."

"예."

"그럼 반혜자 씨 재계약도……."

"예."

탁대는 나지막이 대답했지만 용 팀장의 이마에서는 땀방울이 더 굵어지기 시작했다.

"이거 알고 보니 자네 앞에 알몸을 다 보인 후였군."

"그보다 더한 것도 보여주셨습니다. 팀장님의 꿈속도 보여주셨으니까요."

"그럼 자네가 나와 똑같은 꿈을 꾸었다는 건가?"

"예……."

"그게 가능하단 말인가?"

"제가 악몽을 고쳐드리겠다고 하지 않았습니까?"

"허얼~!"

"고맙습니다."

"무슨 뜻인가?"

"윤아 선배에게서 전해 받을 서류 말입니다."

"그거야… 내가 자네를 이용했던 건데 뭐가 고맙단 말인가?"

"잘못을 반성하시는 거 아닙니까? 저는 그게 고맙습니다."

"조탁대……."

"저는 알 거 같습니다. 팀장님이 좋은 분이라는 거. 하지만 막상 공무원이 되고 보니 논공행상이나 신상필벌이 인맥에 따라 달라지는 걸 보고 정신이 번쩍 드셨겠지요. 승진도 빨리 하고 싶었을 테고."

"자네, 내 마음까지 들여다본 건가?"

"하지만 시청의 논공행상은 봉황종고 출신의 진골과 성골 중심으로 돌아가니 수완을 발휘해서라도 밀리지 않으려고 생각한 거 아닙니까? 그러다 보니 결국은 무리해서 선물이나 봉투로 환심을……."

"조탁대……."

"선우 팀장님과 아삼륙이라면 이미 알고 계시겠군요. 팀장님에 대한 투서가 끊임없이 들어오고 있다는 사실 말입니다."

"대충 언질은 받고 있었네."

"당장은 선우 팀장님이 방패가 되어주겠죠. 하지만 그게 얼마나 가겠습니까? 하긴 그것까지 대비해서 저 같은 말단들에게 도장 찍기를 강요하셨는지도 모르겠습니다. 덤터기용으로 말입니다."

"면목이 없네."

"CCTV 설치 건이나 상인들, 기타 업무와 관련해서 받은 향응과 금품이 더 있으시죠?"

"그건……."

"지금이라도 그거 전부 돌려주시고 정직하게 업무를 처리해 주세요. 그렇지 않으면 팀장님의 악몽은 언제라도 다시 나타나게 될 겁니다."

"……."

용 팀장의 얼굴이 다시 굳어버렸다.

"팀장님의 수완이라면 굳이 그런 부정부패와 비리를 동원하지 않아도 충분히 사무관이 되시고도 남을 겁니다. 저도 열심히 응원할게요."

어쩔 줄을 모르는 용 팀장을 향해 탁대가 손을 내밀었다. 그는 한숨을 내쉰 후에야 고개를 들어 그 손을 잡았다.

"데쓰."

손을 잡은 용 팀장이 맥없이 웃으며 말했다.

"무슨 뜻이죠?"

"은 과장님 타로 카드 말일세. 자네가 거푸 그 카드를 뽑았지 않나?"

"그랬지요."

"나도 한편으로는 꺼림칙했지만 아무래도 데쓰의 진짜 뜻은 재생인 것 같군. 낡은 죽음으로 새로운 것을 시작하는 삶 말일세."

"……."

"사실 이렇게 아등바등 사는 게 늘 마음 무거웠는데 자네 말을 들으니 개운해지는군. 승진? 까짓것 한 급 먼저 올라가면 뭐하겠나? 그 작년인가? 온갖 수단 방법을 동원해서 승진한 선배

사무관이 암에 걸려 죽었네. 그때 보니 중요한 건 승진이 아니라 건강이더군. 나도 처음 공직에 들어올 때는 마음이 설레었는데 그걸 다 망각하고 돈 밝히고 줄서기에 목을 맨 게 부끄럽기 그지없네."

"웬 걸요? 제가 보기엔 앞으로 황 팀장님에 못지않은 멋진 팀장님이 될 것 같은 데요?"

"말이라도 고맙네."

용 팀장이 탁대의 두 손을 꼭 잡아주었다. 두 사람이 마주 선 병실. 막 떠오른 겨울 햇살이 찬란한 희망이 되어 반짝이고 있었다.

"진짜로요?"

교통과에 들리자 봉투를 건네주던 윤아가 놀라 되물었다.

"그렇다니까요. 앞으로 용 팀장님은 확 달라질 겁니다."

"흐음… 악몽을 고친 거야 그렇다고 쳐도 인간 품성이 달라지기는 쉽지 않을 텐데?"

"그럼 내기할까요?"

"무슨 내기요?"

윤아가 탁대를 바라보았다.

"내 말이 맞으면 윤아 선배님이 술 한 턱 쏘기."

"좋아요. 용 팀장님 인간성이 바뀌기만 하면 그보다 더한 것도 할 용의가 있다고요."

"그 봉투는 그냥 폐기시켜 주세요."

탁대는 그 말을 남기고 상큼하게 교통과를 나왔다.

*　　*　　*

"시장님!"

시장실에 들어선 총무국장 배익환은 사뭇 상기되어 있었다.

"할 말이 있으면 하시게."

시장 김성곽은 스님이 쓰는 털모자를 눌러쓴 채 녹차 찻잔에 입김을 불었다.

"악수를 두신 겁니다. 하고 많은 직원 중에 왜 하필이면 조탁대였습니까?"

"간단히 끝내도 될 일을 들춰서 파문을 일으켰다?"

"제 얘기는 그것만이 아닙니다."

"그럼?"

"조탁대가 표강일의 사람이라는 소문, 못 들으셨습니까?"

"그 비슷한 소문을 듣기는 했네만."

"그런데 어째서 그를 지명하셨습니까? 표강일이 차기 시장 선거에 나온다는 말이 나오는 판에."

"왜 그에게 융단을 깔아주느냐?"

"그렇습니다."

"배 국장의 예리함도 이제 많이 꺾였군. 이런 질문을 하는 걸 보니."

시장은 느긋하게 차를 한 모금 넘기며 웃었다.

"제가 잘못 생각하고 있다는 겁니까?"

"솔직히 조탁대가 표강일의 사람인지 뭔지는 잘 모르겠네.

배 국장이라면 기껏 시청에 8급 행정서기를 심겠나? 그라면 하진욱을 위시한 국, 과장도 전화 한 통만 하면 자기 사람으로 만들 수 있지 않나?"

"그건 그렇습니다만."

"내가 이번 사건을 털어낸 건 차기 시장 선거의 걸림돌을 미리 치우기 위함이었네."

"네?"

"봉황대교 안전점검에 다소의 이상이 있다고 하지 않았나?"

"예. 표면상으로는 소소한 이상이라고 발표했습니다만 하 국장이 심층 조사를 벌이고 있는 것으로……."

"흠이란 반드시 과장되어 새어 나가는 것이니 표강일이나 마웅 쪽에는 부풀려져서 들어갈 것이네."

"그럴 수도……."

"그래서 조탁대를 중용한 거네."

"미리 입을 막으려고 말씀입니까?"

"그걸 권해관이나 강덕길이에게 맡겼다고 치세. 같은 결과가 나온들 그 두 양반이 수긍하겠나? 결국 선거에 임박에서 다시 문제 제기를 하게 되면 뜻밖의 암초가 될 수도 있다는 걸세."

"그렇다고 해도 명단 발표와 삭발은……."

"삭발은 양주 한 병 때문에 한 건 아니니 염려할 것 없네."

"다른 뜻이 있으신 겁니까?"

"녹지 구역 해제 문제로 시민 단체와 지주 대표가 올 걸세. 이 정도는 준비해 둬야 그들의 입을 막을 수 있지 않겠나?"

시장은 눈썹 밑까지 눌러쓴 모자를 벗었다. 그러자 파르스름

한 민머리가 시원하게 드러났다.

"아!"

"말하자면 일타쌍피라는 거네만."

"그런 복심이 있으셨군요."

"하지만 한 가지 걸리는 게 있네."

"그 친구 말씀입니까?"

"아직도 투서가 올라오고 있나?"

"똥이 더러워서 피하냐고 임기응변으로 막고 있습니다만……."

"그 친구는 지켜야 하네. 그렇지 않으면 의회와 관계가 껄끄러워지는 거 알지?"

"감사실 권 팀장에게 눈치껏 조사시켰으니 무마될 겁니다."

"다음 선거까지만 참세. 그때 의회가 뒤집히면 그 인간도 함께 보내자고."

"그런데……."

배 국장은 뭔가 궁금한 듯 시선을 들었다.

"말씀하시게."

"우 의원 말입니다. 아무리 생각해도 성향이 아닌데 어떻게 시장님과 그렇게 오묘한 역학관계를 형성하고 있는지……."

"그게 바로 신의 섭리 아니겠나?"

시장은 담담한 미소로 대답을 대신했다.

"여직원들을 조사한 결과 소소한 농담으로 밝혀졌습니다."

감사실 회의 테이블, 양복 칼깃을 세운 이팔호가 도 과장과 권 팀장, 선우 팀장 앞에서 보고를 시작했다. 탁대는 선우 팀장에게서 넘어온 하위직 업무에 대한 실사를 검토하기 시작했다.

"소소한 농담?"

도 과장이 팔호를 바라보았다.

"우 의원님이 워낙 통명스러운 데다가, 죄송하지만 얼굴이 살짝 비호감이지 않습니까? 그러니 여직원 입장에서는 무슨 말을 해도 다 닭살처럼 들리는 모양이었습니다."

"그런 이유 때문에 투서나 진정이 꼬리를 이었단 말인가?"

도 과장은 팔호의 보고에 이의를 제기했다.

"여직원들 간에도 증언이 상반되고 있습니다. 일부는 그냥 농담 수준이었다고 하고 또 일부는 성적인 모멸감을 느꼈다고 하는데 민감한 여직원들 중에는 회식 때 술 한 잔 따라준 것도 성추행이라고 주장하고 있었습니다."

"진짜 요즘 여직원들 문제라니까. 회식 자리에서 상사에게 술 한 잔 따를 용의도 없으면 그만두면 될 일을 가지고."

잠자코 있던 권 팀장이 팔호를 두둔하고 나섰다.

"제가 보기에도 좀 심한 거 같습니다. 여직원들도 기분 좋으면 노래방에서 남직원과 블루스도 추고 그러지 않습니까? 이건 직장 내 성희롱을 빌미로 귀찮은 상사들 뒤치다꺼리 안 하겠다는 이기주의입니다."

선우 팀장도 팔호 편이다. 그러자 도 과장이 메모지를 꺼내며 반박했다.

"그런데 말이야, 오늘 아침에 나한테 직접 진정 전화가 걸려왔거든."

"……?"

도 과장이 입을 열자 팔호와 권 팀장 등은 약속이나 한 듯 도 과장을 바라보았다.

"여직원 언니라고 하던데 대충 조사하지 말고 제대로 하라는 거야. 그렇지 않으면 자기가 검찰에 진정서를 넣겠다고……."

"아니, 대체 어떤 여직원의 언니입니까?"

발끈한 권 팀장이 목소리를 높였다.

"지금 그게 중요한가? 매사에 고발 당사자부터 먼저 알려고 하니 다들 후환이 두려워 몸을 사리고 내부 비리 고발을 꺼리는 거 아닌가?"

도 과장도 목청을 높였다.

"아무튼 제 판단에는 우 의원님의 행적이 다정다감하지는 못할망정 그렇게 대놓고 여직원을 희롱하는 건 아닌 것으로……."

팔호는 도 과장을 바라보며 말끝을 흐렸다.

"종결하시죠. 빌어먹을 양주 때문에 일도 밀린 판국에."

권 팀장은 서류를 챙기며 도 과장을 압박했다.

"그러다 진짜 검찰이나 경찰이 수사에 나서면?"

도 과장은 배수의 진을 치고 권 팀장을 바라보았다.

"아니라잖습니까? 검찰이건 경찰이건 아닌 일을 어쩐단 말입니까?"

흥분한 권 팀장은 서류를 흔들며 짜증에 가까운 목소리를 토해냈다.

"조탁대!"

도 과장은 결론을 유보하고 탁대를 불렀다.

"네."

"자네가 이 진정 건에 대해서 한 번 더 조사하게."

과장은 잘라 말했다.

"과장님!"

도 과장의 말에 권 팀장과 선우 팀장이 이의를 제기했다. 하지만 도 과장은 뜻을 굽히지 않으며 말을 이었다.

"솔직히 나도 이팔호가 꼼꼼히 했을 거라는 건 믿네. 하지만 이대로는 납득하지 못할 사람들이 있네. 그러니 국민영웅으로 불리는 조탁대가 나서서 한 번 더 확인하면 설득력도 생기고 말끔하지 않겠나?"

"……!"

그 말에는 권 팀장도 더 토를 달지 못했다.

"이팔호!"

과장이 다시 이팔호를 호명했다.

"예. 과장님!"

"수고했어. 그동안 조사한 자료 전부 조탁대에게 넘기고 조탁대는 상담실 들어가서 기다리게. 내가 진정 전화받은 내용들 정리해서 건네줄 테니."

탁!

이팔호가 상담실 문을 거칠게 열고 들어섰다.

탁!

두 번째 소리는 서류를 테이블에 던져 놓는 소리.

"골났냐?"

먼저 와서 기다리던 탁대가 물었다.

"말할 기분 아닙니다."

"그런데 왜 나한테 성질을 내고 지랄이실까? 내가 이거 재조사하겠다고 나선 것도 아닌데?"

탁대는 서류를 당기며 넌지시 경고를 던졌다.

"됐으니까 잘해보시고요, 대신 조심하십시오. 우 의원 그 양반 비위에 거슬리면 진짜 옷 벗거나 다른 시군으로 가야 할 겁니다."

"C8, 시작도 하기 전에 겁을 주니 쫄아서 하겠냐?"

탁!

세 번째 소리는 도 과장이 들어온 소리였다. 팔호는 대충 목례를 하고 상담실을 나갔다.

"……."

탁대 앞에 앉은 도 과장은 한참 동안 말을 하지 않았다. 탁대 역시 입을 굳게 다문 채 도 과장의 미간을 바라보았다. 눈을 마주치면 그만큼 어색한 것도 드무니까.

"미안하네."

도 과장이 침묵을 깨며 입을 열었다.

"뭐가 말입니까?"

"자네, 우 전문의원의 파워에 대해 알고 있나?"

"지금부터 알아볼 생각입니다만."

"이제 진골과 성골, 그리고 잡골의 뜻에 대해서는 알고 있겠지?"

"물론입니다."
"짐작컨대 우 의원은 어디에 속할 거 같나?"
"골수 성골입니까?"
"아니!"
도 과장은 고개를 조용히 좌우로 저었다.
"그럼?"
"그는 황골(皇骨)일세."
'황골?'
"성골 위의 황골!"
"……!"
탁대는 긴장했다. 성골 위의 품계가 또 있다는 것 때문이 아니었다. 너무나 진지한 도 과장의 태도 때문이었다.
"우 의원은 사무관급이지만 시장님과 의회 의장님의 총애를 동시에 받는 사람이라네. 여당과 야당의 총애를 동시에 받는 건 거의 불가능한 일임에도 말일세."
"그래서 황골이라는 거군요?"
"그래. 그러니 말이야, 내가 자네에게 떠맡겼지만 부담스럽다면 포기해도 좋네."
"그럴 거면 왜 일을 진행하신 겁니까?"
"자네가 나서야 최종 결론이 공감을 얻을 것 같아서 그랬네."
도 과장의 눈주름이 따뜻하게 접혔다. 그가 바른 길을 가는 공무원이라는 느낌이 탁대에게 전해왔다. 마치 황천수를 보는 것처럼.
"해보겠습니다."

"진심인가?"

"예!"

탁대는 한마디로 대답했다. 이건 팔호와도 연관이 있었다. 그 인간이 염장을 지르고 나갔으니 깨갱 물러서기 싫은 탁대였다.

"그럼 경과나 진정의 내용은 이팔호 서류에 있을 테니 한마디만 하지. 이 사건은 아주 뜨거운 감자니까 설령 팔호의 조사를 뒤집는 결과가 나오더라도 명쾌해야 하네. 그렇지 않고 미지근한 심증이라거나 풍문이라면 절대 보고서에 올리지 말고 팔호의 결론으로 종결하도록 하게."

"알겠습니다."

도 과장은 짧은 지시를 끝내고 나갔다. 그러자 이번에는 권 팀장이 들어왔다.

"도 과장님이 뭐라시든가?"

권 팀장은 대뜸 본론부터 물었다.

"뭐, 그냥 열심히 해보라고……."

"나쁜 사람 같으니……."

권 팀장은 문을 바라보며 도 과장을 원망했다.

"저 양반, 아무래도 자네가 양주 건을 밝혀내는 바람에 징계를 먹게 되니까 자네에게 엿을 먹이려는 거 같네. 그러니 그냥 시늉만 하고 이팔호 조서와 대동소이하게 보고하게."

"그래도 됩니까?"

"당연하지. 우병기 의원은 자네가 상대할 수준이 아니야. 자칫 미운 털이라도 박히면 자네가 아무리 국민영웅이라고 해도 승진에서 매번 미역국을 먹을 수밖에 없을 거네."

"……."

"내 말대로 해. 이것도 다 자네에게 진 빚 갚는 거니까."

"빚이라고요?"

"어쨌든 내 이름을 빼줬지 않나? 결과적으로는 다시 포함되어 징계를 먹었지만 그것과 그것은 하늘과 땅 차이지."

"네……."

"도 과장님 말은 너무 신경 쓸 거 없네. 저 양반은 이미 지는 해야."

탁!

권 팀장이 나가며 또다시 잡음이 탁대의 귀를 울렸다.

〈여직원 성추문 진정 사건 조사 보고서.〉

주변이 조용해지자 탁대는 팔호가 작성한 보고서를 넘겼다.

우병기, 의회 전문의원.

양주 보고서를 쓸 때 보았던 이름 하나가 탁대의 시야를 박차고 들어왔다. 탁대는 그 이름을 짚으며 가만히 중얼거렸다.

'그 이름도 위대한 황골이시라?'

그레이트!

탁대는 손가락을 딱 하고 튕겼다. 구미가 팍 땡긴 것이다.

이른 아침, 탁대는 책과 보도 자료를 챙겼다.

화물 트럭 사고 때 보내온 아이들의 편지가 어느새 책이 되어 나왔다. 보도 자료 역시 출판사에서 보내주었다. 이번 사건을 시작하는데 아주 요긴한 아이템이 될 것 같았다.

마더에게 인사를 하고 집을 나서자 낯익은 차량이 눈에 들어왔다. 표강일의 차였다.

"좋은 아침입니다."

차 앞에 서 있는 건 나 실장이었다.

"안녕하세요?"

탁대는 인사를 하며 차 안을 넘겨보았다. 표강일은 보이지 않았다.

"아, 사장님은 오시지 않았습니다. 요즘 워낙 바쁘기도 하고……."

탁대 씨 입장이 곤란할까 봐… 나 실장이 줄임말은 그것이었다. 표강일은 요즘 잰걸음으로 행보하고 있었다. 전부터 관리하던 장학회를 활성화하고 지역 유지와의 모임을 주관하는가 하면 각종 행사에도 모습을 드러내며 건재를 과시했다. 아마 시장 출마를 위한 포석인 것 같았다.

"이거……."

나 실장이 내민 건 박카스 한 병이었다.

"박카스 아닙니까?"

"양주 12병에 비할 바는 아니지만 목이라도 축이라고 사장님께서……."

탁대는 음료를 받아들었다. 딱히 거절할 만한 고가도 아니었기 때문이었다.

"큰일 했다고 인사를 전하라고 하시더군요."

"큰일까지야……."

"나중에 보면 알 겁니다. 이 일이 얼마나 큰 파급효과를 가지고 오는지."

"……."

"그래서 사장님이 직접 오고 싶어 하셨지만 여러 이유로……."

"괜찮습니다."

"그리고……."

나 실장은 잠시 뜸을 들인 후에 말꼬리를 붙였다.

"그 열두 명 가운데 특별히 조심해야 할 사람이 있다고 하셨습니다."

"이형민과 권해관 말인가요?"

"알고 있군요. 그중에서도 권 팀장을 주의해야 할 겁니다."

나 실장은 그 말을 남기고 차에 올랐다.

부웅!

차 엔진 소리는 아침 공기와 섞여 오랫동안 탁대 귓전을 맴돌았다. 어떻게든 관심을 표명할 줄 알았던 표강일. 그가 박카스 하나로 격려를 보내온 것이다.

'잘 마시죠. 하지만 그건 알아두세요. 나는 그저 시민을 위해 비리를 찾아낸 것뿐이라는 거.'

탁대는 박카스를 원샷했다.

택시에서 내린 탁대는 도서관 앞으로 향했다. 제일 먼저 목련이 탁대를 맞이했다. 서른세 개의 계단 아래 목련이 붓끝만 한 꽃봉오리를 내밀며 봄 바라기를 하고 있었다.

탁대는 목련을 좋아했다. 그 순결한 흰색 꽃이 고집스럽게 북쪽을 향하며 필 때마다 집념이 존경스러웠다.

탁대가 아침부터 도서관을 찾은 이유는 혜자 때문이었다. 마침내 그녀가 오늘부터 공시족의 첫발을 내딛는 것이다.

서른세 개의 계단, 그리고 그 아래의 목련 나무들.

탁대는 계단을 오를 때마다 생각했었다. 언젠가는 공무원이 되어 개운하게 이 계단을 오르겠다고. 언젠가는 저 목련처럼 공무원의 꿈을 활짝 터트리겠다고.

천변만화(千變萬化)!

마음은 정말 요물이었다. 언제부터 공무원이었다고 그때의 마음이 아련하게 느껴졌다. 탁대는 예전에 그랬듯 가장 도톰한 꽃망울을 보며 소망을 풀어냈다.

'목련아, 이제 내가 아니라 혜자가 합격하는 걸 도와주렴.'

괜히 콧날이 시큰거렸다. 그녀는 또 얼마나 지난한 길을 걸어갈까? 얼마나 많은 시간 동안 좌절하고 애를 태우며 시간을 분질러 나갈까?

그래도 탁대는 알 것 같았다. 혜자가 자신보다는 더 빨리 공부에 적응하고 더 빨리 합격할 거라는 걸. 그녀에게는 적어도 간절함이 있는 것이다. 탁대가 품었던 근자감과는 질이 다른 처절한 삶의 경험에서 얻은…….

'온다.'

회색의 겨울 끝자락을 밟으며 혜자가 모습을 드러냈다. 시청에서 보던 모습과는 또 달랐다.

"어머, 오빠!"

첫 목소리가 씩씩해 마음에 들었다. 주정차단속을 할 때의 다소곳하고 친절한 모습과는 달리 그녀는 당차고 활기차 보였다.

"뭐야? 잠 깨면 빨리 뛰어와야지. 이래 가지고 합격하겠어?"
탁대는 마음에도 없는 소리로 혜자를 맞았다.
"나 마중 온 거예요?"
"마중은 무슨… 마침 여기 지나는 길에 공부 잘하나 감시하러 온 거지."
"피이, 합격할 때까지는 관심 끊는다더니……."
"그 말 한 번 더 못 박아주려고 왔다."
"그러지 말고 솔직히 말해봐요. 나 보고 싶어서 왔죠?"
"어허, 공시족이 첫날부터 생각하는 거 하고……."
"저것 봐. 얼굴 빨개지는 거 보니까 내 말이 맞네. 오빠는 거짓말하면 얼굴 빨개지는 거 알아요?"
혜자가 탁대 얼굴을 빤히 바라보며 웃었다. 그건 사실이었다. 모태 솔로도 아니건만 착한 혜자를 보면 괜히 얼굴이 화끈거리는 탁대였다.
"얼굴은 누가 빨개졌다고 그래? 추운 데 서 있어서 그런 거지."
"그럼 그건 뭔데요?"
혜자가 탁대 등 뒤를 기웃거리며 말했다. 탁대가 등 뒤에 꽃을 숨기고 있었던 것이다.
"받아. 봤으니 할 수 없지."
탁대는 책과 함께 꽃 한 송이를 내밀었다. 혜자를 격려하기 위해 오는 길에 산 꽃이었다.
"와아, 역시 내가 남자보는 눈은 있지. 오빠는 알고 보면 로맨티스트라니까요."

"쓸데없는 소리 말고 들어가서 열공해. 하다 졸리면 10분 정도만 졸고."

"그래도 머리 멍멍하면 이 책 읽고요?"

"그러든가."

"걱정 마시고 나 없다고 여직원들에게 한눈팔지나 마세요. 그래봤자 명하하고 윤아 언니가 다 말해줄 거거든요."

탁대는 재잘거리는 혜자를 와락 잡아당겼다.

"오… 빠… 읍!"

놀란 혜자가 뭐라고 할 사이도 없이 탁대는 혜자의 입술을 덮었다. 아직 늦겨울, 하지만 탁대는 느꼈다. 혜자의 입술에서, 얼굴에서 풍기는 아련하고 풋풋한 목련 향기를…….

"합격하라고 합격 선배가 기 넣어준 거야."

입술을 뗀 탁대가 혜자의 어깨를 잡으며 말했다.

"기 좀 더 불어넣어주면 안 돼요?"

혜자가 배시시 웃을 때 탁대는 작은 향수를 내밀었다.

"머리 멍멍해지면 휴게실 나가서 냄새 맡아. 풀 향기라니 좀 개운해질 거야."

"오빠!"

"빨리 들어가."

탁대는 혜자의 등을 밀었다. 혜자 역시 탁대의 마음을 아는지 계단의 중간에서 딱 한 번 돌아보았을 뿐 한달음에 계단을 올라갔다.

'사랑해. 힘들지만 꼭 열공해서 합격하기를…….'

탁대는 염원을 빌며 하늘을 보았다. 뽀송한 솜털을 내민 목련

망울 사이로 아침 햇살이 내려오는 걸 보며 탁대는 발길을 돌렸다.

몇 걸음이나 갔을까, 탁대의 핸드폰이 알람을 울렸다.

—오빠, 많이많이 사랑해요. 나 꼭 열공해서 합격할게요.

혜자의 문자. 탁대는 핸드폰 액정 위에 진한 키스를 남기며 그녀의 행운을 빌었다.

'나도 사랑해.'

*　　　*　　　*

우병기.

눈은 멋졌다.

하지만 다른 부위는 정말 비호감이었다. 넓적한 볼살과 함께 이기적으로 생긴 콧날을 보니 별로 친하고 싶은 관상은 아니었다.

하지만 황골이라는 신분(?)과 상관없이 그의 이력은 중앙부처에서 근무해도 꿀릴 게 없을 것 같았다. 자그마치 유학파 지자체 전문위원이었던 것이다.

그는 독일 명문대를 나온 것으로 되어 있었다. 행정 쪽에서는 독일과 스페인, 일본을 무시하지 못한다. 그러니 일단 단순히 인맥을 타고 들어온 건 아닌 모양이었다.

상담실에 처박힌 탁대는 불만을 제기한 여직원들의 투서나 진정을 살펴보았다. 투서는 하나같이 워드로 작성한 글들이었다. 친필로 쓰면 혹시 뒷조사할까 꺼리는 게 다반사였으니 이상할 것도 없었다.

모욕적인 성적 농담.

불필요한 신체 접촉 과다.

안마 강요.

공공연히 저속한 사진이나 동영상 보기.

하나둘 불만 사항을 읽어가던 탁대는 다음 문장에서 눈을 멈췄다.

스커트 들추기.

'스커트까지?'

탁대는 고개를 갸웃거렸다. 물론 대기업처럼 여직원회가 활성화되거나 압력을 행사하는 건 아니었다. 그렇다고 해도 사람들 눈이 있고 귀가 있는데 이런 짓이라니?

하지만 투서 몇 장을 읽는 동안 탁대의 눈은 점점 더 커져만 갔다.

글에는 반드시 두 가지 의미가 담겨있다.

하나는 쓰인 대로 나타내는 뜻.

또 하나는 맥락이나 암시로 나타내는 뜻.

대학 재학 중에 탁대는 이런 강의를 들은 적이 있었다. 바로 유명한 문학평론가이자 소설가의 강의였다.

'글자대로 해석하는 건 지성인이라 할 수 없습니다.'

평론가는 열강을 했었다.

한국인은 자기 감정을 솔직히 드러내지 않으니 혹여 애인이 변심해 작별 편지를 보내거든 행간을 잘 읽어보고 문장 안에 숨은 뜻을 간파해야 한다고 했던 것이다.

'그렇다면…….'

탁대는 투서 하나를 골똘히 바라보았다. 이 투서의 행간에 감춰진 건 '성폭행' 이나 '성추행' 이 분명했다.

이번에는 팔호가 조사한 내용을 비교해 보았다. 탁대가 읽어낸 행간의 내용과 비슷한 내용은 없었다. 다들 침묵하거나 혹은 소극적으로 약간의 불미스러운 일이 있었다는 정도에 그치고 있었다.

'하긴 황골이시니…….'

탁대는 고개를 끄덕거렸다. 공무원 조직은 무지막지하게 보수적이다. 신규들은 그렇지 않지만 오래 근무한 사람들은 상당수가 그렇다. 문제는 신규들도 이 조직에 있다 보면 동화된다는 점이다. 생선 싼 종이에서 비린내가 나는 것이다.

탁대는 팔호의 조사를 더듬어 가려던 생각을 버렸다. 가깝게는 어제 조사한 여직원도 있는 조사. 그걸 오늘부터 다시 반복한다면 무슨 효과가 있을 것인가?

대신 우병기가 재임하는 동안 의회 사무국을 거쳐 간 여직원 명단을 뽑았다. 여직원들은 많았다. 이상한 공통점도 있었다. 불과 두 명을 제외하고는 1년이 갓 넘으면 다른 부서로 옮긴 것이다. 대개 한 부서에 발령이 나면 2~4년 정도 있는 관행과는 판이하게 다른 행태였다.

탁대는 사무국 근무 경험이 있는 여직원들을 현재 부서별로 분류했다. 그러다 보니 세 명의 여직원이 눈에 띄었다. 다른 직원은 대개 시청의 부서로 돌아왔는데 이들 셋은 사업소가 아니면 나름 오지로 속하는 면사무소로 발령이 난 것이다.

'이건 대개 좌천에 속한다고 말이 나오는 곳…….'

뭔가 살짝 필링이 느껴졌다.

'어쩌면 쉽게 실마리를 잡을 수도 있겠군.'

탁대는 출장 전자결재를 올리고 시청을 나왔다.

제일 먼저 만난 사람은 지역신문사의 고동길 부장이었다. 중소도시에는 풍문이라는 게 떠돈다. 그걸 가장 잘 아는 사람은 경찰서 정보과와 지역신문사였다.

"어이쿠, 우리 국민영웅님!"

고동길은 너스레를 떨며 커피전문점에 들어섰다.

"이제 그 말은 그만하시죠? 꼭 놀리는 거 같다고요."

탁대가 머쓱하게 말했다. 아무리 들어도 어색한 말이기 때문이었다.

"그나저나 왜?"

"이거요."

탁대는 보도 자료를 내밀었다. 출판사에서 보내준 그것이었다.

"오, 그때 받았던 편지가 책으로 되어 나오는 건가?"

"그렇다네요."

"이야, 그럼 잘 보여야겠네. 그 책 베스트셀러 될 것 같은데……."

"그거 보시면 써 있는데, 책 인세는 전부 보육원 같은 곳에 쓰기로 했습니다."

"어허, 그럼 우리 신문에 대문짝만 하게 실어야겠네."

"괜찮은 기사 감인가요?"

“당연하지? 이런 기사라면 중앙지에서도 그냥 있지 않을걸?”

“사실 몇 군데서 인터뷰 요청했다는데 출판사에다 거절 의사를 밝혔습니다. 제가 공무원이지 작가도 아니고…….”

“뭐, 그 성격에 오죽하겠나?”

“그건 그렇고 괜찮은 기사 감이면 리베이트 좀 주세요.”

“지금 나랑 거래하자는 건가?”

“그런 건 아니고요, 제가 정보가 부족해서 그렇습니다.”

“말씀해 보시게나. 우리 신문사에는 특종급 기사 감인데 시장님 빤쓰 색깔을 알려달래도 알려줘야지.”

고 기자는 반색을 하며 말했다.

“우병기 씨라고 의회 사무국 사무관급인데 혹시 아는 것 좀 있나요?”

“우병기?”

“예.”

“탁대 씨가 그 사람 털려고?”

“터는 게 아니라 이상한 투서들이 잇따라서요.”

“성추문 말인가?”

“아세요?”

“뭐, 전부터 그런 말들이 돌긴 했지. 그 양반이 워낙 괄괄해서 술자리에서도 반반한 알바생들 있으면 손잡는 게 예사거든.”

“좀 더 자세히 알려주시면…….”

“그때 검찰에서도 냄새를 맡고 내사 중이라기에 나도 의회 사무국에 들어가긴 했는데 몇 사람 여직원 붙잡고 물어봐도 다들 쉬쉬하더라고. 그리고… 검찰도 결국 별일 아닌 걸로 손 털었고. 그래서 누군가 우병기를 죽이려고 음해성 소문을 냈나 하고 말았지.”

“막연히 소문만 듣고 가셨단 말씀인가요?”

탁대는 넌지시 고 기자를 압박했다.

“그럴 리가 있나? 그래도 내가 명색이 기자인데…….”

“그걸 알려주세요.”

“허얼~! 그것도 풍문이었는데 냉큼 알려주자니 기자 체면이 말이 아니고…….”

“고 기자님!”

“알았어. 하긴 뭐, 그 풍문이 나만 아는 것도 아니고…….”

고 기자는 식은 커피를 털어 넣고서야 말꼬리를 잇기 시작했다.

“사실 그때 우병기가 기능직 여직원 하나를 사무실 안에서 성추행했다는 소문이 있었어.”

“……?”

탁대는 귀를 의심했다. 성추행. 그것도 사무실 안에서?

성추행!

이는 굉장한 일이다.

만약 여직원회가 활성화된 곳이라면 당연 파면에 손해배상까지 해야 할 수도 있다. 하지만 권한이 막강하다면 무마되기도 한다.

과거 모 방송국 부장의 경우가 그렇다. 낙하산으로 내려온 그는 여고생 킬러였다. 여학생들은 특히 가수들의 공연을 좋아한다. 정해진 방청석을 구하기 위해 새벽부터 줄을 서기도 한다.

이 파렴치한 부장은 줄 선 여학생들을 노렸다. 밤을 새워 기다렸는데 내 앞에서 딱 만석이 된다. 그러면 나이 어린 여학생들은 거의 멘붕이 되어버린다. 그때 이분이 출동해서 친절(?)을 베푼 것이다. 물론 대가를 요구했다. 상당수 여학생들이 당했다.

그걸 즐기시던 이 부장 나리. 결국 덜미가 잡혔는데 불행하게도 한 여고생이 임신을 했던 것이다. 이때도 사실 여고생의 부모와 합의를 보고 없던 것으로 끝났다.

그때 들고 일어난 게 노조였다. 위대한 낙하산이시라 고위층에서도 저 광화문 네거리의 눈치만 보고 있을 때 노조의 힘이 더 이상의 비극을 막아낸 것이다.

물론 지금은 상당수 방청권을 선착순이나 추첨, 기타 등등으로 바뀌 굳이 줄을 서야 하는 공연은 얼마 되지 않는다.

탁대는 고 기자가 알려준 정보와 여직원들을 매칭시켰다. 그러니까 성추행 소문이 난 시기를 전후해 사무국에 근무하던 여직원을 추적하는 것이다.

차성희.

강애자.

박은주.

세 명이 나왔다. 이들 셋은 그 사건을 전후해 이동이 되었다. 이들 중에서 차성희와 강애자가 마음에 걸렸다. 탁대는 전화기를 집어 들었다.

"여보세요?"

맨 먼저 만난 여직원은 차성희였다. 그녀는 시정팀에 보고해야 하는 보고서가 있다면 조금 기다려 달라고 했다. 탁대는 사업소가 가까운 하천변 벤치에 앉아 기다렸다.

"저기요."

한참이 지나자 한 여자가 방죽 위에서 탁대를 불렀다. 차성희였다.

"조탁대 씨?"

차성희는 잔디 위로 난 작은 길을 따라 하천변으로 내려왔다. 수수한 옷차림 속에 감춰져 있지만 몸매가 예쁜 여자였다.

"죄송합니다. 업무 중에 불러내서……."

"어쩌겠어요? 대감사실에서 나오셨는데……."

그녀의 말투에는 비꼼과 경계심이 서려 있었다.

"그냥 몇 가지 물어볼 게 있어서요."

"의회 사무국 일이라면 할 말 없어요. 거기서 나온 이팔호 씨라는 분에게 다 말했거든요."

"알고 있습니다. 저는 그냥 확인 삼아……."

"진짜 더 할 말 없다니까요."

"정말 아무 일도 없었다는 건가요?"

"네."

"그런데 왜 투서와 진정이 아직도 끊이질 않는 거죠?"

"그걸 내가 어떻게 알겠어요?"

"심정은 이해합니다만 현재 근무하는 여직원들을 위해서라도……."

"할 말 없다니까요."

"차 주사님!"

"가도 되나요?"

"……."

"아, 한 가지 부탁이 있네요."

바로 발길을 돌리던 그녀가 잠시 걸음을 멈췄다.

"제발 부탁인데 다시는 찾아오지 마세요. 무슨 뜻인지 알죠?"

사박사박!

그녀는 다시 풀을 밟으며 방죽으로 올라갔다. 걸린 시간은 5분도 채 지나지 않은 것 같았다.

'흐음, 역시 쉽지 않군.'

탁대는 편편한 돌을 집어 들었다. 그런 다음 하천의 물을 향해 물수제비를 날렸다.

톡톡토독!

돌은 날렵하게 수면을 밟으며 멀어지다 결국 물에 잠기고 말았다. 파문이다. 물 위에 남겨진 물결처럼 속절없는 것. 차성희는 아마 그런 생각을 하고 있는 거 같았다.

—그 얘기를 또 해야 해요?

두 번째 강애자는 전화 통화에서부터 거부감을 나타냈다. 아니, 정확히 말하면 거부감이 아니라 공포감 같았다.

"이번이 마지막입니다. 한 사람의 보고서로는 안 된다네요."

—정 그러면…….

강애자는 퇴근 후에 만나길 원했다. 면사무소로는 찾아오지 말라는 뜻이었다.

'5시 45분.'

그렇잖아도 퇴근 임박이다. 탁대는 선우 팀장에게 전화를 걸어 상담이 길어질 것 같아 귀청하지 못할 것 같다는 보고를 전했다.

강애자.

그녀는 30대 중반의 기혼 여직원이었다. 무엇보다 첫 인상이 참 좋았다.

"앉으세요."

탁대는 막국수집의 자리를 권했다. 면사무소 앞의 허름한 커피점에서 기다릴까 싶었지만 그곳도 그녀가 거부했기 때문이었다.

"배 안 고파요."

그녀는 앉지 않았다. 그녀 역시 차성희처럼 몇 마디만 하고 가고 싶은 눈치였다.

"한 그릇만 시키면 욕먹을 거 같은데요?"

탁대는 에둘러 그녀를 재촉했다. 마침 서빙 아줌마가 다가와 주문서를 들고 쳐다보는 바람에 그녀는 하는 수 없이 자리에 앉았다.

"의회 사무국 일 때문에 왔습니다."

탁대는 막국수를 입에 걸어 넣으며 말문을 열었다.

"……."

강애자는 말이 없다. 국수도 먹지 않는다. 그저 하릴없이 국수를 뒤적일 뿐이다.

"혹시 저 기억하시나요?"

"국민영웅……."

"혹시 그때 제 기분이 어땠는지 아세요?"

"……."

"실은 우병기 의원에게 당한 여직원들처럼 불안하고 두려웠어요."

공감을 사고 싶었다. 그 말은 들은 그녀가 뒤적이는 걸 멈추고 탁대를 바라보았다.

"하지만 기적이 일어났잖아요. 결국은 제가 트럭을 세우고 아이들을 구했으니까요."

탁대는 남은 막국수를 한 입에 밀어 넣었다. 그때 강애자의 낮은 목소리가 새어 나왔다.

"우병기를 상대로는 어떤 기적도 일어나지 않아요."

"……!"

탁대는 그릇을 든 채 강애자를 바라보았다. 잔뜩 굳어 있는 그녀의 표정에서 생채기가 느껴졌다.

"제가… 다시 한 번 기적을 만들어보겠습니다. 우병기의 비행(非行)을 알려만 주신다면……."

강애자는 대답대신 고개를 저었다.

"다들 침묵하시는군요. 하지만 우병기는 지금도 사무국에 있습니다. 그 안에는 여직원들이 있고요. 그러니 그 여직원들을 위해서라도……."

"새로 투서가 왔나요?"

"예? 예……."

"곧 알게 될 거예요."

"뭘 말인가요?"

"투서 보낸 여직원들 말이에요. 그게 다 소용없다는걸."

"강 주사님도 투서를 보내셨나요?"

"……."

"세상이 바뀌었습니다. 투서가 사실이라면 이런 파렴치한은 공직에서 몰아내야합니다. 아니, 법의 처벌을 받게 해야 합니다."

"누가 말이죠?"

강애자가 텅 빈 목소리로 물었다. 마치 세상을 다 내려놓은 듯 무게감이 없는 목소리에 탁대는 콧날이 시큰해 왔다. 그건 고통을 삭히고 삭혀 마침내 체념이라는 상처로 마감해 버린 음성이었다.

"제가 하겠습니다. 약속드립니다."

"국민영웅……."

강애자는 국수를 다시 뒤적이다 말을 이었다.

"당신이 청와대라면 또 모르겠네요."

그 말을 끝으로 강애자는 가방을 챙겨들었다. 가겠다는 의미였다.

"강 주사님!"

탁대는 비장한 목소리로 강애자를 잡았다.

"갈게요."

"당신은 알고 있잖아요. 그렇게까지 우병기가 무서운 건가요?"

탁대는 간절하지만 강애자는 그대로 일어섰다. 하지만 그녀는 돌아서지 못했다. 탁대가 승부수를 날린 것이다.

"정 이러시면 강애자 씨를 다시 의회 사무국으로 발령할 수도 있습니다."

"……?"

강애자의 낯빛이 우유를 바른 것처럼 창백해지는 게 보였다. 그건 얼굴만이 아니었다. 파르르 떠는 손과 후들거리는 다리. 승부수는 제대로 먹힌 것 같았다.

"나가서 계속 얘기하죠."

탁대는 계산을 마치고 가게 앞의 작은 공터에 놓인 통나무에 앉았다. 강애자는 잠시 후에 맥이 다 풀린 모습으로 다가왔다.

"왜 저를 못 믿으시는지 압니다."

탁대는 먼 산을 보며 다시 말문을 열었다.

"우병기… 시장은 물론 의장과도 막역하고 국과실별로 자료를 요구할 권한까지 있으니 국과장들이 설설 기겠죠. 그런데 너 같은 8급을 뭘 믿고… 그런 마음이시죠?"

"……."

"진실을 밝혀봤자 우병기는 코털 하나 안 털릴 테고 그 파장은 다시 고스란히 제보자에게로… 우병기가 그걸 찾아내서 어떻게든 해코지를 할 테니까요."

"……."

"그런데 한 가지는 모르시는군요."

탁대는 그쯤에서 강애자를 바라보았다. 여전히 선 채로 굳은 그녀의 표정은 무겁기 그지없었다.

"제가 괜히 국민영웅입니까? 저 그 사건으로 방송국 기자부터 신문사 데스크까지 아는 사람들 많습니다. 정 안 되면 그분들에게 부탁해서 박살 내줄게요."

"……."

"그래도 안 되겠습니까?"

"……."

"강 주사님!"

"조탁대……."

침묵하던 그녀의 입이 천천히 열렸다. 아까와는 사뭇 딴판인 음조였다.

"진짜 방송국 기자들 잘 알아?"

"그럼요. 더구나 이건 기자들이 사족을 못 쓰는 기사 감이잖아요."

"한 가지만 약속해. 그럼 다 말해줄게."

"약속?"

"시청 개자식들에게 보고하지 말고 방송국이나 신문사로 직행해. 우병기 그 새끼는 꼭 짜르되 우리 이름은 절대 거론하지 않는다고 약속하고."

'방송국으로 직행?'

"시청 간부들, 다 한통속이야. 말 나오는 게 싫어서 검찰 입까지 막은 개자식들인데 뭘 바라겠어. 약속할 수 있어?"

"강 주사님."

강애자의 눈에서 증오와 저주가 배어나왔다. 한이 얼마나 깊은지 알 수 있을 것 같았다.

"약속하죠."

탁대는 자신도 모르게 대답했다.

2장

천인공노할 갑(甲)질!

“그전에 너부터 대가를 치러야 해.”

“대가요?”

“눈 감아.”

“눈을 왜?”

탁대는 미간을 구기며 강애자를 바라보았다. 그 순간, 강애자의 손바닥이 허공을 갈랐다.

짝!

마찰음. 강력한 마찰음이 허공에 울려 퍼졌다. 강애자가 탁대의 따귀를 날린 것이다.

“미안해. 하지만 너는 해서는 안 될 말을 했어.”

“무슨…….”

“날더러 다시 사무국으로 가라는 말. 그게 얼마나 큰 공포인 줄 알기나 해?"

강애자는 그 말을 하면서도 부들부들 떨었다. 공황장애 같은 큰 공포를 겪은 사람들에게 금지된 말. 탁대가 그걸 넘어선 것이다.

"죄송합니다. 그건 아무 생각 없이 어떻게든 진실을 알아야겠다는 마음 때문에……."

탁대는 진심으로 사과를 했다. 그녀의 지옥, 그건 탁대의 상상보다 훨씬 더 심한 충격이었던 모양이었다.

"여기서 기다려. 오래 걸릴지도 몰라."

강애자는 저만치 떨어져서 전화를 걸었다. 누구와 통화를 하는 걸까? 탁대의 궁금증은 그리 오래가지 않았다. 얼마 후에 차성희가 자가용을 타고 등장한 것이다.

강애자는 그녀를 데리고 막국수집으로 들어갔다.

시간은 오래 걸렸다.

그래도 탁대는 자리에서 움직이지 않았다. 사회가 진보했다고 해도 여전히 공개하기 쉽지 않은 은밀한 일들. 그중에서도 성에 관한 것은 여전히 여자들에게 불리한 세상이었다.

더구나 차성희와 강애자는 기혼 공무원들. 가뜩이나 보수적인 색체가 강한 공무원 집단이다 보니 성에 관한 흠은 여자들의 잘못으로 돌리는 분위기도 만만치 않았다.

"여자가 말이야, 처신을 어떻게 했길래 그런 일을 당한 거야?"

이 말은 자료를 뒤질 때 고령의 '여자' 고참 공무원이 한 말이었다. 탁대는 놀랐다. 같은 여자로 감싸주지는 못할망정 그걸 여직원 탓으로 돌리다니? 그러니 저들의 말 못하는 고통이야 오죽하랴?

두 시간쯤 지나자 발이 시렸다. 탁대는 발꿈치를 통통거리며 추위를 달랬다. 두 여자가 나온 건 그때였다.

"맥주 한잔할까?"

술을 제안한 건 강애자였다. 차성희는 여전히 딱딱한 표정이었다.

차성희의 차는 시내 쪽의 파전집 앞에 멈췄다. 도로변의 식당이 괜히 고마운 날이었다. 자리를 잡고 앉자 탁대는 두 여자의 잔에 동동주를 따라주었다.

술은 차성희가 빨리 마셨다. 안주도 없이 세 잔을 거푸 마셔댄 그녀는 탁대가 네 잔째 따르려 하자 닫혔던 입을 열었다.

"조탁대."

그녀 역시 강애자처럼 반말이 튀어나왔다.

"네?"

"너 진짜 괜찮은 놈이니?"

술을 잘 마시지 못하는 건지 차성희의 혀를 벌써 꽤 꼬여 있었다.

"네?"

"다른 놈들처럼 결국 우릴 버릴 거 아니냐고?"

"아닙니다."

"방송국 기자들 많이 안다고?"

"예……."

"좋아. 너는 이 사건을 어디까지 알고 있는데?"

이제 아예 대놓고 반말이다. 탁대는 개의치 않았다. 어차피 둘 다 7급 주사보인데다 나이도 탁대보다 많은 선배인 까닭이었다.

"솔직히 말씀드리면… 관련 투서가 10여 장이 넘고… 그중에는 사무실에서 성폭행에 해당하는 추행을 당한 여직원이 있다는 것까지……."

"한 잔 더 부어봐라."

차성희가 빈 잔을 내밀었다. 탁대가 잔을 채우자 차성희는 반을 마시고 탁대를 쏘아보았다. 그리고 마침내 우병기를 둘러싼 비밀의 문이 열렸다.

"성추행당한 게 나야!"

"……?"

탁대는 귀를 의심했다. 설마 하던 일. 고 기자에게 들었지만 확신은 못하던 그 일. 그게 풍문이 아니었던 것이다.

"언니!"

파르르 떠는 차성희의 손을 강애자가 잡았다. 두 사람은 두 살 차이. 성희가 연상이었다.

"괜찮아. 사실 얼마 전에 세희 전화도 받았어."

"세희가?"

강애자가 눈을 동그랗게 떴다. 세희라면 현재 사무국에 근무 중인 여직원의 하나였다.

"걔도 당한 거야?"

"아직 당한 건 아닌데 자꾸 지분거린다더라. 이번에 독도 교육 프로그램 가는데 같이 가게 될까 봐 잠이 안 온다고……."

차성희는 목이 타는지 물을 자주 마셨다. 탁대는 시원한 물을 시켜 바꿔주었다.

"조탁대."

입술에 묻은 물을 닦은 성희가 탁대를 바라보았다. 벌써 몇 번째 부르는 이름인지 모른다.

"아까 나 찾아왔을 때 미안했어."

"아닙니다."

"솔직히 기분 나빴지?"

"아뇨."

"실은 그때부터 내 마음이 싱숭생숭했어."

"……."

"아무튼 너 한 번 믿어볼게."

"고맙습니다."

"왠 줄 알아?"

"잘 모르겠습니다."

"화물 트럭……."

그녀는 탁대를 또렷이 바라보았지만 탁대는 입을 열지 않았다. 뭐라고 말하려는 건지 종잡을 수 없었기 때문이었다.

"그날 네가 구한 아이들 중에 우리 소연이가 있었어."

"……?"

잠자고 있던 탁대의 눈이 동그랗게 변했다. 오, 마이 갓. 세상사 한 다리 건너면 다 통한다더니…….

"우리 소연이도 두 번이나 감사 편지 썼는데, 읽어봤겠지?"

"그럼요. 생각납니다. 트럭을 막고 있는 제 모습을 크레파스로 그랬던?"

탁대는 편지를 떠올렸다. 서툰 그림 아래 또박또박 눌러써져 있던 이름 장소연. 그 아이가 차성희의 딸이었던 것이다.

"그 개자식……."

차성희의 눈빛이 테이블로 떨어졌다. 누구든 잊어버리고 싶은 기억의 끈을 다시 당겨내는 것은 쉽지 않은 일이므로.

"개자식이 본색을 드러내는 데는 한 달밖에 걸리지 않았어."

마침내 차성희의 기억이 과거로 달려가기 시작했다.

시작은 전복죽이었다.

한 여름의 을지훈련 기간. 다들 비상 소집을 해야 하므로 일찍 출근해야 했다. 을지훈련 첫날, 비상 소집된 공무원들은 출근 점검을 마치고 아침 식사를 제공받는다. 하지만 잘난 우병기는 직원들이 가는 밥집의 아침밥을 거부했다.

"어젯밤에 너무 마셔서 말이지."

우병기는 차성희에게 전복죽을 요구했다. 차성희는 그 요구를 과 서무에게 전달했다. 그의 입지 덕분에 식비는 바로 해결이 되었다.

문제는 전복죽을 먹을 때였다. 차성희와 강애자, 두 명이 있는 사무실에 비극의 서곡이 울려 퍼졌다.

"차성희, 너 전복 먹어봤냐?"

우병기는 첫날 상견례가 끝나기 무섭게 모든 직원을 반말로 대했다. 그러니 차성희도 예외는 아니었다.

"먹어야 봤죠."

"전복 말이야? 꼭 여자 거기처럼 생기지 않았냐?"

"네?"

듣고 있던 차성희와 강애자는 귀를 의심했지만 우병기는 태연하게 뒷말을 이었다.

"냄새도 여자 거시기 냄새고 생김새도 여자 거시기고……."

"……?"

"야, 뭘 순진한 척하고 있어? 밤새도록 남편이랑 뒹굴다 온 주제들에?"

"의원님……."

차성희는 황당해서 말도 나오지 않았다.

"됐어. 난 이제 시들어서 너희가 준다고 해도 못 먹는다. 그러니까 눈깔 동그랗게 뜨고 쳐다볼 필요 없다고."

"……."

"아, 그래도 조개 찌를 때가 좋았는데… 이제 늙으니 여직원들도 번데기 취급하고 말이야."

우병기는 바지를 내리고는 속옷을 고쳐 입었다. 그것도 여직원들 보란 듯이 버젓이. 얼굴이 화끈거린 성희는 벽을 짚고 복도로 나왔다. 애자도 그 뒤를 따랐다.

두 번째 사건도 그날 이어졌다.

오후, 자료실 서고에서 성희가 자료를 찾을 때였다. 조금 높은 곳이라 의자를 놓고 자료를 뒤지는데 문득 이상한 느낌이 들었다.

"어머!"

놀란 성희는 얼른 스커트를 눌렀다. 아래쪽에서 우병기가 치마 안을 보고 있었던 것이다.

"미친년, 그거 좀 보면 닳으냐 달아? 처녀도 아닌 게……."

우병기는 적반하장으로 부아를 냈다.

"의원님……."

성희가 의자에서 내려와 울상을 지었지만 돌아온 건 엉덩이에 날아든 손바닥이었다.

"됐으니까 빨리 자료나 찾아!"

어이상실!

차성희는 기가 막혀 말도 나오지 않았다. 더는 참을 수 없어 팀장을 불러 하소연을 했다. 하지만 팀장의 처신은 더 가관이었다.

"아니, 내가 여쭤봤더니 그냥 농담으로 한마디 한 거고 서고에서의 일은 우연히 들어갔다가 보게 되었다는데 뭘 그런 걸 가지고 그래?"

"농담이라고요?"

"성희 씨는 농담 안 해? 직장 생활 다 그런 거지. 그런 거 마음에 안 들면 때려치우든가?"

팀장에게 한 상담은 안 한 것만도 못했다.

간을 본 우병기는 슬슬 더 농도가 진해지기 시작했다. 그 절정은 행정감사 자료 취합 기간이었다. 업무 때문에 시간외 근무를 하던 차성희. 복사기에 용지를 채울 때 허리를 숙인 걸 우병기가 본 것이다.

"차승희, 너 은근 섹시하다? 자연산이냐? 언제 연애 한 번 할까?"

"네?"

"그래도 내가 비아그라 먹으면 아직 쓸 만하거든. 네 남편보다 나을걸?"

"의원님!"

"왜? 쏠리냐?"

우병기가 느끼한 얼굴을 들이밀며 물었다. 소름이 돋은 성희는 우병기를 밀치고 뛰어나갔다.

그게 빌미가 되었다. 다음 날 우병기가 허리를 잡고 출근한 것이다.

"아이고, 허리야!"

우병기는 강애자가 듣든 말든 차성희를 보며 치근거렸다.

"너 때문에 내 허리 나갔으니까 책임져라. 이거 진단서 끊으면 알지?"

우병기는 사무국이 떠나가도록 소문을 냈다.

"싸가지 없는 차성희가 상관이 시간외 근무시켰다고 밀어서 허리 병신이 됐다."

그 일로 성희는 과장에게 불려가 호된 질책을 받았다. 중요한 분인데 그렇게 밖에 못 모시냐고.

그리고 사건은 이틀 후에 터졌다.

"차성희는 남아서 이 보고서 끝내고 가."

퇴근 시간, 애자와 함께 일어서는 성희를 우병기의 말이 막아섰다. 시장과 의장의 신임을 받는 의원 나리. 성희는 찜찜했지만 거부할 수 없었다.

저녁 7시가 넘자 우병기는 식사를 한다며 과장과 함께 나갔다. 성희를 그때를 이용해 서고에 들어갔다. 참고할 서류가 있지만 우병기를 의식해 들어가지 못했던 것이다.

서고에서의 시간은 후딱 지나갔다. 수많은 사례들 틈에서 맞춤한 걸 찾아내는 건 늘 쉽지 않은 일이었다. 겨우 자료를 찾아 들고 사다리를 내려올 때였다.

"……?"

성희는 기겁을 했다. 언제 들어왔는지 우병기가 문 앞에 서 있는 게 아닌가?

"의원님……."

"자료 찾느라고?"

우병기는 천천히 성희에게 다가왔다.

"예……."

"이리 줘봐."

우병기가 손을 내밀었다.

"여기……."

성희는 서류를 넘기며 나갈 곳을 찾았다. 하지만 책꽂이 사이가 좁아 나갈 틈이 없었다. 그 사이에 우병기의 팔꿈치가 성희의 가슴에 물컹 닿았다. 기겁을 한 성희가 몸을 움츠렸다.

"왜? 쏠리냐?"

"네?"

"하긴 네 젖통이 좀 쓸 만하긴 하지."

"왜 이러세요?"

성희는 본능적으로 위험을 파악하고 우병기의 손을 뿌리쳤다.

"아따, 거 한강에 배 지나갔다고 흔적이 남는 것도 아니고 한 번만 엔조이 하자."

"미쳤어요?"

놀란 성희가 손을 날렸지만 우병기는 태연히 그 손목을 나꿔챘다. 그런 다음, 그녀를 벽에 밀어붙이고 손가락으로 가슴을 쿡 찔렀다.

"안 돼, 안 돼!"

"안 되긴 뭐가 안 돼? 보아하니 욕구불만인 거 같던데?"

성희의 입을 막은 우병기는 남은 손으로 스커트를 슬쩍 들어올렸다.

"읍읍!"

너무나 놀란 성희는 온몸에 맥이 풀리는 걸 느꼈다. 그 순간을 틈타 우병기는 성희의 허벅지를 주물렀다. 겨우 정신을 차린 성희는 우병기의 정강이를 걷어차고는 서고 문을 향해 뛰었다.

사무실로 나온 성희는 서고 문을 걸어버렸다.

"열어! 이거 안 열어?"

우병기는 문을 두드리며 난리법석을 떨었다.

"우어어엉!"

문에 기대 통곡을 한 성희는 사람들 발소리를 듣고는 겨우 정신을 차렸다. 그런 다음 가방을 집어 들고 밖으로 뛰었다. 성희가 생각하는 건 오직 하나였다. 사무실을 벗어나야 한다는 거. 우병기가 안 보이는 곳으로 가야 한다는 거.

사흘간 병가를 내고 앓아누웠던 성희가 출근했을 때 사건은 반대로 뒤집혀져 있었다. 업무 지시에 불만을 품은 여직원이 상사를 서고에 가두고 근무지를 이탈한 것으로 되어 있는 것이다.

"썅년, 운 좋은 줄 알아!"

우병기는 과장과 팀장, 애자가 지켜보는 가운데 성희를 윽박지르고는 시청에 보고하려던 서류를 찢어버렸다. 적반하장으로도 모자라 덤터기를 씌워놓고 봐주는 척 인심까지 쓴 것이다.

이걸 경찰에 고소하고 끝내?

아니야. 조금만 더 근무하면 연금대상자가 되는데…….

성희는 사흘 동안 반복했던 고민을 사무실에서도 끊어내지 못했다. 우병기의 인간성으로 보아 시치미를 뗄 건 불을 보듯 뻔했다. 더구나 본 사람도 없다. 증거도 없다. 자칫하면 사장될 건 오히려 성희였다.

그래서 짜낸 머리가 제3자를 가장해 감사실에 투서를 했던 것이다. 사건도 조금 바꾸어 성희라고 짐작하지 못하도록 꾸몄다. 투서는 이전에도 있었다. 다른 방 여직원들의 하소연을 들은 적이 있는 성희였던 것이다.

하지만!

철퇴는 우병기가 아니라 성희에게 떨어졌다. 투서 사실은 우병기에게 고스란히 알려졌고 우병기는 성희를 윽박질렀다.

"남자만 보면 꼬리치는 게 투서를 해? 니 남편이랑 애들한테도 다 말해줄까?"

결국 성희가 택한 건 안면이 있는 인사과 직원들에게 간곡히 부탁해 의회 사무국을 떠나는 길이었다. 똥이 더러워서가 아니라 '무서워서' 떠난 것이다.

"오, 마이 갓!"

성희의 고백을 들은 탁대는 진심으로 분노를 느꼈다. 그건 차마 문명인이 할 짓이 아니었다. 더구나 공무를 수행하는 공무원, 나름 숭고한 복무 선서까지 하고 임용된 마당에야!

"언니……."

듣고 있던 애자가 성희의 팔을 잡으며 눈물을 떨어뜨렸다.

"울긴 왜 울어? 너도 사실 많이 당했잖아?"

"그래도 나는 언니가 그 정도일 줄은……."

"그런 말 누구한테 하겠니? 나, 그 사건 후에 정신과 치료도 받았지만 입을 여는 건 오늘이 처음이야."

성희는 하얗게 가라앉은 동동주를 입으로 가져갔다.

"그럼 그 일도 사실이겠네?"

애자가 조심스럽게 입을 열었다.

"무슨 일?"

"그 인간을 처음으로 모셨던 이유안 있잖아. 그 신규라는 애 말이야."

"갓 결혼하고 발령받았다던 눈 크고 착한 애?"

"응."

"걔가 왜? 걔는 좋은 데 취직했다면서 사표 내고 나갔잖아?"

성희가 되묻는 동안 탁대는 이야기에 귀를 기울였다.

"걔 나간 후에 들은 소문인데 그 인간 때문에 유산까지 했다고……."

"정말?"

"그냥 설마했는데 언니 얘기 들으니 그것도 사실일 가능성이 높아."

애자는 불안한 시선으로 탁대를 바라보았다.

"죄송하지만 전에 주사님 투서를 조사했던 사람이 누구죠?"

탁대가 성희에게 물었다.

"권해관이……."

'권 팀장?'

"솔직히 말하면 그 자식이 더 개자식이었어. 살살 웃으면서 겉으로는 여직원들 편을 들어줄 것 같았지만 그렇게 빼낸 여직원들 말을 100% 우병기에게 넘겨주었으니까."

"진짜 개자식이로군요."

탁대는 전적으로 동의했다.

"내 말 적지는 않았지?"

"네. 맹세컨대 앞으로도 절대 기록으로 남기지 않을 겁니다."

"고마워."

"같은 남자로서 드릴 말씀이 없습니다."

"말로 하지 말고 결과로 보여줘."

상처를 다 쏟아낸 성희는 담담해 보였다.

"그럼 다른 여직원들도?"

"대동소이할 거야. 여직원뿐만 아니라 남직원도 예외는 아니고."

"남직원까지요?"

"그 인간은 우리를 노예로 알고 있거든. 남직원들도 여차하면 따귀 맞는 건 일도 아니었어."

'헐~!'

"사실 웬만한 건 팀장하고 과장이 다 알아. 하지만 그 인간들도 어쩌지 못하는 거야. 우병기에게 잘못 보이면 자기들도 괴롭다는 거 알고 있으니까."

"……."

"가자, 애자야!"

툭툭 자리를 털고 일어난 두 여자는 대리기사를 앞세워 파전집에서 멀어져 갔다.

혼자 남은 탁대는 동동주 작은 항아리를 통째로 들고 들이켰다.

"이모, 여기 한 항아리 더요."

두 번째 항아리의 절반쯤 마시자 겨우 갈증이 사라졌다.

'개새끼들.'

탁대의 눈에 불꽃이 이글거리기 시작했다. 다들 개혁하는 세상이었다. 계급으로 부하에게 막장 갑질하는 위세는 이제 군대에서도 허용되지 않는다. 그런데 무슨 중세의 신분 사회도 아니고 같은 공무원끼리 이런 난장이라니.

'하늘에 맹세코 내가 잘근잘근 씹어주마.'

탁대는 후끈 분노를 곱씹었다. 영하 20도의 밤에 알몸에 물을 뿌리고, 거시기에 한 번 더 뿌려 밤새 빨랫줄에 매달아둬도 시원찮을 인간들. 그런 다음에 쥐포를 굽듯 화염을 쏘아 통째로 끄슬러도 신통찮을 놈들. 탁대는 피가 미친 듯이 역류하는 걸 간신히 참으며 일어섰다.

"허어, 딱한지고."

그날 밤, 꿈에서 만난 로르바흐가 혀를 찼다.

"이럴 때는 벼락 마법 같은 거 하나 있으면 좋겠습니다. 차 타고 가는 거 확 지져 버리게."

탁대는 흥분을 감추지 못했다.

"하긴 나라도 그런 마음이 드네만……."

"대마법사님도 그런 말종 인간을 본 적이 있습니까?"

"글쎄… 라도혼 공국은 신분 사회니 높은 신분의 귀족이 천한 하녀나 노예 같은 여자들을 능욕하는 건 있을 수 있겠지만, 그들도 어쨌든 동의를 받거나 대가를 제공하면서 관계를 갖는 거지. 그런 일은 전쟁터에서나 가능한 일이야."

"그러니까 제가 미치겠다는 겁니다. 중세에서도 자행되지 않은 일을……."

"그래. 어쩔 셈인가?"

"어쩌긴요? 일단 그 의원인가 뭔가 하는 인간부터 뽀작을 낼 겁니다."

"자네 사회는 법치국가 아닌가? 개인적 복수 같은 건 금지로 아는데?"

"이런 인간은 법으로 교화되지 않습니다. 보나마나 온갖 권력을 동원해서 빠져나갈 거거든요."

"공감은 가네만……."

"죄송합니다. 이런 치부를 보여드려서."

"뭐 그대가 죄송할 거 있나? 어느 시대나 어두운 면은 다 존재하는 법이라네."

"그런 인간 제대로 족치는 법 같은 거 없을까요? 제가 가지고 있는 초보 마법을 응용해서 말입니다."

"허허, 이제 보니 새 아이템을 원하는 건가?"

"그건 아닙니다만 요즘 유행하는 융합 같은 게 생각나서요."

"융합이라……."

"말 타면 종 앞세우고 싶다는 심보가 아니라 제가 사용 가능한 마법 중에 상대에게 직접적 해를 끼칠 수 있는 건 화염탄뿐인데 그건 사용에 장애가 많습니다."

"계속해 보시게."

"뭔가 상대에게 겁이라도 줄 수 있는 게 있으면 좋을 거 같아서요."

"겁은 꿈에 들어가면 얼마든지 가능하지 않나? 저번에 보니 아주 제대로 마법사던데?"

"그렇긴 한데 상대가 잠자는 모습을 보기가 쉽지 않거든요."

"하긴 그 마법들은 전부 합쳐도 장난에 불과한 것이니……."

"역시 제 욕심이죠?"

탁대는 괜한 말을 한 것 같아 얼굴을 붉혔다.

"아닐세. 뭐 한 가지 응용이 가능한 게 있긴 하네만……."

"가능한 게 있다고요?"

"순간독심 말일세. 그걸 응용하면 상대방의 뇌에 잠깐 데미지를 줄 수 있다네."

"어, 어떻게 말입니까?"

탁대는 귀를 쫑긋 세우고 대마법사를 바라보았다.

"더하기 빼기의 원리네만."

'더하기 빼기?'

"내가 시범을 보여주지."

그 말과 함께 로르바흐의 몸이 청색 광채를 터트렸다.

'억!'

탁대는 머리를 감싸 쥐었다. 독심이 아니라 그 반대. 즉 로르바흐의 온갖 생각이 멋대로 탁대의 머리를 치고 들어온 것이다.

"으아악!"

탁대는 무릎을 꿇은 채 머리를 부여잡고 몸부림을 쳤다. 머리가 깨질 듯이 아팠다.

'으헉!'

온몸을 적신 땀과 함께 잠에서 깬 탁대. 얼핏 시계를 보니 새벽 6시가 가까운 시간이었다.

'독심의 반대… 그러니까 상대방의 생각을 읽는 게 아니라 무작위로 내 생각을 후벼 넣는다?'

공감이 갔다. 머리를 침범하는 타인의 생각. 그 또한 인체의 입장에서는 이물질에 틀림이 없었다.

이른 아침 출근길, 탁대는 개를 만났다.

그는 인간의 탈을 쓴 개였다. 그렇지 않고는 아침부터 골목의 정중앙에서 보란 듯이 방뇨를 할 리가 없었기 때문이었다. 뿐만 아니라 그 개는 방뇨를 나무라는 자가용 운전자의 길을 막고 온갖 쌍욕으로 취한 자의 특권(?)을 누리고 있었다.

"야, 이 새끼야. 니가 경찰이야 뭐야? 내가 오줌 싸는 데 보태준 거 있냐? 붕신 새끼, 너 몇 살 처먹었어?"

개는 범퍼 앞에서 점점 더 깐죽거렸다. 어이가 없는 운전자가 핸드폰을 걸려할 때 탁대가 슬쩍 끼어들었다.

"취해서 금세 맛이 갈 거 같으니까 조금만 기다려 보세요."

그러면서 슬쩍 리버스 독심을 구사하는 탁대. 탁대는 아무 거나 생각나는 대로 무차별 생각을 퍼부었다.

"억?"

효과는 금세 나타났다. 개가 머리를 싸주고 비틀거린 것이다. 탁대는 더 많은 생각을 퍼부었다. 그러자 개는 비칠비칠 물러나 벽에 기대 거품을 뿜었다.

효과 대박!

탁대는 아무도 몰래 주먹을 불끈 쥐며 쾌재를 불렀다.

"보세요. 제 말이 맞죠?"

그 말을 남긴 탁대는 휘파람을 불며 버스정거장으로 향했다. 상큼하게 시작하는 아침, 저만치 담장 너머에서 산수유 망울이 눈에 들어왔다. 봄이 오고 있다는 신호였다.

31번.

탁대는 도서관의 그 자리 앞에 섰다. 메르센 소수인 숫자 31. E—running room이라고 이름 붙은 이 노트북실의 자리가 바로 혜자의 전용석이라고 한다.

물론 도서관에 전용석 따위가 있을 리 없다. 하지만 가능하기도 하다. 아침 일찍 오는 도서관 귀신들은 대개 앉는 자리에만 앉는다. 얼마 다니다 보면 서로 그걸 알 수 있다. 따라서 굳이 그 자리를 침범하지 않는다.

탁대는 빈 의자에 앉아보았다. 여기서 혜자가 공부를 한다. 동강을 듣고 수험서를 넘긴다. 그래서일까? 어쩐지 그녀의 냄새가 끼쳐 오는 것 같았다.

탁대는 장미 한 송이와 아메리카노 커피 한 잔을 올려놓고 일어섰다. 불쑥 놓고 가는 탁대의 작은 마음이 혜자에게 큰 응원이 되기를 소망하면서.

—31번 좌석, 내 이름으로 맡아놨어. 오늘도 힘내!

도서관 앞에서 문자를 보냈다. 도서관에 자리를 맡는 건 원래 금지된 일이다. 하지만 중고생 시험 기간이 되면 부모들이 출동해서 맡아놓기도 한다. 도서관도 알고 있지만 일일이 단속할 수 없으니 그냥 넘어가 버린다.

다시 시청행 버스에 오를 때 혜자의 문자가 들어왔다.

—오빠, 꽃하고 커피 너무 감동이야. 오늘은 두 배로 공부할게.

어느새 탁대의 가슴에 깊이 자리 잡은 혜자. 그녀가 화면의 문자 위에서 목련처럼 하얗게 웃고 있었다.

"별 진척이 없다고?"

감사실 회의 테이블에서 권 팀장이 물었다. 그는 선우 팀장과 강 주임, 그리고 팔호를 앞에 놓고 모닝커피를 마시던 참이었다.

"예."

탁대는 외투를 벗어 의자에 걸치며 대답했다.

"그렇다니까. 하여간 까탈스러운 여직원들 많아서 문제야. 이젠 손만 스쳐도 성추행이라고 하니……."

권 팀장은 커피 잔을 놓으며 혀를 찼다. 그 사이에 탁대는 여직원들의 반응을 살폈다. 양 주임과 김영화, 그리고 하채린까지 별다른 반응이 없다. 하긴 감사실의 여직원들이라면 시끄러운 부서로 갈 가능성은 적었다. 그들 중 상당수는 핵심부서 안에서 빙글빙글 돌게 되므로.

"우 의원님이 좀 괄괄하기는 해도 그런 인품은 아니니까 형식적으로 조사하고 마무리하게. 그 양반 성질나면 우리도 감당 못 해."

권 팀장은 협박인지 조언인지 구분이 모호한 말로 탁대를 다그쳤다.

"야, 이팔호. 동기끼리 차 한잔할래?"

잠시 후에 팔호가 옆 자리로 오자 탁대가 슬쩍 말을 건넸다.

"차 금방 마셨거든요."

"커피 말고 다른 거 사줄게."

탁대는 그 말을 던지고 일어섰다. 팔호는 일어나지 않았다. 하지만 탁대가 문 앞에서 바라보자 하는 수 없이 엉덩이를 들었다.

"할 말 있으면 빨리 하세요. 저 조사할 사람 들어오라고 했거든요."

자판기 앞에서 팔호가 말했다. 그렇거나 말거나 탁대는 율무차부터 안겨주었다.

"딱 한 가지만 묻자."

"뭔데요?"

"의회 사무국 우 의원 말이야 진짜 결백하냐?"

그 말과 함께 탁대의 순간독심이 발현되었다.

—븅신, 이게 또 찬밥 더운밥 못 가리고 숟가락질할 모양이네?

—오냐, 어디 한 번 깝쳐 봐라. 그 양반 앞에서는 국민영웅도 개밥

일 테니.

"결백하냐고?"

탁대는 입을 다물고 있는 팔호를 한 번 더 자극했다.

—결백은 C8, 아니 땐 굴뚝에 연기 나겠냐? 하지만 그 양반은 시장도 못 건드린다. 응!

"미안하지만 시장은 못 건드려도 나는 건드릴 거거든."

"……?"

탁대가 속마음을 콕 집어내자 놀란 팔호가 주춤 물러섰다.

"너 알고 있지? 우 의원이 여직원들 성적으로 농락하면서 개쌍욕이나 지껄이고 남직원들에게도 폭했다는 거?"

"그, 그건……."

"됐다. 가 봐라."

탁대는 다 마신 종이컵을 쓰레기통에 던져 넣었다.

"뭐, 뭘 넘겨짚는 거예요? 내가 알긴 뭘 안다고."

뭔가 이상한 걸 느낀 팔호가 자기 방어를 시작했다.

"됐으니까 가보라고!"

탁대가 목소리를 깔며 눈을 부릅떴다. 질문을 던진 건 확인을 위해서였다. 알면서 감추는 것과 모르고 있는 건 엄청난 차이기 때문이었다.

"아, 진짜. 아침부터……."

팔호는 마시지도 않은 율무차를 쓰레기통에 던지며 돌아섰다.

'개자식…….'

탁대의 입에서 욕이 저절로 튀어나왔다. 솔직히 남자니까 업무상 술을 얻어먹는 건 이해하려고 했다. 술자리에 도우미를 불러 노는 것도 이해하고 싶었다.

하지만!

이건 피해자의 영혼이 망가지는 일이었다. 더구나 한둘도 아니다. 성추행에 유산까지…….

'이번 일 제대로 알고도 침묵하는 거라면…….'

탁대는 안광을 뿜으며 뒷말을 이었다.

'너도 나한테 죽는다!'

길게 끌고 싶지 않았다. 그럴 가치도 없었다. 탁대는 허허실실 작전을 구상했다. 원래 구린 인간들은 아부에 약한 것. 그게 약점이라면 굳이 못 할 것도 없었다.

"우 의원님, 감사실에서 나왔습니다."

의회로 찾아간 탁대는 우병기를 보자마자 조폭처럼 허리를 조아렸다. 우병기의 입이 단박에 귀밑까지 쫙 찢어졌다.

"어이구, 대감사실 직원이 그렇게 깍듯이 인사하시면… 어이, 여기 차 좀 내와. 최고급으로!"

우병기는 반색을 하며 탁대에게 자리를 내주었다.

"그래. 확인 차 들리신 거라고?"

"예. 귀찮으시겠지만 크로스로 감사를 해야 도감사나 감사원에서도 군말을 않거든요."

커피를 받아든 탁대는 엄한 감사원까지 팔아먹었다.

"그 자식들, 지들이 뭔데 난리야? 우리 봉황시를 뭘로 알고……."

우병기는 기고만장이다. 간이 널널해진 느낌이 왔다.

"그동안 괜한 오해 때문에 스트레스 받으셨지요? 권해관 팀장님이 정중히 설명해 드리라고 하시더군요."

"그 친구는 인간성이 됐다니까. 아, 살다보면 사람이 구설수에도 오르고 그러는 거지, 뭐."

이제는 아예 호인처럼 보인다. 괄괄한 성격이다 보니 표정만 제대로 세팅되면 여직원들의 말이 모함이라고 해도 믿길 것 같았다.

"그래서… 식사라도 한 번 대접할까 합니다. 그간 감사받는 과정에서 서운함이 있으면 그것도 좀 지도해 주시고요."

"그 뭐, 지도까지야."

"일식 좋아하신다기에 정식으로 저녁을 예약해 두었는데 괜찮으시겠습니까?"

"그러자고. 역시 국민영웅답게 쿨하구만."

"그럼 나가시죠. 퇴근 시간도 다 되었으니 제가 모시겠습니다."

탁대가 일어나 분위기를 잡았다.

"이봐. 자네들도 좀 보고 배우라고. 이렇게 요직에 있는 분들도 싹싹한데 우리 사무실 직원들은 이런 마인드가 없단 말이야."

우병기는 책상의 핸드폰을 집어들고 탁대의 뒤를 따랐다.

"나는 화장실 좀 다녀오겠네. 나이 먹으면 수도가 자꾸 헐거워져서……."

일식집 내실에 자리를 잡자 우병기가 일어섰다. 문 쪽에 앉았던 탁대는 예의를 갖춰 목례를 했다.

'어디, 한 번 스캔 좀 해볼까?'

탁대는 테이블에 놓여진 우병기의 핸드폰을 집어 들었다. 우병기의 핸드폰에는 잠금장치가 없었다.

'여기 있군.'

사진과 동영상을 뒤지는 탁대. 동영상은 별로 어렵지 않게 찾아냈다. 우병기가 다운 받아둔 파일은 주로 일본 야동이었다. 가슴이 글래머러스한 여자들이면서 오피스 레이디인 AV배우들. 하나둘 눌러보자 우병기의 취향을 알 것 같았다.

'응?'

다음으로 사진을 넘기던 탁대의 눈이 동그래졌다. 앨범에는 여직원들 사진이 빽빽하게 저장되어 있었다. 그중에는 물론 차성희와 강애자도 있었다.

'사진을 왜?'

탁대는 핸드폰 살피는 속도를 높였다. 혹시나 이상한 사진이 있을까 싶어서였다.

"……!"

그 기대는 빗나가지 않았다. 또 다른 폴더에 문제의 사진이 있었다. 바로 여직원들의 다리나 뒤에서 찍은 엉덩이, 심지어는 스커트 안을 찍은 것도 보였다.

저벅저벅!

발소리와 함께 탁대는 얼른 폰을 제 자리에 놓았다. 우병기가 문을 열었다. 느끼한 인간답게 오줌 묻은 손도 안 씻은 상태였다.

"한 잔 올리겠습니다."

정식이 나오자 탁대는 데운 정종을 따라주었다. 아직까지는 공손했다.

"자네 진짜 마음에 드는군. 역시 큰일 하는 친구들이 인성도 좋단 말이지."

우병기는 정종을 단숨에 비워내며 허풍을 떨기 시작했다.

"어떤가? 이번 인사이동 때 의회에서 근무해 볼 생각 없나? 마음만 있으면 내가 땡겨 줄 테니까."

"말씀만 들어도 고맙습니다."

"왜? 승진에 문제 생길까 봐? 그것도 걱정 말게. 내 말 한마디면 인사위원회고 인사과장이고 뭐고 다 설설 기게 되어 있으니까."

"그것보다는……."

탁대는 조심하는 척 슬쩍 변죽을 울렸다.

"의회는 섹시하고 예쁜 여직원들이 없어서……."

"예쁜 여직원? 아, 자네가 미혼이지?"

"예."

"하긴 자네 말이 진리네. 내가 인사과장 이 인간에게 쓸 만한 여직원 좀 보내라고 그렇게 말을 했건만……."

"그나저나 의원님은 정력이 세다고 소문이 났던데 무슨 비법이라도 있습니까?"

그쯤에서 탁대는 슬쩍 떡밥을 던져 놓았다.

"정력? 하긴 정력하면 또 이 우병기지. 내가 한참 잘나갈 때는 독일 여자 네 명을 품고도 자봤거든.”

“우와, 존경스럽습니다.”

“뭐 지금도 없어서 그렇지 대주기만 하면 하룻밤에 몇 명쯤은 문제없어.”

천성은 속일 수 없는 걸까? 우병기는 금세 인성의 바닥이 드러나기 시작했다.

“그럼, 혹시 의원님도 야동 같은 것도 보십니까?”

탁대는 아주 순진한 총각처럼 얼굴까지 붉히며 물었다.

“아, 대한민국 남자라면 야동 같은 건 당연히 봐야 하는 거 아닌가?”

“그럼 혹시 일본 야동?”

“이 친구 진짜 뭘 좀 아는군. 야동하면 재팬 아닌가?”

“그럼 혹시 야동 많이 보시고 같이 근무하는 여직원들 보시면서 상상도?”

“응?”

우병기는 거기서 잠깐 주춤거렸다. 수위 조절을 하던 탁대는 잠시 말머리를 돌렸다.

“저는 아직 수양이 덜 되어서인지 야동을 보면 자꾸 따라하고 싶은 충동이…….”

“자네가 그렇단 말이지?”

“예. 제가 아직 숫총각이라서…….”

“숫총각? 그 나이에?”

“애인도 없이 대학 졸업하고 공무원 시험 공부하느라 도서관에만 처박혀 있었더니…….”

"푸하하핫!"

우병기는 입안의 초밥 밥알이 다 튀어나올 정도로 크게 웃었다. 그중 몇 개의 파편을 맞은 탁대는 꾹 참고 밥알을 떼어냈다.

"좋아. 그럼 내가 제대로 알려주지. 여자란 말이야, 다 요물이야. 속으로는 좋으면서도 겉으로는 내숭을 떨거든. 속으로는 누가 한 번 안 찔러주나 하면서도 남자가 다가가면 어머 안 돼요, 하고 자지러지는 게 여자란 말이지."

"그럴 때는 어떻게 하죠?"

"뭘 어떻게 해? 그저 여자는 단둘이 있게 되면 무조건 주워 먹는 게 임자다, 이거지."

"그렇게 해서 여직원을 몇 명이나 주워먹으셨나요?"

"응?"

기세를 올리던 우병기가 다시 주춤거렸다. 그제야 뭔가 이상한 느낌을 받은 모양이었다.

"남자끼리 뭘 그러십니까? 몇 명이나 건드리셨어요?"

탁대는 쑥맥처럼 보이던 조금 전과는 달리 느끼한 미소까지 지으며 우병기를 바라보았다.

"자네, 지금 뭐 하자는 건가?"

비로소 낌새를 차린 우병기가 목에 힘을 주었다.

"강애자는 유산시키고, 이유안은 강제로 성폭행하려다 실패, 거기다 차성희 앞에서는 거시기를 주물럭거리면서 정력을 과시했다면서요?"

"뭐야!"

"아닙니까?"

다시 되물으며 탁대는 순간독심을 발현시켰다.

—이 새끼 뭐야?

—지금 감히 나에게 유도신문?

—아니지. 내가 성폭행하려던 건 차성희였고 거시기를 보여주었더니 충격을 받아 유산하고 사표를 낸 건 이유안이야.

"혹시 남자들도 따먹었나요?"

"뭐야?"

우병기의 목소리가 높아졌다. 방귀 뀐 놈이 성질내는 법. 비위를 맞춰주는 척 알랑거리다가 핵심을 찔렀으니 부아가 치밀 것은 당연했다.

"너, 지금 뭐 하자는 거야?"

우병기는 마침내 본색을 드러냈다. 간부의 위엄을 부리며 떨던 꼴갑이 인내심의 바닥에 닿은 것이다.

"여직원들 성추행했잖아? 이 개자식아!"

탁대는 한 치의 흐트러짐도 없이 자극을 계속했다.

"아니, 이 새끼가 미쳤나? 너 내가 누군 줄 알아?"

우병기의 목소리가 찢어지기 시작했다.

"누군 누구야? 힘없고 죄 없는 여직원들에게 성도착증 증세나 뿜어대는 미친 늙다구리 변태 새끼지."

"야, 조탁대!"

우병기는 테이블을 엎으려고 모서리를 잡았다. 하지만 음식을 뒤집어쓸 탁대가 아니었다. 어느새 작렬시킨 접착 마법에 우병기의 손발이 붙어버린 것이다.

"똥 마렵냐? 이 개자식아. 마려우면 싸던가? 원래 고상하지도 않은 인간이 뭘 가리고 지랄이야."

"너……."

우병기는 손을 떼어내려고 발악을 했지만 그게 떨어질리 없었다.

"그래. 시장, 의장 빽 믿고 여직원들 희롱하니까 좋냐? 가족관계 보니까 중고등학교 다니는 딸이 둘이던데 걔들은 안 건드렸냐?"

"이, 이……."

"그렇게 꼴리면 사창가라도 가던가. 보아하니 발기도 잘 안돼서 비아그라를 박스로 들고 다니는 인간이 왜 그렇게 더티해?"

"으, 으……."

탁대가 정곡을 찌를수록 우병기의 속절없는 몸부림은 극에 달했다.

"이거 보니까 아주 가관이더군. 당신은 핸드폰이 야동은행이야? 여직원들 사진하고 치마는 또 왜 찍었는데?"

"이, 이 새끼……."

우병기는 이를 갈며 치를 떨었다. 손발만 떨어지면 탁대를 씹어버릴 기세였다. 그렇거나 말거나 탁대는 우병기 핸드폰의 여직원들 사진과 몰카급 사진들을 화면에 띄웠다.

"어디로 보내줄까? 검찰? 경찰? 아니면 당신 딸들에게 보내서 그 고상하고 우아한 변태의 품격을 통보해 줄까?"

"그, 그건……."

"지금까지 있었던 여직원들 투서 사실이지? 다 아니까 인정하셔."

—미친…….

"미친놈이라고?"

"……?"

마음을 읽어내자 우병기는 눈을 동그랗게 떴다.

"당신 같은 인간은 속이 다 보이거든. 그러니까 이실직고하라고."

—이 새끼가 뭘 믿고…….

"믿는 건 하늘뿐이야."

"……?"

"이유안 알지? 당신이 번데기만도 못한 고추 놀려서 그 충격으로 유산까지 된 여직원. 그리고 서고에서 강제로 성추행하다 실패한 차성희에… 폭행을 일삼던 남자 직원들, 하긴 밤새도록 말해도 다 못할 지경이지."

—이놈, 이제 보니 정확하게 알고 있잖아?

"당연하지. 내가 그냥 떠보는 걸로 알았냐?"

"……?"

"솔직히 당신 같은 인간은 당장 화장실 변기에 처박고 허파에 똥이 가득 찰 정도로 뭉개도 속이 풀리지 않지만 여직원들 입장을 생각해서 공표하지는 않을 테니까 사표 내고 나가."

'사표?'

"그전에 당신이 자행한 추악함에 대해 사무실에서라도 공표하고 말이야."

"째진… 입이라고 잘도 놀리는 구나. 사표를 낼 건 바로 너야. 내가 너를 그냥 둘 줄 아느냐?"

우병기는 콧등을 구기며 탁대를 윽박질렀다.

"이런 된장. 이 인간이 아직도 똥인지 된장인지 모르고 있네."

발끈한 탁대가 우병기의 코앞에 강력한 위협용 화염을 작렬시켰다. 후끈함에 놀란 우병기가 엉덩방아를 찧었다. 탁대가 슬쩍 접착 마법을 해제시켰던 것이다. 하지만 불꽃은 한 번으로 끝나지 않았다. 눈을 뜨면 거기서 펑, 테이블 밑으로 숨어도 거기서 펑. 기겁을 한 우병기는 테이블에서 몸부림치다가 결국 음식을 뒤집어쓰고 말았다.

—이 새끼, 대체 정체가 뭐야?

"나? 몰라서 묻냐? 봉황시 8급 행정서기잖아?"

탁대는 저승사자처럼 버티고 서서 우병기의 마음이 생각하는 걸 전부 받아쳤다.

"……?"

"보아하니 저승사자의 징벌이 필요한 모양인데……."

탁대는 우병기를 쏘아보며 리버스 독심을 퍼부었다.

'쓰레기, 쓰레기, 인간 쓰레기!'

오직 한 단어가 우병기의 뇌 안으로 폭풍을 이루며 치고 들어갔다. 돌연한 강제 입력에 놀란 우병기의 뇌는 바로 통제력을 잃고 허덕거렸다.

"우어어어!"

'쓰레기, 쓰레기이이이!'

오 분이 넘도록 탁대의 생각을 우겨넣자 우병기는 거품을 뿜으며 넘어갔다.

"시간은 3일. 그것도 너 같은 쓰레기에게는 과분한 기간이니까 알아서 해. 그래도 버티면 자료를 정리해서 검찰하고 방송국, 신문사 등에 뿌릴 거니까."

"으으으……."

탁대는 버둥거리는 우병기를 두고 일식집을 나왔다.

"잠깐 자리 좀 비켜주시겠습니까?"

우병기의 사무실로 돌아온 탁대가 시간외 근무를 하던 여직원에게 말했다. 여직원은 부담스러운 얼굴로 탁대를 바라보았다. 아무리 감사실 직원이지만 사무실을 통째로 내주는 건 내키지 않은 모양이었다.

"혹시 차성희 씨 아세요?"

"네."

"그럼 그분에게 전화 좀 넣어보시죠."

탁대의 말을 들은 여직원이 핸드폰을 눌렀다. 통화를 끝낸 여직원은 컴퓨터 화면을 끄고 복도로 나갔다. 그녀가 나가자 탁대는 혼자가 되었다. 텅 빈 사무실에서 우병기의 자리에 서니 여직원들의 자리가 정면으로 보였다. 이상한 자리 배치였다.

탁대는 우병기의 서랍을 당겼다. 열리지 않았다. 본래 뒤가 구린 인간들은 비밀이 많은 법. 탁대는 모니터 옆의 연필꽂이를 뒤졌다. 공무원들 대다수는 서랍 키를 여기에 두고 다니는 사람이 많았다.

'그럼 그렇지.'

키는 거기 있었다. 서랍을 열자 여직원들 사진이 무더기로 나왔다. 대개는 스커트나 타이트한 바지를 입은 전신사진이었다. 이 인간이 이 사진으로 뭘 했을까 싶을 때 더 이상한 게 보였다.

'여자 팬티와 속옷들?'

눈을 의심했지만 확실했다. 그것도 손바닥만 하면서 하늘거리는 레이스가 달린 것들만…….

'이거 완전 국대급 변태구만.'

그때, 탁대의 핸드폰이 울렸다.

"여보세요?"

—조탁대 씨, 나 차성희야.

"아, 차 주사님."

—조사는 잘되어 가?

"예. 수삼 일 내로 결과 나오게 할 테니까 걱정 마세요."

—그건 그렇고 한 가지 더 알아낸 게 있어서 말이야.

'알아낸 거?'

—내가 다른 여직원하고 통화하다가 들은 얘긴데, 우병기 그 미친놈이 글쎄 우리 여직원들 사진을 책상에 늘어놓고 자위를 하는 걸 본적이 있대. 그것도 점심시간에 빈 사무실에서.

"……?"

맙소사!

탁대는 귀를 씻어내고 싶었다. 자위는 인간의 자유다. 본능이다. 하루에 백 번을 하든 상관없다. 하지만 장소가 중요하다. 자기 집이나 화장실 같은 데서 몰래 한다면 누가 뭐랄까? 그런데 버젓이 회사에서, 더구나 의회 사무실은 공공기관이 아닌가?

탁대는 물건들을 원상태로 둔 채 의회 사무실을 나왔다. 겨우 가라앉았던 치가 다시 떨리기 시작했다. 업무용 서류가 아니라 여직원들 사진과 여자 팬티로 가득한 서랍. 그 사용처를 알고 나니 상상조차 역겨울 정도였다.

'이럴 줄 알았으면 고추를 확 구워버리는 건데.'

하늘도 탁대에게 공감한 걸까? 이면도로를 돌아 나올 때 공터로 이어지는 골목에서 우병기의 비명이 들려왔다.

"으아악!"

푸르륵!

탁대의 눈에 먼저 들어온 건 쌍 라이트를 켠 멧돼지였다. 덩치도 엄청나게 컸다. 그 다음으로 궁지에 몰린 우병기와 권 팀장이 들어왔다. 핏대가 오른 우병기가 권 팀장을 불러낸 모양이었다.

"우어어어!"

우병기는 사시나무보다 더 세게 떨었다. 권 팀장 역시 다르지 않았다. 길을 가로막고 푸푸거리는 멧돼지는 금세라도 들이칠 기세였다.

'된통 걸렸군.'

탁대가 잠시 숨을 돌리는 사이에 멧돼지가 진격하기 시작했다.

꾸에에!

"으어어!"

목표는 우병기. 막 실례를 하고 돌아서던 참인지 채 올리지도 못한 지퍼를 잡고 거품을 물고 있었다.

'순간접착!'

탁대는 전격 마법을 뿜었다. 절체절명의 순간이었으니 지체할 수도 없었다.

But!

마법의 목표물은 멧돼지가 아니라 우병기였다.

"으아아아아!"

우병기는 멧돼지가 닿기도 전에 비명을 질러댔다. 그리고 그 비명이 멈추는 순간, 퍼억 하고 둔탁한 소리가 허공을 울렸다. 멧돼지는 고개를 갸웃거렸다. 한 방이면 날아갔어야 할 인간이 끄덕도 않은 것이다. 변한 건 상대가 눈을 뒤집고 인상을 찡그리고 있을 뿐.

몇 걸음을 물러선 멧돼지는 자신의 자존심을 짓밟은 우병기를 향해 다시 돌격을 감행했다.

퍼억!

이번에는 더 큰 소리가 났다. 우병기는 그제야 십여 미터를 날아가 나뒹굴었다. 사타구니를 싸안은 채로. 그때까지 찰싹 붙여놓았던 발을 탁대가 슬쩍 풀어버린 것이다. 쓰러진 우병기는 숨소리도 제대로 내지 못했다.

"으으으……."

다음은 권 팀장 차례였다. 그래도 그는 우병기보다는 나았다. 어디선가 주워든 작대기를 휘둘렀던 것이다. 그래봤자 멧돼지를 멈출 수는 없었다.

"조탁대!"

뒷걸음질 치던 권 팀장의 눈에 탁대가 들어왔다. 탁대는 시치미를 뚝 떼고 그제야 알은척을 했다.

"그걸로는 안 됩니다. 괜히 자극하면 더 위험하니까 그냥 튀세요."

"그냥?"

"네. 어서요!"

탁대가 소리치자 권 팀장은 작대기를 던지고 돌아서 뛰었다.

'딱 걸렸어!'

탁대는 허둥지둥 달아나는 권 팀장에게도 접착 마법을 작렬시켰다.

퍽!

권 팀장에게서 새어 나온 소리는 우병기의 것보다 짧고 간결했다. 그만큼 날아간 거리도 짧았다. 우병기처럼 사타구니가 아니라 엉덩이를 들이박힌 것이다.

푸르르!

둘을 정리한 멧돼지가 탁대를 돌아보았다.

'사람 잘못 봤어.'

탁대의 손에는 이미 이글거리는 불덩이가 피어올라 있었다.

꾸에에!

멧돼지가 돌격하는 순간 탁대의 손에서도 화염이 날아갔다.

펑!

꿰에엑!

불덩이를 눈에 맞은 멧돼지가 펄쩍 뛰었다. 탁대는 여세를 몰아 더 큰 불덩이를 적중시켰다. 멧돼지는 머리를 흔들며 미친 듯이 버둥거렸다. 경찰이 출동한 건 그때였다.

"물러서세요."

경찰이 권총을 뽑으며 소리쳤다. 두 경찰관은 공포탄을 날려 버린 후에 멧돼지를 향해 조준 사격했다.

탕탕!

몇 발의 총성이 울린 후, 멧돼지는 두 발을 치켜들고 숨을 거두었다.

"다친 데는 없습니까?"

두 경찰 중에 좀 더 나이 먹은 경찰이 물었다.

"나는 괜찮은데 저분들이 많이 다친 거 같습니다."

탁대는 우병기를 가리켰다.

"어허, 하필이면!"

우병기를 살펴본 경찰관이 눈자위를 찡그렸다.

"왜요?"

탁대는 모른 척하고 물었다. 경찰관은 혀를 차며 말을 이었다.

"거시기를 박힌 모양이네요. 아주 작살이 난 것 같은데?"

그 말이 끝나기 전에 119 구급대가 달려왔다. 구급대원들은 우병기를 먼저 실었다.

"조탁대."

권 팀장은 그래도 정신이 있는지 탁대를 알아보았다.

"괜찮으세요?"

탁대는 예의상 질문을 던졌다.

"아유, 엉덩이가 아주 날아간 거 같아."

권 팀장도 거기까지가 한계였다. 그는 휘청 중심을 잃더니 바로 정신까지 잃어버렸다.

띠뽀띠보!

119 구급대 차량은 어둠을 뚫고 폭주했다. 하지만 둘은 다시는 폭주하지 못할 것 같았다. 바로 멧돼지와 멧돼지만도 못한 우병기.

긴장이 풀린 조탁대. 가슴 깊이 날숨을 밀어내자 그제야 멧돼지의 털 끄슬린 냄새가 코끝에 느껴졌다.

'우병기…….'

많이도 순해진 봄바람을 맡으며 탁대가 중얼거렸다.

'보아하니 권 팀장 불러서 나를 조질 궁리를 했던 모양인데 결국 제대로 심판을 받았군.'

탁대는 몰려나온 사람들이 멧돼지 옆에서 웅성거리는 걸 돌아보았다. 재수 없는 인간을 들이박아 재수 없게 사망해 버린 멧돼지. 왠지 표창이라도 주고 싶은 마음이었다.

우병기!

이 갑질왕은 그날 제대로 천벌을 받았다. 경찰의 말마따나 하필이면 그곳이 박살 난 것이다. 함께 근무하는 여직원마다 성희롱의 대상으로 삼으며 군림했던 인간의 최후는 비참이라는 단어로도 형용하기 어려웠다.

그 백미는 그의 팬티였다. 응급실에 옮기자마자 벗겨 내린 그의 바지 안에는 야리꾸리한 팬티가 개떡이 된 거시기를 가리고 있었다. 그건 차마 못 볼 꼴이었다. 오죽하면 연락을 받고 달려온 그의 아내와 두 딸도 얼굴을 붉혔을까?

새하얀 여자 팬티와 우병기의 거시기에서 흘러나온 검붉은 피는 묘한 대비를 이루었다.

"최선을 다했지만 거시기가 너무 거시기해서 그냥 두면 거시기할까 봐 잘라냈습니다. 앞으로 부부간의 거시기는 못할 것 같고 소변보는 것도 거시기한 줄을 달아야 지장이 없을 것으로……."

의사의 친절한 설명이 끝나기도 전에 우병기의 아내가 통곡하며 무너졌다.

"아이고, 나는 못 살아. 저 인간이 퇴원해도 못 살아!"

다음 날 새벽, 탁대는 일찍 일어나 병원으로 향했다. 우병기는 봉황시의 거물(?)답게 1인실로 옮겨져 있었다. 하긴 어떻게 응급실이나 중환자실에 둘 것인가? 볼썽사납게 거시기를 드러내고 치료해야 할 판에.

'이팔호?'

병실 문을 연 탁대 눈에 또 하나의 왕재수가 들어왔다. 이팔호였다.

"대단한 충성이네?"

탁대가 들어서자 팔호는 각부터 세웠다.

"웬일이죠?"

"뭐가? 실세 간부께서 입원하셨으니 와보는 게 도리지. 밤새웠냐?"

"남이사."

"뭐 캐기는 거 있나보지?"

탁대는 잠든 우병기를 보며 슬쩍 염장을 질렀다.

"켕기긴 뭐가 켕겨요? 그냥 도리를 다하는 거지."

"무슨 도리? 둘이 짜고 친 고스톱 감싸려는 도리?"

"조탁대 씨!"

팔호는 불쾌한지 눈부터 부라렸다.

"내가 9급 동기로서 말하는 건데……."

탁대는 팔호의 귀에 대고 음산하게 속삭여 주었다.

"너도 조심해라."

"아, 진짜!"

팔호는 정색하며 병실을 나갔다.

'오냐. 불안하겠지. 기껏 인맥 하나 터놨는데 이 꼴이 되었으니……'

탁대는 가쁜 숨을 몰아쉬는 우병기를 바라보았다. 사타구니 쪽은 처참하게 붕대에 싸여 있지만 얼굴은 멀쩡한 우병기. 조금 가련하게 생각해 주려던 마음이 사라져 버렸다.

타자환몽!

아무도 없는 병실. 탁대는 절대 비호감이지만 업무(?)상 우병기의 꿈속으로 들어갔다.

"으어어!"

꿈속에서 우병기는 여직원들에게 둘러싸여 있었다. 그도 양심의 가책이 있었던 걸까? 꿈에서 미리 그 죗값을 치루는 모양이었다.

"이 새끼 잘라 버려!"

여직원들은 연탄집게만 한 가위를 절그럭거렸다.

"안 돼!"

우병기는 사타구니를 감싸 쥔 채 필사적으로 웅크렸다. 이미 박살 난 거시기를 꿈에서나마 보호하려는 노력은 차마 눈물겨웠다.

철컥!

"으아악!"

여직원들이 가위를 엇갈리게 하자 우병기는 찢어져라 비명을 질렀다. 너무나 말쑥하게 떨어진 거시기를 보자니 현실과 너무 대조적이라 헛웃음이 나는 탁대.

"우병기 씨."

여직원들이 신기루처럼 사라지고 난 후, 탁대는 우병기 앞에 나섰다. 우병기는 무표정하게 고개를 들었다. 꿈이라 그런지 피는 흘리지 않았다.

"현실보다 차라리 여기가 통보하기에 낫겠군요."

"……."

"내 말 기억하죠? 당신 죄를 스스로 커밍아웃하고 공직에서 물러나라던 말."

"……."

"권 팀장 만나서 내 뒤통수치려고 그랬습니까?"

탁대의 말에 우병기는 순순히 고개를 끄덕거렸다.

"당신 덕분에 권 팀장도 저쪽 병실 신세입니다. 아마 엉덩이 한쪽이 나간 모양이더라고요."

"……."

"여자 빤쓰 생각나요?"

탁대가 묻자 우병기의 인상이 일그러졌다. 그건 꿈에서도 걱정이 되는 눈치였다.

"마누라 몰래 입고 다니셨어요? 참 재주도 좋으셔."

"……."

"아무튼 혹시라도 머리 나빠서 잊어버릴까 봐 확인하는 건데 다쳤든 말든 3일은 변함없습니다."

"……."

"3일!"

탁대는 손가락 세 개를 들어 보이고 우병기의 꿈에서 나왔다. 더 있다가는 온몸에 닭살이 돋을 지경이었다.

"……?"

잠시 후에 잠에서 깨어난 우병기는 눈을 말똥거렸다. 그러다 탁대를 발견하고는 자지러졌다. 탁대가 꿈속에서와 똑같이 손가락 세 개를 펴들고 있었기 때문이었다.

"명심하십시오!"

탁대는 한 번 더 쐐기를 박고는 돌아섰다. 하지만 병실을 나오지는 못했다. 연락을 받은 김 시장이 비서실장을 대동하고 들이닥쳤던 것이다.

"우 의원……."

시장은 탄식부터 내질렀다. 탁대는 목례를 남기고 문 쪽으로 걸었다. 출근 시간이 가까웠던 것이다.

"조탁대!"

탁대가 문을 여는 순간, 시장의 목소리가 날아와 발목을 잡았다.

"듣자니 자네가 우병기 감사를 재조사 중이었다고?"
복도로 나온 시장이 물었다.
"그렇습니다만."
"멧돼지 사고 현장에도 있었다고?"
"예."
"사실인가 아닌가?"
시장은 다짜고짜 결론부터 캐물었다.
"그게……."
"괜찮으니까 말해봐."
"투서와는 좀 달랐습니다."
"그래? 그러니까 누군가 우병기를 모함하는 투서였다 이거지?"
"그게 아니라 투서보다 더 악랄하고 상습적으로 여직원을 추행하고 수치심을 주면서 갑질을 하고 있었습니다."
"……?"
시장의 얼굴이 벼락처럼 솟구쳤다. 그래도 탁대는 피하지 않았다. 누구든 상관없었다. 진실은 밝혀져야 하므로.
"증거 나왔으면 전부 정리해서 이따가 내 방으로 가져와."
시장은 그 말을 남기고 비서실장을 향해 돌아섰다.
"시장님!"
잠시 숨을 몰아 쉰 탁대가 입을 열었다. 시장이 걸음을 재촉하다 탁대를 돌아보았다.
"증거는 우병기 의원님의 머리와 가슴에 있습니다."
탁대가 잘라 말했다.

"무슨 뜻인가?"

"그동안 그분이 부인하는 바람에 투서가 모함으로 둔갑한 거 아니었습니까? 반대로 그분이 인정했다면 간단히 해결되었을 일입니다."

"그래서?"

"그분의 인정이 곧 증거라는 말입니다."

"조탁대!"

옆에 있던 비서실장이 밥값을 하겠다고 으름장을 놓았다. 그래도 탁대의 마음에는 변함이 없었다.

"마침 정신이 들었던데 직접 물어보는 게 좋을 것 같습니다. 더구나 시장님과 막역한 사이라니……."

탁대는 꾸벅 인사를 하고 출근길에 올랐다. 증거 같은 건 밝힐 생각이 없었다. 그게 밝혀지면 여직원들은 두 번 죽어야 한다.

사람의 본능은 잔인하다.

처음에야 동정도 하겠지만 시간이 지나면 구설수로 남기 딱 맞춤한 사건. 다행히 우병기의 몰카 파일은 뒤태와 치마 속, 가슴골 등만 찍혀있지 얼굴은 나오지 않았다. 그러니 탁대 입으로 발설할 이유는 없었다.

병원 밖에서 아침 햇살을 받을 때 전화가 울렸다. 차성희였다.

―조탁대, 우병기 거시기가 작살났다던데 사실이야?

소문은 빠르다. 이 일이 벌써 여직원들 귀에도 들어간 모양이었다.

"네!"

탁대는 시원하게 대답했다.

—네가 그런 거야?

"응징은 멧돼지가 했습니다. 차 주사님 바람을 알았나 봐요."

—진짜?

"네. 머잖아 사과도 하고 사표도 낼 거니까 조금만 기다리세요."

—생명은? 그렇다고 죽는 건 아니지?

자기에게 지옥을 안겨준 인간이지만 목숨을 걱정해 주는 착한 마음. 탁대는 그것 때문에 더 울컥하고 말았다. 이런 부하 직원들을 따뜻하게 챙기지는 못할망정 직위를 이용해 악랄한 갑질이라니.

통화를 끝내자 우르르 시청 간부들이 몰려들었다. 아직 정황을 자세히 모르는 간부들. 그러니 실세 황골에게 눈도장을 찍으려는 가련한 행렬이었다.

3장

심판자들!

여자 빤쓰.

거시기 작살.

소문은 화살보다 빠르게 공직 사회로 퍼졌다. 그러자 탁대 앞으로 결정적인 제보가 하나 들어왔다.

학위 위조!

누군가 우병기의 박사 학위에 문제를 제기한 것이다. 탁대는 학교에 수소문해서 동창생 연락처를 찾아냈다. 그런 다음 질문서를 작성해 선우 팀장에게 결재를 올렸다.

"이거 뭐야?"

"평판 좀 알아보려고요."

팀장의 질문에 탁대가 대답했다. 선우 팀장은 입맛을 다시더니 결재했다. 어차피 독어를 모르니 더 물어볼 수도 없는 일이었다. 도 과장의 결재까지 마친 탁대는 우병기의 박사 학위에 대한 질의 공문을 날렸다. 돌아온 답은 놀라웠다. 우병기가 박사 과정을 공부한 적은 있지만 정식 학위는 취득하지 못했다는 내용이었다.

'이것 봐라?'

임용상의 하자!

탁대의 뇌리에 빛이 번쩍 스쳐갔다. 무자격자, 즉 부적격자가 학위를 위조해 사무관 자리를 차지하고 앉은 것이다. 문제가 심각해졌다. 이렇게 되면 다칠 사람이 많았다.

'하지만 결국은 자격증 검증을 맡은 하위직 한 명이 독박을 쓸 일.'

공직 사회의 분위기상 그건 보지 않아도 뻔한 일이었다. 그렇다고 시장이 책임을 질 것인가? 아니면 의회 의장? 그들의 위세를 업고 임용된 우병기지만 그들 둘은 서류를 검증할 의무가 없다. 그럼 자격증 담당 공무원은?

다른 업무를 겸해 그 업무를 맡고 있는 인사과 담당자. 그라고 해야 오는 서류와 원본을 눈으로 보고 받아둘 뿐 무슨 위조 자격증 전문감별가도 아니다.

'그럼 다른 자격증 소지자들도?'

탁대의 생각이 갈래를 치기 시작했다. 국가적인 검증시스템이 없는 바에야 일개 공무원이 자격증의 진위에 대해 일일이 확인하는 건 애당초 불가능한 일이었다.

'황 팀장님을 만나봐야겠어.'

"황 팀장님, 혹시 점심때 시간 좀 되세요?"

고등어구이와 콩나물 무침에 칼칼한 바지락 된장국까지. 4500원 시장통 백반집은 가격 대비 최상의 만족도를 제공했다.

"우병기가 성전환 수술했다고?"

수저를 든 황 팀장이 에둘러 물었다.

"그거 우아한 표현인데요?"

"권 팀장은 엉덩이가 뭉개졌고?"

"그렇답니다."

"자네가 우병기 털고 있었나?"

"네."

"나왔어?"

황 팀장이 밥을 우겨넣으며 물었다. 탁대도 밥을 먹었다. 갈피마다 켜켜이 벌어져 흰 살을 드러낸 쌀밥은 입안에서 달콤하게 씹혔다.

"네. 그런데 뒤에 부록이 따라붙어서요."

"부록이라니?"

"혹시 공무원 중에 무자격자가 자격증 위조해서 임용된 사람이 있었나요?"

"자격증 위조자?"

"예."

"있었지. 그건 심심치 않게 일어나는 일이야."

황 팀장은 대수롭지 않은 표정이었다.

"그게 어떻게 가능하죠?"

"불가능할 건 뭐 있나? 과거에 청와대에서 밀던 미녀 아가씨도 그런 식으로 교수도 되고 정부 행사의 최고 진행자도 맡지 않았나?"

"실망이군요. 공무원이 구멍가게 알바도 아니고."

"현재의 시스템은 원본 제출하고 사본 하나 덤으로 밀면 그것으로 확인 절차 끝이야. 물론 부정기적으로 자격증 발행 기관에 검증하기는 하지만 그렇지 않은 자격증도 있으니."

"걸린 사람들은 어떻게 처리하죠?"

"대개는 사표를 받는 걸로 끝내더군."

"형사 고발이 아니고요?"

"어제오늘 임용된 사람이라면 모르지만 이미 십수 년 근무한 사람이라면 어쩌겠어? 책임 소재를 따지기도 불분명해지고……."

"개판이군요."

탁대가 말하자 황 팀장이 바라보았다.

"죄송합니다. 저는 그런 일을 한 번도 상상해 본 적이 없어서."

"우병기에게 뭔가 나왔군?"

황 팀장의 눈빛이 달라졌다. 노련한 경력자답게 분위기를 간파한 모양이었다.

"우병기가 박사 학위를 위조한 거 같습니다."

"……?"

"독일 대학 측에서 회신도 받았습니다. 적을 둔 적은 있으나 학위를 받지는 못했다는……."

"그, 그런……."

"그래서 팀장님을 뵈러 온 겁니다."

"시청에서 누가 알고 있는 건가?"

"현재는 저만 알고 있습니다. 다행히 회신에 영어가 병기되어 있어서……."

"나에게 물어볼 핵심이 뭔가?"

"우병기 의원이 사표를 내는 건 정해진 일입니다만 그냥 사표를 받아서는 안 될 것 같아서……."

"의원면직이냐? 해임이냐? 아니면 파면이냐?"

"여직원들 성희롱하고 추행한 것들도 전부 사실로 드러났습니다. 팀장님이라면 어떻게 처리하실 생각입니까?"

탁대는 황 팀장을 바라보았다.

"나는 자네 생각이 궁금한데?"

"그럼 동시에 말해볼까요?"

"나쁘지 않겠군."

"그럼 제가 셋까지 셀 테니 동시에 말하죠. 하나, 둘……."

"파면!"

탁대와 황 팀장이 동시에 입을 열었다. 둘은 같은 생각에 놀라 한참 동안 서로를 바라보았다.

"이거 밥맛 좀 나는데요?"

탁대는 공기밥 하나를 더 추가했다.

"선임자로서 자네에게 부끄럽군."

"무슨 그런 말씀을."

"아니야. 시청에서 우병기에 대해 모르는 사람이 누가 있을까? 그런데도 고양이 목에 방울을 달 용기가 없었던 거 아닌가?"

"덕분에 저도 좋은 경험을 했는걸요."

"수고했어. 대신 밥값은 내가 쏘지."

하얀 백반 위에 얹어진 황 팀장의 격려는 뒷맛을 더 깔끔하게 만들었다. 더 쿨한 건 황 팀장이 조언자라는 위치를 내세워 여직원들에 대해 묻지 않았다는 사실. 황 팀장에 대한 신뢰는 그로 인해 더 단단해져 갔다.

*　　　*　　　*

공무원 조직의 본능 1.

문제가 생기면 무조건 은폐하고 내부적으로 처리한다.

공무원 조직의 본능 2.

문제가 생기면 상급자들은 책임을 회피한다.

공무원 조직의 본능 3.

문제가 생기면 주로 직위 해제로 눈 가리고 아웅하고 사건이 잠잠해지면 다시 복귀시킨다.

사무실 책상에서 탁대는 생각을 정리했다.

황골 우병기.

설령 탁대가 그자의 파렴치한 행각을 만천하에 증명한다고 해도 위의 사실에서 벗어나지 않을 것 같았다. 나아가 학위 위조를 폭로해도 우병기에게 떨어질 최악의 결과는 '사표' 에 불과했다.

'그럴 수는 없지.'

탁대가 결의를 불태울 때 현안 회의가 소집되었다. 주관자는 도 과장. 그나마 권 팀장이 병원에 누워 있으니 분위기는 좀 나았다.

"제 생각에는……."

우병기 조사 문서를 앞에 둔 팔호가 탁대를 바라보며 운을 떼었다.

"조탁대 씨가 너무 무리하게 조사하다가 일어난 사고가 아닌가합니다만……."

안건을 훑어보던 탁대의 눈에 불이 번쩍 들어왔다.

'이놈이 뭘 잘못 처먹었나?'

"이미 내사가 끝나고 종결된 사건입니다. 굳이 재검증한다는 것 자체가 인권침해의 소지도 있지 않습니까?"

"그러니까 이팔호 주무관님은 그게 내 탓이다?"

탁대가 넌지시 응수했다.

"듣자니 사무실에 찾아가 조사한 것으로도 모자라 사석에서까지 무리한 조사를 진행했다면서요? 음식점에서 고성이 오가는 걸 들은 종업원이 있습니다."

"이 주무관은 할 일이 없어 내 뒷조사까지 하고 다니나?"

"그럼 무엇 때문에 술집에 가서 윽박지른 겁니까?"

"미안하지만 기왕 뒷조사할 거면 아예 도청도 하지 그랬냐? 그럼 여기서 틀어보면 간단할 텐데."

"내 말은!"

"그만!"

설전을 듣고 있던 도 과장이 끼어들었다.

"죄송하지만 한마디만 더 하고 말겠습니다."

탁대는 도 과장의 양해를 구하고 팔호를 돌아보았다.

"이팔호!"

탁대의 시선이 사납게 날아갔다. 이미 작심을 한 건지 팔호의 눈자위에도 힘이 빡빡하게 들어가 있었다.

"결론만 말하는데 네 조사는 180도 틀렸어. 우병기 의원에게 들어온 투서는 100% 진실이었으니까. 너야말로 사심 가득한 구라 보고서 올린 징계를 감수해야 할 거다."

"조탁대 씨!"

발끈한 팔호가 용수철처럼 튀어 올랐다.

"우병기 의원은, 아니 그런 인간은 의원이라는 직함을 붙일 필요도 없지. 아무튼 그 인간은 곧 여직원들에게 공개 사과하고 파면될 거니까 기대해라."

"조탁대 씨야말로 징계를……."

팔호의 목소리가 높아질 때 양미림의 목소리가 날아왔다.

"과장님, 선우 팀장님하고 이 팀장님 대동하고 시장실로 오라시는데요?"

의원면직!

예상대로 시장이 꺼낸 카드는 그것이었다. 병실의 우병기가 일부 고백한 모양이었다.

"시장님 말씀은……."

사무실로 돌아온 도 과장이 운을 떼더니 말을 이어갔다.

"징계의 종류는 개의치 말고 재주껏 사표를 받아 내라시는군."

권 팀장의 빈자리를 맡고 있는 이겸수 팀장의 인상이 일그러졌다. 보아하니 우병기를 위한 강변이 통하지 않은 눈치였다.

"권 팀장이 없으니 이 팀장이 우 의원을 만나서 통보하는 게 좋지 않겠나?"

도 과장이 이 팀장을 바라보았다. 하지만 이 팀장은 선뜻 대답하지 않았다. 고분고분 받아들일 리 없는 우병기였으니 감히 엄두가 나지 않는 것이다.

"과장님!"

다들 주저할 때 탁대가 손을 들었다.

"징계의 종류는 상관없다고 하셨습니까?"

"그러네만."

"저한테 맡겨주십시오. 제가 조사하던 차였으니 의원님 기분 상하지 않게 통보하겠습니다."

"조탁대를 보내도 되겠나?"

도 과장이 선우 팀장과 이 팀장을 바라보지만 둘은 대답하지 않았다. 알아서 하라는 의미였다. 배 국장이 들어선 건 그때였다.

"우 의원에게 사표를 받는다고?"

"예. 시장님 지시입니다."

"투서가 어쩌고저쩌고하더니 새 물증이 나왔나?"

"물증은 없습니다."

이팔호가 재빨리 끼어들었다.

"있습니다."

탁대도 물러서지 않았다.

"내놔봐."

배 국장이 탁대에게 손을 내밀었다. 확인해야 직성이 풀리겠다는 눈치였다.

"시장님이 병실에서 직접 독대해서 자백을 들은 걸로 압니다만."

탁대는 간단하게 둘러댔다.

"우 의원이 인정했단 말인가?"

"이팔호는 물증이 없다지만 우 의원님을 신뢰하는 시장님이 그런 확인도 없이 이런 결단을 내릴 까닭이 없지 않습니까?"

탁대의 말에 이팔호가 꿈틀했지만 토를 달지는 못했다. 시장님이 직접 들었을 거라는 데야 말단이 어찌 왈가왈부할 것인가?

"이거 대체 일이 어떻게 돌아가는 거야? 하여간 가급적이면 조용조용 마무리하고 지방지 기자들에게 새어 나가지 않도록 입단속 단단히 하시게."

배 국장은 도 과장에게 당부를 남기고 돌아갔다.

"다녀오게."

도 과장이 탁대의 어깨를 툭 치며 임무를 독려했다.

'우병기…….'

청사를 나서는 탁대의 두 눈이 이글이글 타올랐다. 시장의 특명이 없었어도 진행되었을 우병기 작살 프로젝트. 그런데 금상첨화로 시장의 오더까지 떨어졌다.

징계 수위도 상관없다.

보너스도 더 마음에 들었다. 이렇게 되면 면직과 해임, 파면의 선택은 탁대 손안에 있었다.

'넌 이제 끝났어!'

청사를 나온 탁대는 핸드폰을 꺼내 들었다. 심판을 주관할 심판자가 필요한 것이다.

차성희.

강애자.

박은주.

이유안.

이들에 네 명을 더해 여덟 명의 여직원이 모였다. 다들 우병기로 인해 엄청난 모멸감과 성추행을 당해 충격을 먹었던 여직원이었다.

"일단 최소한 사표를 받는 걸로 지시가 떨어졌습니다."

"와아!"

탁대의 말을 들은 여직원들은 서로 얼싸 안으며 감격을 나누었다.

"하지만 그것만으로는 안 되죠."

탁대가 덧붙였다. 단순한 사표는 우병기 같은 악질에게 있어 너무나 호의적인 처분에 속했다.

"맞아. 사표는 사표고 사과는 들어야 해."

차성희가 먼저 나섰다.

"파면과 사과. 둘을 여러분 앞에서 성사시키기 위해 모셨습니다. 조금 불만스러운 점이 있더라도 양해해 주시기 바랍니다."

"파면하고 사과만 받는다면 더는 바랄 거 없어요. 어차피 일이 더 커지면 우리 신상도 함께 드러날 테니까요."

성희의 설득으로 참여한 한 여직원이 차분하게 의견을 피력했다.

"다 좋지만 보는 눈이 있는 건 원치 않아. 우린 일방적인 피해자지만 구체적인 사안이 드러나면 결국 우리만 입방아에 오르게 될 테니까."

"걱정 마십시오. 우병기와 저, 그리고 여러분 외에는 아무도 모르게 진행하고 있습니다."

탁대는 성희의 우려를 잠재웠다.

"혹시 병원에서 직원들을 만나게 되면……."

강애자는 그래도 걱정이 되는 모양이었다. 하긴 왜 그렇지 않을까? 우병기를 징벌하는 거야 당연하지만 그 과정에서 신분이 노출되기를 원치 않는 여직원들. 탁대는 그 기분을 십분 이해하고 있었다.

"제가 미리 정리하겠지만 혹시라도 직원을 만나면 병문안 온 걸로 하십시오. 병문안 오는 직원이 한둘이 아니니 이상하게 생각하지 않을 겁니다."

"아!"

여직원들은 고개를 끄덕거렸다. 그제야 마음이 놓이는 모양이었다.

탁대는 그녀들을 인솔해 우병기의 병원으로 향했다.

병실 복도에는 시중을 들기 위해 대기 중인 의회 사무국 남직원이 있었다. 탁대는 직원의 양해를 구하고 잠시 자리를 비키게 했다.

"제가 먼저 가서 분위기를 정리해 둘 테니 조금만 기다려 주십시오."

탁대는 여직원들에게 근처의 커피전문점에서 기다리도록 하고 병실로 가서 문을 열었다. 병실 안에는 학교에서 돌아온 두 딸이 있었다. 교복이 엉덩이까지 올라간 두 딸은 구석의 의자에서 카톡을 하느라 정신이 없었다.

"조탁대?"

탁대를 알아본 우병기의 눈자위가 구겨졌다.

"죄송하지만……."

탁대는 우병기의 귀에 대고 딸들을 돌려보내라고 말했다. 우병기가 쏘아보자 딸이 들으면 좋을 게 없을 거라는 말도 덧붙였다. 우병기는 그제야 두 딸을 돌려보냈다.

"무슨 볼일이냐?"

우병기는 경계의 날을 잔뜩 세운 채 물었다.

"소식 들었습니까?"

탁대는 부드럽게 입을 열었다.

"무슨 소식?"

"시장님이 당신에게 사표를 받으라더군요."

당신이라는 말로 거부감을 똑똑히 밝힌 탁대는 침대 맡에 놓인 음료수 병을 하나 꺼내 들었다.

"사표라……."

"준비는 끝났겠지요? 오늘이 3일째 되는 날인데."

"여직원들이 불편했다면 내가 사과하도록 하겠다. 그게 내가 워낙 와이담을 좋아해서……."

우병기가 변명을 늘어놓았다. 어물쩍 넘어가려는 속셈이 엿보였다.

"그건 약속 위반인데요?"

"협상하자. 한 번만 눈감아주면 앞으로 조심하고 네 고속 승진은 보장하마."

우병기는 침대 밑에서 봉투를 꺼내놓았다. 살짝 열린 입으로 5만 원권이 가득 밀려 나왔다.

"지금 나를 매수하려는 겁니까?"

"좋은 게 좋지 않나? 투서를 한 여직원들도 문제가 있어. 야한 옷을 입고 가슴을 내놓고 다녔네. 자네도 남자라면 그런 거 보면… 윽!"

입을 주절거리던 우병기가 얼굴을 가리며 움츠렸다. 탁대가 화염 공포탄을 작렬시킨 것이다.

"이 새끼 보기보다 더 쓰레기네."

울컥한 탁대의 입에서 욕설이 튀어나왔다.

"이봐, 조탁대. 자네가 아직 어려서 세상을 잘 몰라 그러는… 악!"

우병기는 필사적으로 변명했지만 그 소리는 곧 비명으로 바뀌었다. 탁대가 손에 들었던 음료수 병을 우병기의 사타구니에 떨어뜨린 것이다.

"아이고, 이게 보기보다 미끄럽네? 짝퉁 음료수인가?"

"이… 이……."

치를 떠는 우병기. 탁대는 그 얼굴에 얼굴을 들이대며 또박또박한 발음으로 말을 이어나갔다.

"당신 박사 학위도 짝퉁이더군. 논문 실적, 성적표, 죄다 말이야. 하긴 이제 짝퉁 수컷이 되었으니 딱 어울리는 일이긴 해."

탁대는 한 번 더 음료수를 투하했다. 병실 안에는 우병기의 비명의 또다시 자지러졌다.

"악!"

"이제 그만 끝냅시다. 변태 짝퉁 아저씨."

탁대는 우병기를 노려보았다. 더 이러쿵저러쿵할 가치도 없는 인간이었다.

"꼭 사표를 받아야겠다는 거로군."

"그냥 사표가 아닙니다."

"아니라고?"

"미안하지만 파면되어 주셔야겠습니다. 당신 같은 인간이 명예롭게 사표를 내고 나가는 건 마땅하지 않지요."

"이봐, 조탁대!"

우병기의 안색이 파랗게 변했다. 돈으로 밀어보고 애원이라도 해보려던 전략은 씨알도 먹히지 않았다. 눈앞에 버티고 선 탁대는 무엇도 통하지 않는 인간이었다.

"사표를 내겠네. 그러니 파면은……."

"파면입니다!"

탁대가 잘라 말했다.

"조탁대……."

"억울합니까?"

"억울하다기보다는 그동안 내가 시정에 기여한 공로도 있고……."

"그렇군요. 표창 많이 받으셨더군요. 장관상에 총리상에……."

"알고 있군?"

"그럼 우리 쿨하게 게임으로 운명을 결정할까요?"

"게임?"

"사무실에서 딸딸이 치고 여직원들도 겁대가리 없이 추행하던 양반이니 스릴을 즐기는 기질도 있는 거 같아서 말입니다."

"어떤?"

"없던 일로 하고 개과천선하기, 의원면직, 해임, 파면. 이렇게 네 개의 심지를 당신이 만들면 내가 하나를 뽑겠습니다. 그 결과에 두말없이 승복하기로 하죠."

"그, 그렇다면야."

우병기는 탁대의 제안을 바로 수락했다. 4분의 3의 확률로 자신이 유리한 조건이었으니 마다할 이유가 없었다.

"준비됐네."

잔뜩 긴장한 우병기가 네 개의 심지를 내밀었다. 반은 그의 주먹 위로 나와 있고 절반은 주먹 안에 묻힌 심지. 탁대는 그중 하나를 잡아 뺐다.

"남은 걸 확인하시죠."

탁대의 말이 떨어지기 무섭게 우병기는 주먹 안의 심지를 확인했다.

〈해임.〉

첫 심지는 그랬다.

〈의원면직.〉

두 번째 심지였다.

우병기와 탁대의 손 안에 남은 하나씩의 심지. 우병기는 떨리는 손으로 자신의 패를 확인했다.

〈없던 걸로 하기.〉

와들와들 떠는 우병기의 귓전에 탁대의 목소리가 스며들었다.

"하늘도 당신을 버린 거야."

탁대가 남은 심지를 펴보였다. 파면. 두 글자가 또렷하게 빛났다. 탁대의 투시 마법이 발현된 것이었으니 애당초 우병기는 이길 가능성이 없었다.

"윽!"

체념한 우병기가 무너졌다. 어깨를 떨군 그는 무엇 때문인지 한동안 소리 없이 흐느꼈다. 그렇다고 해도 동정심 따위는 들지 않았다.

"파면의 이유는 학위 위조로 가겠습니다. 대신 당신은 미션을 수행해 주어야겠습니다."

"미션?"

"당신이 상처를 준 사람들에 대한 진심 어린 사과."

탁대는 대기 중인 여직원들을 불렀다.

여덟 명의 여직원이 복도에 도착오자 탁대는 우병기가 파면을 받아들였음을 말해주었다. 이어 여직원들이 병실로 들어갔다. 탁대는 복도에 남았다. 결자해지라 했으니 당사자들끼리 감정을 해소하는 게 옳을 것 같았다.

"차 주임… 이유안……."

따가운 여직원들의 눈빛에 노출된 우병기의 목소리가 뒤틀리기 시작했다.

"꼴좋네."

여덟 여직원이 입을 모아 말했다. 사타구니를 붕대로 칭칭 동여맨 모습이 사뭇 가관이었던 것이다.

"나는 그냥… 다들 예쁘고 귀여워서 친하게 지내려고……."

짜악!

우병기가 변명을 늘어놓을 때 첫 번째 파열음이 병실을 울렸다. 성희가 따귀를 날린 것이다. 그 뒤로도 파열음은 일곱 번이나 더 이어졌다. 막내 이유안까지, 전 직원이 분노의 징벌을 거침없이 감행했다.

"미안해. 처음엔 장난이었는데 그게 먹히다 보니……."

우병기는 뺨을 싸쥔 채 고개를 떨어뜨렸다. 피해 당사자들과 단체로 대질한 우병기. 독기를 품은 여직원들은 이제 우병기에게 당하던 여린 새가 아니었다. 더구나 숫자가 주는 위안까지 등에 업고 있는 것이다. 뿐인가? 우병기를 지탱하던 권세와 날개가 다 떨어진 마당이니 기세등등하던 파워는 행방불명이 된지 오래였다.

"파면될 거라니 이 정도로 끝내는 거야. 딸까지 있는 인간이 다시는 그 따위로 인생 살지 마."

성희는 감정을 억누르며 말을 맺고는 우병기에게서 돌아섰다. 애자와 은주도 치를 떨고는 문을 향해 돌아섰다.

하지만!

한 사람은 그렇지 않았다. 마지막으로 남은 이유안. 그녀는 떨리는 어깨를 참으며 우병기에게 다가서더니 분노에 가득한 눈빛으로 우병기를 노려보았다.

"나 때문에 유산되었다고? 미안……."

비실비실 입을 열던 우병기는 말을 멈추며 거품을 물었다. 이유안이 우병기의 붕대를 발로 내질러 버린 것이다. 그것도 킬힐을 신은 채!

"꾸워워어……."

우병기의 입에서 좀비의 신음이 새어 나왔다.

"개새끼."

그 자리에 무너진 우병기에게 저주의 말을 뱉은 이유안은 그제야 눈물을 쏟으며 문을 나갔다. 의료진이 몰려올 때까지도 우병기는 기절 상태에서 깨어나지 못했다. 겨우 아물어 가던 상처였으니 그 고통이 오죽할까?

"나이스 샷!"

그렇거나 말거나 탁대는 이유안을 향해 엄지를 세워 보였다.

그런데!

웬일일까? 여직원들 일부가 무너지며 흐느끼기 시작했다. 그러자 다른 여직원도 그녀들을 감싸고 흐느끼며 북받치던 서러움을 쏟아냈다. 모진 스트레스를 주던 우병기. 그의 몰락을 확인하자 빡빡하던 긴장이 한 번에 풀린 것이다.

탁대는 그녀들을 그냥 두고 엘리베이터 쪽으로 걸었다. 혹시라도 시청 공무원이 오면 막아줄 생각이었다.

기밀!

그건 그녀들에게 건 약속이기도 했으니 탁대에게는 그 명예를 지킬 책임이 있었다.

띠잉!

벨소리와 함께 문이 열리기 시작했다.

'웃?'

예상은 적중했다. 사람들 틈에서 배 국장과 총무과장, 그리고 수애가 엿보인 것이다.

"붙어라, 발!"

탁대는 재빨리 순간접착 마법을 날렸다. 수애에게는 미안한 일이었지만 배 국장과 총무과장이 흐느끼는 여직원들을 보게 할 수는 없었다. 그건 우병기에게 당한 여직원이 누구누구인지 송두리째 알려주는 것과 다르지 않았다.

"뭐, 뭐야?"

당황한 총무과장이 버둥거렸지만 문은 그대로 닫혀 버렸다.

'다행이야.'

그제야 복도를 돌아보았다. 여직원들은 이제 눈물을 거두고 있었다. 한없이 고조되었던 설움과 긴장이 가신 눈치였다.

"오셨습니까?"

여직원들을 내려 보낸 후에 위에서 내려온 엘리베이터. 탁대는 정중히 배 국장 일행을 맞았다.

"응? 이번엔 괜찮네?"

엘리베이터에서 나온 배 국장이 자기 발을 보며 고개를 갸웃거렸다.

"무슨 일이 있으셨습니까?"

탁대는 시치미를 딱 떼고 물었다.

"엘리베이터에 귀신이 붙었나? 우 의원은?"

"딱히 호전된 건 아닌 것 같은데… 들어가 보시죠."

탁대는 병실을 가리키며 수애에게 찡긋 윙크를 날렸다.

"수고!"

두 간부는 수애가 앞서 길을 잡고서야 그 뒤를 따랐다. 간부들은 저렇게 수행을 받아야 빛이 나는 줄 아는 모양이다. 탁대는 엘리베이터가 멈추는 땡 소리에야 겨우 시선을 거두었다.

"조탁대 씨!"

병원 산책로에서 기다리던 여직원 무리 중에서 차성희가 대표로 입을 열었다.

"고마워요."

그 뒤로 포진한 일곱 여직원도 모두 맑은 표정으로 눈시울을 붉혔다. 오랫동안 이들을 괴롭혀 왔을 앙금은 사라졌다. 여덟 여직원은 약속이나 한 듯 사탕 하나씩을 내밀었다. 탁대는 그걸 다 까서 한 입에 넣었다.

볼이 미어터질 것 같았지만 기분이 좋았다. 지상에서 가장 달콤한 사탕이었다.

* * *

바람은 순함 속에서 날카로운 발톱을 꺼내 들었다. 완연히 기울어 버린 겨울이 시샘하는 것이다. 도서관 앞 목련은 뽀얀 망울이 한층 더 선명해졌다. 성급한 몇몇 송이는 벌써 흰 속살을 내밀었다. 제아무리 지독한 겨울이라도 봄바람 앞에는 속절없는 것 같았다.

퇴근한 탁대는 도서관 앞에 서 있었다. 걷다보니 여기로 와버렸다. 아무래도 여직원들 때문이었다. 갑질에 눌려 최소한의 인격마저 무참히 짓밟히던 그녀들. 그런 그녀들의 아픔을 잠시나마 함께하다 보니 혜자가 생각났다.

'추한 꼰대들.'

탁대는 저간에 회자되는 말을 끌어당겼다.

어떻게 하면 데이트 한 번 할 수 있을까? 총각.

어떻게 하면 한 번 자빠트릴 수 있을까? 유부남.

탁대가 술자리에서 들은 말들. 사회에서 유부남은 유난히 부담 없는 남자라고 한다. 하지만 우병기 같은 속물을 보면 유부녀도 상관없이 들이대는 남자에 다름 아니었다. 그건 인간이 아니다. 인간이 아름다운 건 인간성이 있기 때문이니까.

—공부 잘하고 있지?

보고 싶다는 말을 에둘러 문자로 보냈다. 탁대는 알고 있다. 공부에 내일이 없다는 사실. 백수에게도 내일 생길 일은 많다. 그렇기 때문에 내일로 미루는 공부법은 실패의 친구가 분명하다.

보통 저녁 8시까지 도서관에 있다고 하던 혜자. 지금은 8시 반이 넘었으니 남아 있을 가능성은 적었다.

—그럼. 빨리 합격해서 오빠랑 같이 출근할 거야.

문자가 답을 데리고 돌아왔다. 아무래도 도서관에 있지는 않은 모양이었다. 흐린 미소와 함께 답을 보내려던 탁대의 눈에 낯익은 모습이 쪽 빨려 들어왔다. 지친 어깨를 끌고 도서관에서 나오는 여자. 분명 혜자였다.

"오빠!"

그 한마디가 괜히 가슴을 울리며 치고 들어왔다. 멍하니 선 탁대에게 그녀가 달려와 손을 잡았다.

"우와, 딱 통했나 봐. 나도 지금 나가면 왠지 오빠가 있을 것 같았거든."

"혜자야."

탁대는 그녀를 당겨 안았다. 그냥 안았다. 그녀의 갈비뼈가 무너지고 으스러지도록.

"무슨… 일 있었어요?"

탁대의 품 안에서 그녀가 조심스럽게 물었다. 여자의 예감은 보통이 아니니까.

"아무 일도. 그냥 열공하는 혜자가 자랑스러워서……."

"피이, 그런 말하지 마요. 나 아직도 열심히 버벅거리고 있단 말이에요."

"조금씩 자리가 잡힐 거야."

탁대는 그녀의 어깨를 당겨 가만히 입을 맞췄다. 그때, 탁대의 입에서 꼬르륵 비둘기 소리가 울렸다.

"오빠, 배고프구나?"

"조금."

"오늘도 감사 열심히 했어요?"

"그럼."

"그럼 내가 저녁 쏠게요. 시간 되죠?"

"뭐, 그 정도는……."

대수롭지 않게 대답하던 탁대는 곧 이어질 혜자의 말에 눈이 휘둥그레지고 말았다.

"대신 우리 집에서. 엄마 아빠 결혼기념일이라 여행가시고 아무도 없거든요."

"……!"

아싸!

예전 같으면 탁대의 입에서 나올 첫마디가 그것이었다. 자취하는 여친이나 아무도 없는 여친의 집. 그건 남자의 10대 로망에 들어가는 것이다. 지상에 그보다 퍼펙트한 기회가 또 어디에 있을까?

그럴 때면 그 집 안에 들어서기도 전에 머릿속에서 시나리오가 팍팍 돌아갔다. 어떤 타이밍을 만들어야 할까 하는.

그런데 혜자의 경우는 달랐다.

탁 하고 거실 문이 닫히는 순간, 탁대는 정신이 맑아지는 걸 느꼈다. 부모님이 없다고 함부로 늑대가 되어서는 안 될 것 같은 느낌. 그건 초희를 만나면서 어떻게 하면 한 번 욕심을 채울 수 있을까 하고 연구하던 때와는 사뭇 달랐다.

"잠깐만 기다려요. 나 된장찌개는 잘 끓이거든요. 밥도 금방 될 거예요."

녹차를 내놓은 혜자가 팔을 걷어붙였다.

"그냥 있는 거 먹자. 혜자도 피곤할 텐데……."

"절대 안 되걸랑요. 우리 집에 처음인데다 국민영웅인 오빠에게 찬밥이 웬 말?"

혜자는 주섬주섬 식재료를 꺼내더니 제법 익숙한 솜씨로 찌개 거리를 만들기 시작했다.

"나 잘하는 거 같지 않아요?"

그녀가 볼을 붉히며 돌아보았다.

"그런 거 같은데?"

"그래도 맛은 보장 못 해요."

찌개를 끓이는 혜자의 귀밑머리가 눈을 차고 들어왔다. 흰 귀를 타고 넘어간 가지런한 머릿결. 그걸 보고 있자면 왠지 가슴이 뭉클해졌다. 탁대는 혜자에게 다가가 허리를 잡고 어깨에 얼굴을 기댔다.

"조금 기다려야 한다니까요."

그녀가 돌아보았다. 탁대는 그 맑은 입술에 키스를 했다. 그녀도 돌아서서 탁대의 키스를 받았다. 한 손에는 호박을 든 채.

찌개가 끓는 동안 탁대와 혜자는 처음으로 사랑을 나누었다. 그녀의 하얀 속옷이, 하얀 나신이 탁대의 머리에서 활화산을 이루며 들끓었다. 안으로, 오직 안으로 들어가고 싶었다. 혜자의 끝 간 데 없는 끝, 그 깊은 심연에 탁대의 마음을 새기고 싶었다.

얼마나 달렸을까? 땀이 가슴을 타고 흘러내릴 때 탁대의 활화산이 절정에 달했다.

"오빠, 넣으면 안 돼요."

숨을 헐떡이던 혜자가 어린 새처럼 입을 열었다. 탁대는 활화

산을 위험 구역 밖에 대고 폭발시켰다. 이것도 전과 달랐다. 그저 질러 버리면 그만이었다. 다음 일은 그 다음에 생각하면 그만이었다.

하지만 이제는 아니었다. 가슴 안에 소중하게 자리한 그녀. 사랑한다면 지켜줘야 한다는 생각이 본능을 넘어서고 있었다.

사정을 끝낸 탁대는 혜자와 깊은 키스를 나누었다. 끝 간 데 없는 곳까지 달려갔지만 아직도 목마름을 주는 그녀. 탁대는 생각했다. 어쩌면 이 여자와 결혼할 운명일 것 같다고.

"어머!"

어둠 속에서 얼마나 지났을까? 그녀의 가슴에 얼굴을 묻고 있을 때 혜자가 왈딱 고개를 들었다.

"된장찌개?"

둘은 동시에 외치며 튕겨 올랐다.

"몰라요. 완전 숯검댕이가 되었어."

상의만 대충 걸친 혜자가 가스레인지 앞에서 울상을 지었다. 열락의 세계를 다녀온 탁대네와 달리 뚝배기는 지옥의 처참함을 보여주고 있었다.

"미안. 나 그냥 맨밥도 잘 먹어."

탁대는 혜자의 이마에 키스해 주었다. 찌개가 없어도 밥은 맛났다. 탁대는 두어 개의 반찬을 진수성찬 삼아 밥 한 그릇을 다 비워냈다. 그런 다음에 밥으로 만든 에너지를 이용해 탄 뚝배기를 닦기 시작했다.

바바박! 박박빡!

팔이 떨어질 지경이다.

"조심해서 가요."

혜자가 문 앞에 나와 배웅해 주었다. 마지막으로 그녀의 이마에, 볼에, 이어 입술에 키스를 했다. 시린 하늘에서 별들이 명랑하게 와글거리고 있었다.

* * *

"그동안 저의 미숙한 부서 운영과 품위 없는 행동으로 마음의 상처를 입었을 직원 여러분. 특히 성에 관한 폭언과 행동으로 스트레스를 받았을 여직원들과 기분 내키는 대로 대해서 상처를 안았을 남자 직원들 모두에게 머리 숙여 사과의 말씀을 드립니다."

일주일 후의 의회 사무국.

거시기의 실밥을 뽑고 나온 우병기가 사무실에서 공개 사과를 시작했다. 탁대는 창밖에서 보고 있었다. 이틀 먼저 퇴원한 권 팀장과 도 과장, 배 국장과 하 국장 등도 자리를 함께했다.

"역시 루머가 사실이었구만."

하 국장이 혀를 찼다. 옆에 있는 배 국장은 큼큼 헛기침을 하며 말을 아꼈다.

"아울러 통과된 줄 알았던 학위에 문제가 있어 어떤 처벌도 감수하며 물러날 것이니 저로 하여 흉흉해진 의회의 분위기는 새로 오는 전문위원을 모시고 일신해 주시길 바랍니다."

우병기의 말은 그것으로 끝났다. 의회 직원들은 그 누구도 박수를 치지 않았다. 그가 버티고 있을 때는 마지못해 참고 넘겼지만 이제 떠나는 것이니 그럴 필요가 없었다.

파면!

우병기에게 떨어진 징계는 그것이었다. 처음에는 시장도 다소 놀라는 표정이었다고 한다. 하지만 우병기 자신이 학력 위조를 커밍아웃하고 파면을 내려달라고 했다는 말이 전해지면서 일단락되게 되었다. 본인이 감수하겠다는 데야 굳이 재론할 이유가 없었던 것이다.

우병기는 시청에 들러 인사도 하지 못하고 떠났다. 그럴 염치가 어디 있을까마는 그래도 여자 속옷은 안 들키고 잘 챙겨갔는지 궁금한 탁대였다.

사무실로 돌아온 탁대는 책상 위에 놓인 꽃다발을 보았다.

〈의회 전현직 여직원 일동.〉

탁대는 꽃다발에 매인 리본을 보고 출처를 알았다. 꽃에 담겨진 그녀들의 마음이 너무 고마웠다.

'이제부터는 마음 놓고 주민을 위해 일하기를.'

꽃다발을 김영화에게 준 탁대는 이팔호를 끌어냈다.

"왜요?"

놈은 각부터 세우며 경계했다. 탁대의 공도 못마땅했고 사건의 해결 방향도 마음에 들지 않던 차였다.

"너, 우 의원 건 제대로 조사한 거 맞아?"

"무슨 헛소리예요?"

"맞냐고?"

탁대는 한 치의 흐트러짐도 없이 물었다.

"한 건 해결했다고 사람 족치는 겁니까? 나도 할 만큼 했습니다. 여직원들이 다 침묵하는데 어쩌라고요?"

"그러니까 내 말은 말이야."

탁대는 팔호를 벽으로 밀어붙이고 얼굴을 들이밀며 말을 이었다.

"네 누나나 여동생이 그런 일을 당했어도 그 따위로 대충 끝냈을 거냐는 말이다."

"……."

"파이팅해라. 이팔호. 언젠가 내 손에 걸리면 죽는다."

탁대는 그 말을 던지고 휘파람을 불며 돌아섰다. 죽상이 된 팔호의 얼굴 따위는 돌아보지도 않았다.

사무실에서 벌어진 마무리 회의석상. 탁대는 이유안 복직 문제를 정식으로 거론했다.

"복직?"

아직 완쾌되지 않아 엉덩이를 반쯤 들고 엉거주춤하게 앉은 권 팀장이 격하게 반응했다. 아무래도 우 의원을 파면까지 몰아붙인 일이 못마땅한 눈치였다.

"제가 알아본 바로는 이유안은 본인의 의사에 반해 사표를 냈습니다. 그 원인제공자가 부서장인 우 의원이었으니 그분의 과실이 명백하게 드러난 지금, 구제해 주는 게 마땅하다고 봅니다."

"이봐. 지금 분위기도 뒤숭숭한데 여직원 사표 낸 것까지 거론해야 하나?"

권 팀장은 계속 각을 세웠다.
"나중에 다시 거론하는 것보다는 낫지 않겠습니까?"
탁대는 물러서지 않았다.
"그 건은 내가 인사과에 따로 상의하도록 하겠네. 그러니 조탁대는 좀 쉬도록 해."
도 과장이 이유안 건을 정리하며 말을 이었다.
"머잖아 승진 인사가 개봉될 거야. 다른 사람들은 혹시 모를 청탁 방지를 위해 만전을 기하도록."
과장은 그 말을 끝으로 자리를 털고 일어섰다.

"탁대 오빠."
얼마 후에 수애가 소리 없이 다가왔다.
"어, 웬일이야?"
"시간 되면 커피 한잔해요."
"수애 명령이라면 만들어서라도 내야지."
탁대는 의자를 박차고 일어섰다.
"괜찮아요?"
복도 끝으로 나온 수애가 자판기에서 커피를 뽑아 내밀며 물었다.
"뭐가?"
"우병기 의원 말이에요. 오빠가 황골을 밀어냈다고 수군거리던데……."
"내가 무슨 그런 힘이 있어?"
탁대는 시치미를 뗐다. 사연이 복잡하니 대충 지나가는 게 좋을 거 같았다.

"우리 과 사람들이 뭐라는 줄 알아요? 오빠가 저승사자래요."

"저승사자?"

"저번 잠룡 12인방 양주 사건도 그렇고 이번 우 의원님 일도……."

"어허, 우 의원님은 천벌을 받자 스스로 양심의 가책을 느끼고 파면을 자초한 거지 나랑은 상관없어요."

"칫, 오빠가 재조사에 나서자마자 그런 일이 생겼다던데 뭘 그래요?"

"그런가?"

"그러고 보니 이상한 것도 있어요."

"뭐가?"

"저번에 우 의원님 병원에서 말이에요. 탁대 오빠를 보는 순간 엘리베이터에서 발이 떨어지지 않았거든요. 나뿐만 아니라 배 국장님과 우리 과장님도."

"에이, 설마……."

"진짜라니까요. 무슨 귀신이 붙은 것처럼……."

"그럼 귀신이었나 보지. 우병기 같은 인간은 면회할 가치도 없다는."

"그런가?"

수애는 순진하게 고개를 갸웃거렸다.

"그리고 또 섭섭한 거 있어요."

그러다가 새침하게 눈매를 조이는 수애.

"또 뭐?"

"여친 생겼다면서요?"

"그것도 알아?"

놀란 탁대가 커피 잔을 입에서 떼어냈다. 아는 사람은 윤아와 명하뿐이었는데 그게 새어 나간 것이다.

"얼마 전에 그만둔 혜자 씨라면서요?"

"허얼, 총무과 수애의 정보력에 항복!"

탁대는 두 손을 번쩍 들어 보였다.

"항복은 필요 없고 나중에 소개나 시켜줘요."

"그러지 뭐."

"그리고……."

수애는 말간 볼을 사르르 붉히며 말을 이었다.

"수고했어요. 오빠랑 동기라는 게 진짜 자랑스러워요."

잠시 휴식을 누린 탁대는 핸드폰을 보았다. 혜자가 열공하고 있을 시간. 응원 문자라도 하나 보내줄까 하던 탁대는 마음을 접었다. 그건 응원이 아니다. 좋아하는 사람에게 문자가 한두 번 문자가 오면 계속 신경을 쓰게 된다. 그러니 애당초 유혹(?)의 추파는 보내지 않는 게 좋았다.

'꾹 참고 진격하길.'

탁대는 마음으로 문자를 대신했다.

'응?'

감사실을 코앞에 둔 상담실. 그곳을 지나칠 때 안에서 두런거리는 소리가 새어 나왔다. 목소리의 주인공은 팔호와 권 팀장이었다.

'또 무슨 역적모의를 하는 거야?'

탁대는 벌컥 문을 열어버렸다. 엿듣는 건 취미가 아니기 때문이었다.

"앗, 죄송합니다. 저는 아무도 없는 줄 알고."

탁대가 너스레를 떨었지만 팔호와 권 팀장의 안면은 이미 굳어 있었다. 자연스럽게 순간독심을 발현시켰다.

―저 인간, 들은 건 아니겠지?

―꼴 보기 싫은 놈이 어디서.

"말씀 나누십시오."

탁대는 시치미를 떼고 돌아섰다. 그때 권 팀장의 목소리가 날아왔다.

"조탁대."

"예?"

"저녁에 퇴근하고 나 좀 보지."

"저 말입니까?"

"그럼 우리 시에 조탁대 씨가 또 있습니까?"

그 와중에도 팔호는 발 빠르게 권 팀장을 편들고 나섰다.

"하긴 그러네. 알았습니다."

탁대는 대충 대답을 남기고 복도로 나왔다.

'이팔호.'

감사실로 돌아오며 탁대는 생각했다. 이제 이팔호 차례가 왔다고.

'기대하시지. 팔랑팔랑 이팔호!'

탁대는 컴퓨터의 버튼 배꼽을 힘차게 눌렀다.

성과급.

뜻밖의 경사가 찾아들었다. 탁대가 성과급에서 최고 등급인 S등급을 받은 것이다. 임용된 후로 처음 받는 성과급이라 그게 언제 나오는 줄도 모르고 어떻게 주는 줄도 몰랐던 탁대. 거금이 입금된 통장을 보니 괜히 기분이 좋아졌다.

S등급은 최상위 등급이다. 이 아래로 A와 B가 있는데 금액 차이도 꽤 많이 날 정도였다. 무엇보다 탁대는 자신이 노력한 대가를 받은 것 같아서 유쾌했다.

뭐든지 연공서열을 먼저 따지는 공무원 조직. 그 안에서 임용된 지 얼마 되지 않는 입장이었으니 더욱 그랬다.

재미난 건 이팔호도 S등급을 받았다는 사실이었다.

'하긴 팔호도 열심히 짖긴 했지.'

탁대는 혼자서 뒷말을 이었다.

'멍멍멍!'

가만히 사무실 분위기를 돌아보았다. 표면적으로는 변함이 없었다. 하지만 금기열과 노장무, 김영화 등이 인상을 구기며 나가는 걸 보니 기대한 등급을 받지 못한 모양이었다.

곧 다가오는 승진 인사. 성과급은 거기도 영향을 미친다. S등급은 그 직급에서 발군의 성과를 냈다는 보증수표였기 때문이다.

부르르! 잠시 생각에 잠길 때, 핸드폰에 문자가 들어왔다.

—국민영웅 조탁대에게 내일 번개를 요청함—짜포 회장 채은돌.

'은돌 큰형님?'

탁대의 머리에 불이 환하게 들어왔다. 보아하니 우병기 의원의 소문을 듣고 위로이자 격려 차 자리를 마련하는 것 같았다.

—콜입니다!

탁대는 바로 답문자를 보냈다. 마침 큰 건도 마쳤고 보너스까지 탄 판이니 홀가분하게 맥주 한 잔을 기울이는 것도 좋을 것 같았다.

그런데!

퇴근 무렵에 경천동지할 일이 터지고 말았다. 강 주임이 다가와 믿기지 않는 말을 던진 것이다.

"조탁대, 성과금 들어왔지?"

"그런데요?"

"그거 내일까지 찾아서 나한테 가지고 와."

"네?"

놀란 탁대가 눈을 동그랗게 떴지만 강 주임은 부연 설명도 없이 팔호 쪽으로 다가갔다. 거기서도 똑같은 말을 하는 강주님. 팔호는 공손히 알았다고 대답을 했다. 탁대는 선우 팀장을 바라보았다. 하지만 선우 팀장은 서류를 뒤적이며 반응을 보이지 않았다.

"질문 있습니다."

목마른 자가 우물을 파는 법. 탁대는 강 주임 옆에 다가가 포문을 열었다.

"뭐?"

"성과금 말입니다. 그걸 왜 돌려달라는 거죠?"

"아, 조탁대는 성과금이 처음인가?"

"그렇습니다만."

"성과금은 하도 말이 많아서 일단 지급한 후에 다시 수합해서 균등하게 나누는 게 우리 시의 원칙이야."

'엥? 무슨 그런 개똥 같은 법이?'

그 말이 튀어나오려는 걸 간신히 참았다. 말이 되는 소리인가? 직급별로 업무 성과에 따라 정당하게 지급하면 그만이지 줬다가 뺏어가서 똑같이 나눠가지다니?

"등급 잘 받았던데 그걸로 만족해. 다른 사람들은 탁대 씨만 못 해서 그 등급 못 받는 거 아니니까."

"……."

어이가 없어서 말이 나오지 않았다. 여기가 무슨 공동생산 공동분배의 사회주의란 말인가? 좋은 취지로 만들어놓고 이렇게 눈 가리고 아웅으로 운영하다니.

"가봐."

강 주임의 설명은 그것으로 끝이었다. 한마디로 '우웩' 이었다.

* * *

"나가지."

퇴근 시간이 살짝 지났을 무렵, 팔호와 노장무의 업무를 확인한 권 팀장이 탁대에게 말했다. 탁대는 책상을 정리하고 컴퓨터의 스위치까지 뺀 후에 그 뒤를 따랐다.

찝찝했다.

분명 좋은 말할 자리는 아니었기 때문이었다.

권 팀장은 뒤뚱거리며 해물찜집으로 들어갔다. 조금 나아졌지만 멧돼지가 내린 천벌의 여파는 아직 남아 있었다. 여주인이 달려 나와 아는 척을 하며 반겼다.

"앉지."

자리는 맨 구석의 호젓한 방이었다. 보아하니 권 팀장의 단골집인 모양이었다.

바로 테이블이 세팅되었다. 해물찜과 소주, 권 팀장은 탁대의 의견 따위는 묻지 않았다.

"받게."

"술은 괜찮습니다."

탁대는 사양했다. 함께 술을 마시고 싶은 사람이 아니었다.

"잘 마시는 거 알아. 받아."

권 팀장은 소주병을 내리지 않았다. 별수 없이 한 잔을 받았다. 권 팀장은 잔을 들고 건배를 강요했다. 말은 없었다.

쨍!

잔을 부딪친 탁대는 겨우 입술만 대고 내려놓았다.

"건배를 했으면 마시는 게 예의지."

"죄송합니다. 머리가 아파서 진통제를 먹었는데 진통제 먹고 술 마시면 간이 박살 난다기에."

표현을 조금 과하게 했다. 당신과 술 먹기 싫다는 말의 완곡한 표현이었다.

"하여간 요즘 젊은 것들은 아는 게 많아 탈이란 말이지. 그래 봤자 전부 검색에 의존하는 주제에."

'그런 당신은? 전부 권모술수에 의존하지 않나?'

탁대의 머릿속에서 혼잣말이 맴돌았다.

"속 시원하나?"

원샷을 한 권 팀장이 탁대를 쏘아보았다.

"무슨 뜻이신지?"

"우병기 의원님 말이야."

"……."

"멧돼지한테 들이박히기 전에 자네랑 만났다며?"

"예."

"자네 내가 그렇게 우습게 보여?"

"그럴 리가 있습니까?"

"아니면? 좋은 게 좋은 거라고 대충하라고 했는데 왜 그렇게 예의 없이 굴었나? 우병기 의원님 말이 살다 살다 자네처럼 싸가지 없는 인간은 처음이라고 하더군."

'저야말로 그렇게 싸가지 없는 인간은 처음이었습니다.'

"누구야?"

권 팀장이 탁대를 노려보며 물었다.

"뭐가 말입니까?"

"결정적인 제보자. 대체 어떤 연놈이 뭐라고 제보했길래 일이 이렇게 된 거냐고?"

"특별한 건 없습니다. 그동안의 투서를 종합 추론해서 접근했더니 인정하신 것뿐."

"그게 말이 돼?"

"솔직히."

탁대는 권 팀장을 바라보며 천천히 말을 이었다.

"권 팀장님도 다 알고 계시던 사실 아닙니까?"

"뭐, 뭘 말인가?"

느닷없이 정곡을 찔린 권 팀장이 주춤거렸다.

"아무튼 맥 풀리는군요. 본인이 시인하고 물러난 사실을 가지고 추궁을 받아야 한다는 사실이."

"이봐. 이건 추궁이 아니라 주무팀장으로서……."

"주무팀장이라지만 격려 한 번 안 해주시지 않았습니다. 제게 분명 벅찬 업무였는데도."

"……!"

"묻고 싶습니다. 이미 결론을 내리고 거기에 맞춰야 하는 거라면 감사실은 왜 존재하는 겁니까? 진실을 찾아내서 해결했는데도 왜 질책을 받아야 하는 겁니까?"

탁대는 당당하게 시선을 들었다. 아직 말단 공무원. 그러므로 네네 하면서 비위를 맞출 수도 있었다. 하지만 오직 권세와 수단으로 모든 걸 해결하려는 인간에게는 고개를 숙이기 싫었다.

—이놈 봐라.

—역시 만만치 않아.

탁대는 침묵하는 권 팀장의 속내를 읽었다. 직급으로 누르려 하지만 통하지 않자 당황하는 것이다. 그건 권 팀장에게도 생소한 일이었다. 출세 가도를 달리며 차기 감사실장으로 유력한 마당이었다. 인사과를 거쳐 총무과 주무주임, 이어 감사과 주무팀장으로 꽃보직만 누리며 시청의 핵심으로 굳어진 그에게는 사무관이나 국장들도 유세를 떨지 않았다. 그런데 꼴랑 8급 초짜가 소위 개기고 있는 것이다.

"자네 뭘 오해하나 본데 나는 그저 과정을 알고 싶었을 뿐이야. 결코 질책하려는 게 아니라고."

권 팀장은 한발 멀찌감치 물러났다.

"그런 뜻이었다면 제가 죄송합니다."

"들게. 아무튼 수고했어."

할 말 없으면 술을 팔아 모면하는 기성세대의 폐단은 권 팀장에게도 고스란히 엿보였다. 탁대는 이번에도 마시는 시늉만 하다가 내려놓았다. 술맛 한 번 더럽게도 없었다.

"앞으로 잘해보자고."

밖으로 나온 권 팀장이 손을 내밀었다. 탁대는 마지못해 그 손을 잡았다.

권 팀장이 떠나자 피로감이 한꺼번에 몰려오며 속이 울컥거렸다. 할 수만 있다면 얻어먹은 거 죄다 쏟아버리고 싶은 밤이었다.

*　　*　　*

새봄을 시샘하는 진눈깨비가 내린 아침, 출근길의 탁대는 소란스러운 민원실을 바라보게 되었다. 민원을 맞을 준비를 하는 종합민원실에는 벌써부터 민원인의 언성이 높아지고 있었다.

"야, 이 새끼들아. 이거 말이 안 되잖아? 시장 나오라고 해!"

40대 후반으로 보이는 민원인은 여직원을 향해 핏대를 높였다. 바로 방호장 맹대우가 방호원들을 이끌고 제지에 나섰다.

"이러시면 안 됩니다. 불만이 있으면 말로 하세요."

맹대우가 여직원 앞을 가로막고 나섰다.

"말은 무슨 말? 지난번 폭설 때 보상이 턱도 없잖아? 너희 공무원 새끼들은 어느 나라 공무원이야? 피해를 입었으면 입은 만큼 보상해 줘야지."

민원인은 목청을 높였다. 옆에서 수군거리는 걸 듣자니 폭설 때문에 무너진 오이 하우스의 보상에 불만을 품은 모양이었다.

"너희 새끼들 두고 봐. 내가 그냥 둘 줄 알아? 너 죽고 나 죽는 거야."

민원인은 끌려 나가면서도 발악을 했다.

기분이 꿀꿀했다.

보상은 공평치 않다. 법의 기준이라는 게 피해자의 모든 것을 다 반영할 수 없으니 더욱 그랬다. 더구나 약삭빠른 사람들은 그 맹점을 이용해 알짜 보상을 받는 일까지 생긴다.

예를 들면, 마침 오이 농사가 잘 안 되던 판이라 걷어야 했다. 때맞춰 폭설이 내려 하우스가 내려앉았다. 이렇게 되면 운 좋게도 보상을 받게 된다. 그런데 그런 사실은 동네 사람끼리는 죄다 알고 있다. 혹 모른다고 해도 보상을 받은 사람이 자랑질을 하고 다닌다. 그렇게 되면 멀쩡한 농사를 망치고도 충분치 못한 보상을 받은 사람 입장에서는 복장이 터질 노릇이다.

개 같은 공무원 새끼들.

결국 그 분노의 칼끝은 공무원을 향하게 시작되는 것이다.

"폭설 피해 보상 어떻게 된 거야?"

출근하기 무섭게 권 팀장이 양미림을 바라보았다.

"그분이 공유지에도 무단으로 하우스를 설치했던 모양입니다. 그래서 그게 보상에서 빠졌다고……."

"개판이군. 자기가 불법을 저지르고는 보상해 달라니."

권 팀장은 방석이 빵빵한 의자를 끌어당겼다.

그 일로 하루 종일 뒤숭숭했다. 보상담당자가 불려 다니고 감사실 역시 보상 과정에 대한 자료를 검토하느라 바빴다. 그러다가 결국 오후에 접어들어 초대형 사고가 터지게 되었다.

"아침에 욕보셨죠?"

오후, 꼭대기에서부터 근무 기강을 확인하고 1층에 도착했을 때였다. 마침 맹대우가 엘리베이터 앞에 있기에 탁대가 인사를 건넸다.

"말도 말아요. 이건 하루 이틀도 아니고… 애매한 우리만 높은 양반에게 작살나게 깨졌죠, 뭐."

유행어 중에 안 봐도 비디오라는 말이 있다. 딱 그 꼴이다. 어쩔 수 없이 일어난 사고를 죄 없는 찬밥 하위직 탓으로 돌리는 무개념 공무원이 한둘이 아니다.

"행패 부리는 분이 그렇게 많나요?"

"그러게 말입니다. 예전에는 그래도 공권력을 어렵게 생각하는 풍토라도 있었는데 지금은 아주 공무원이라면 잡아먹으려 드는 사람이 많아서……."

맹대우는 고개를 설레설레 저었다. 방호원은 나름 고달픈 직종이다. 민원인도 우습게 보아 함부로 대하기 십상이었던 것이다.

그때였다.

"어어!"

민원실 쪽에서 비명에 가까운 소리가 들리더니 부아악 하는 굉음과 함께 폭탄 떨어지는 소리가 들렸다.

쾅!

"뭐, 뭐야?"

그새 날쌔게 엎드렸던 맹대우가 신음을 쏟아냈다. 민원실 쪽에서 연기와 함께 먼지가 뭉게뭉게 피어올랐다. 그 사이로 직원들과 민원인들이 비명을 지르며 튀어나왔다. 놀랍게도 아침의 그 민원인이 차를 몰고 민원실로 돌진해 버린 것이다.

"개새끼들아, 시장 나오라고 해!"

민원인은 사시미칼을 꺼내들고 휘저으며 악을 썼다. 보상 불만을 통제 못 한 그가 끝내 사고를 친 것이다.

"어떡해요? 안에 민원인 두 명이랑 구 주임님, 오예정 씨가 있는데……."

용케 먼저 나온 민원주임이 발을 굴렀다.

"뭐야?"

소란을 들은 공무원들이 몰려들었다. 하지만 그것뿐이었다. 칼을 들고 설치는 민원인. 그 앞에 나설 공무원은 없었다.

특히 요직에 있거나 높은 양반들이 그랬다. 혹여 자기에게 돌진할까 봐 뒷줄에서 입으로만 나불거리는 꼴은 씁쓸함의 극치였다.

"너 이리 와. ×같은 년. 뭐 보상은 합법적이었다고?"

눈이 뒤집힌 민원인이 민원실 구석에서 떨고 있는 여직원을 향해 소리쳤다.

"어떡해, 어떡해!"

동료 여직원들의 비명이 덩달아 높아졌다.

"경찰 불러. 빨리!"

도 과장과 권 팀장이 소리치는 사이에 탁대가 맹대우의 손을 잡아채며 뛰었다.

"가요!"

"조탁대, 너 이 자식아! 뭐 하려는 거야?"

등 뒤에서 권 팀장이 소리치는 건 그냥 흘려 버렸다.

"까아악!"

민원인이 다가서자 여직원은 눈을 뒤집으며 소리쳤다. 그가 여직원의 머리채를 움켜쥐려는 순간 탁대의 접착 마법이 날아갔다.

'붙어라. 그 자리에!'

"……?"

막 손을 뻗던 민원인은 잡힐 듯 하던 거리가 좁혀지지 않자 움찔거렸다. 탁대는 그의 칼 든 손목에 화염공포탄을 작렬시켰다.

"억!"

퍽 소리와 함께 후끈한 열기가 터지자 민원인의 칼 든 손이 후들거렸다. 형체 없이 날아온 화염이 위세를 떨친 것이다.

"여기 있습니다."

탁대는 무기가 될 만한 걸 찾느라 두리번거리는 맹대우에게 자판을 던져주었다. 얼떨결에 자판을 받아 든 맹대우는 민원인의 손을 후려쳤다. 칼은 저만치 날아가 짤강 하는 소리와 함께 나뒹굴었다.

'나이스 샷!'

쾌재를 부른 탁대가 주저하는 다른 방호원에게 소리쳤다.

"뭐해요? 같이 제압하세요!"

그 말을 신호로 우만기와 방호원들이 돌진했다.

"이거 놔. 놓으라고, 이 개새끼들아!"

두 팔을 잡혀 버둥거리는 민원인 위로 탁대가 몸을 날렸다. 넷은 한 덩어리가 되어 넘어갔다. 이어 또 다른 방호원이 달려들었다. 민원인이 제압되자 탁대는 여직원을 챙겼다. 겁에 질린 여직원은 의식이 없었고 또 한 여직원은 책상 밑에서 바들바들 떨고 있었다.

"이제 괜찮아요."

탁대가 손을 내밀자 그녀가 그 손을 잡았다. 그 사이에 남자 직원 몇이 들어와 쓰러진 선량한 민원인들을 부축해 일어섰다. 탁대는 기절한 여직원을 안고 나왔다.

"와아아!"

"조탁대, 조탁대!"

박수 소리와 함께 조탁대가 연호되었다. 탁대는 막 정문을 넘어오는 119 구급대를 향해 걸었다. 대사건을 일으킨 민원인은 현장에서 경찰에게 인계되었다.

"수고했네!"

시장이 다가와 탁대의 어깨를 두드렸다. 부시장도 탁대의 손을 힘껏 잡았다. 용 팀장도, 황 팀장도, 3룡으로 불리는 장광백과 유청봉도 탁대를 향해 엄지를 세워주었다.

"저보다는 방호원 아저씨들 덕분입니다. 저분들이 몸을 사리지 않았거든요."

탁대는 공을 맹대우와 우만기 등에게 돌렸다.

"저 친구들 전부 표창 올려요."

시장이 총무과장을 향해 지시했다. 민원인을 경찰에게 넘기고 숨을 돌리던 맹대우 등의 얼굴에 환한 미소가 피어올랐다. 별로 주목받을 일이 없던 방호원들이 시장의 입에 오른 것이다.

"이어, 우리 국민영웅이 또 한 건 제대로 올렸구만."

어느새 달려온 고동길도 사진을 찍어대며 반색했다.

더 다행인 것은 크게 다친 민원인이 없다는 사실이었다. 대형 유리를 박살 내는 통에 아수라장은 되었지만 차의 돌진 방향이 비어 있었던 게 다행이었다.

"형, 진짜 죽인다. 겁도 안 나?"

때늦게 내려온 재광이 탁대를 보며 물었다. 그 시선에는 존경심이 가득하다 못 해 빵하고 터질 지경이었다.

"뭘, 방호원 아저씨들을 조금 도운 것뿐인데."

탁대는 겸손하게 둘러댔다.

잠시 후에 중앙일간지 기자들과 통신사 기자들이 몰려들었다. 그들은 CCTV 화면을 복사하고 상황을 드라마로 엮느라 바빴다.

그 자리의 주인공은 맹대우였다. 탁대는 자신을 찾아온 기자들에게도 시장에게 말한 것과 똑같은 말을 전한 까닭이었다.

"아무 생각 없었습니다. 범인을 제압해서 큰 사고를 막아야 한다는 생각밖에는……."

맹대우는 잔뜩 상기된 채 기자들의 질문을 받았다. 시청으로 돌진한 민원인. 사시미칼을 휘두르는 범인을 맨손으로 막아낸 불타는 사명감의 늙은 방호원. 탁대는 그런 기사 제목을 생각하며 웃었다. 간단한 표창으로 넘어갈 수 없을 것 같은 신 나는 예감 때문이었다.

민원실 소란이 가라앉고 퇴근한 후에 자리를 함께 한 짜포 4인방은 오붓하게 술잔을 기울였다. 첫 화두는 당연히 민원실 대소동이었다.

"진짜 탁대 형 대단했다며? 우리 팀장님이 처음부터 봤는데 겁대가리 없이 제일 먼저 뛰어들었다는 거야."

재광은 술잔을 다 비우기도 전에 열을 올렸다.

"야, 나도 인터넷 동영상 봤다. 진짜 대형 사고 날 뻔했던데?"

은돌도 가세했다. 퇴근 무렵부터 올라오기 시작한 동영상 때문이었다.

"하여간 탁대 오빠는 스타예요. 어쩌면 책임감이 그렇게 강하대?"

수애도 다르지 않다.

"왜들 이러시나요? 오늘의 주인공은 맹대우 방호장님이었고 저는 그냥 조연에 불과합니다."

탁대는 손사래를 쳤다. 기왕에 맹대우를 띄워줬으니 그대로 밀고 나갈 생각이었다.

"그 양반들 봉황 옆에 있다가 봉 꼬리 잡았지. 솔직히 탁대 형 아니었으면 누가 그 살벌한 데를 뛰어들었겠어?"

재광은 고개를 좌우로 저었다.
“왜 자꾸 그래? 방호원은 괜히 있는 줄 알아? 그분들도 사명감으로 불타는 직원들이야.”
탁대는 한사코 맹대우 편을 들었다.
“이거 나도 이번 인사에 빽이라도 써서 조탁대 옆으로 와야지, 동사무소에 뚝 떨어져 있으니 완전 소외감이네.”
은돌이 웃으며 엄살을 떨었다.
다음으로 이어진 건 성과급 이야기였다. 같은 시의 공무원이다 보니 화제는 거기서 거기였다.
“S등급?”
탁대의 말을 들은 은돌이 부러운 반응을 보였다.
“그럼 뭐합니까? 다시 반납하라는데.”
탁대는 볼멘소리와 함께 맥주를 넘겼다. 그래도 동기들인데다 워낙 친한 사이이니 막히는 거 없이 말이 술술 나왔다.
“야, B 받은 나도 있는데 너무 그러면 섭섭하지.”
마음씨 후한 은돌은 거리낌 없이 웃어넘겼다.
“나도 B예요. 수애는?”
인상을 구긴 재광이 수애를 돌아보았다.
“나는 A…….”
수애는 죄인처럼 목소리를 낮췄다.
“아무튼 그게 말이 됩니까? 그럴 바에는 그냥 처음부터 똑같이 나눠주면 되지.”
탁대는 계속 핏대를 올렸다. 돈 때문이 아니었다. 그깟 성과금, 적은 돈은 아니지만 안 받았다고 치면 그만이다. 더구나 이

달에 나오는 것조차 몰랐으니까. 그런데 어제 강 주임의 태도는 빈정거림에 다름 아니었다. 일 잘했다고 S등급을 줘놓고 뒤에서 비아냥거리니 그게 못마땅한 것이다.

"우리 동장님도 그거 때문에 골치인 모양이야. 특히 여직원들은 누가 S등급을 받으면 저 직원이 나보다 나은 이유가 뭐냐고 대놓고 따지니……."

은돌은 그래도 나잇값을 했다. 매사를 폭넓게 받아들이는 모습이 더욱 그랬다.

"좋아요. 그까짓 성과급 있어도 그만 없어도 그만. 술이나 마시자고요."

친한 얼굴들 덕분에 기분이 풀린 탁대가 술잔을 집어 들었다.

"그나저나 그거 알아? 이번 승진 인사에 양주 사건으로 걸린 사람들이 전부 물 먹을 거라던데?"

치킨 다리를 쭉 찢어 문 은돌이 탁대를 바라보았다.

"인사는 뚜껑 열려봐야 아는 거라던데요?"

얌전하던 수애가 끼어들었다. 그 누구도 인사에 대해 무심할 수 없는 게 직장 생활이었다.

"아, 어쩌면 수애가 잘 알지도 모르겠네. 총무과도 그런 데는 빠삭하잖아?"

은돌은 수애 쪽으로 시선을 돌렸다.

"제가 뭘 알아요? 총무과라고 해야 이제 겨우 사람들 얼굴 익힌 정도인데……."

"그래도 실세 배 국장님을 가까이할 기회가 많잖아?"

"그럼 볼 때마다 저 좀 승진시켜 달라고 떼라도 쓸까요?"

"그래야지. 탁대는 벌써 8급 달고 7급 바라보고 있는데."

"다른 건 몰라도 큰 오빠는 좀 승진시켜 주라고 말해 드릴게요. 최소한 7급은 달고 퇴직하셔야 할 거 아니에요?"

수애는 착한 미소로 은돌에게 말했다.

"이야, 역시 나 챙기는 건 수애밖에 없구나. 기분인데 한 잔 마시자."

은돌은 수애와 가볍게 잔을 부딪쳤다.

"에이, 내가 들은 얘긴데 우리 동기 중에는 이팔호가 승진 후보 넘버원이라던데요?"

새 잔을 받아든 재광이 심드렁하게 한마디 던졌다.

"맞다. 그 딸랑이 이팔호가 있었지?"

은돌의 입에서조차 탄식이 새어 나왔다. 좋게 보면 눈치 빠르고, 나쁘게 보면 눈꼴사나운 이팔호는 오늘도 변함없이 단골 안주로 올라와 버렸다.

"그건 그렇고 우병기 의원 말이야."

한 잔을 시원하게 비워낸 은돌이 탁대를 보며 은밀하게 입을 열었다.

"탁대가 마무리 조사를 했다던데 진짜 여직원들을 그렇게 성추행했어?"

"……."

"아, 우리끼린데 뭐 어때? 궁금하니까 말 좀 해봐. 우리 동장님이 그러는데 그 사람이 제풀에 물러날 사람이 아니라는 거야. 분명히 뭔가 굉장한 건수가 잡히는 바람에 두 손 든 거라던데?"

"학력 위조가 걸렸잖습니까?"

탁대는 당연히 그쪽으로 가닥을 몰고 갔다.

"그럼 진짜 성추행은 그냥 루머라고? 회식 자리 같은 데서 우연히 일어난 접촉을 여직원들이 정색하고 모함한 거?"

은돌에 이어 재광과 수애의 시선까지 모두 탁대에게 몰렸다.

어서 말해, 조탁대!

그들은 한결같이 원하고 있었다. 탁대는 난감해졌다. 한국 사회는 친분이라는 게 있다. 그 친분이라는 건 정보와도 밀접한 관계가 있다. 그걸 싹둑 잘라 버리면 자칫 친분이 깨질 우려도 있었다.

"실은 좀 노골적인 상황이 몇 번 있었던 거 같습니다. 게다가 그분이 말발도 너무 직설적이고요. 그래서 모욕감을 느낀 여직원들이 투서를 했던 건데 결국 본인도 인정을 하고 나갔으니 그렇게 종결된 거지요, 뭐."

"그래? 소문에는 서고나 노래방에서 여직원들 치마 속까지 더듬었다길래 어이가 없었는데 그나마 다행이네."

은돌이 고개를 끄덕이자 짜포는 그걸로 질문을 접었다. 탁대로서는 다행스러운 일이었다.

11시가 되어 짜포와 헤어졌다. 온갖 잡담을 하고 나니 속이 시원했다. 수애는 선임자와의 커피 타는 문제로 벌어지는 신경전을 안주로 올렸고 재광은 농땡이의 달인인 직속 주임을 질겅질겅 씹어댔다.

은돌도 예외는 아니었다. 동네에서 일어나는 자잘한 일부터 특히 복지수급자들과의 실랑이, 나아가 부녀회장을 비롯해 민간단체와 유대를 쌓는 일이 이만저만한 스트레스가 아니라고

했다.

짜포가 귀가한 텅 빈 인도.

그곳에는 아직도 짜포의 잔상이 남아 있었다. 그렇게 꿈꾸던 공무원이 되고, 이제는 슬슬 자리를 잡아가는 모습들. 그건 공무원으로서의 내공을 쌓는 과정이었으니 함께 성장하고 있는 탁대도 뿌듯함을 느낄 수 있었다.

'생수나 한 병 사서 마시고 들어가야겠다.'

탁대는 옷깃을 여미며 편의점으로 향했다. 그리고 막 물을 사서 나오는 찰나, 저만치 주점에서 나오는 두 사람을 발견하게 되었다.

'권 팀장과 선우 팀장?'

두 사람은 술을 마신 모양이었다. 다만 얼굴은 둘 다 일그러져 있었다. 탁대는 건물 옆으로 몸을 숨겼다.

"앞으로 조심해."

권 팀장이 빡빡한 목소리를 쏟아냈다. 선우 팀장은 대꾸를 안 했다.

"조탁대 제대로 관리하란 말이야. 다음 번 감사과장 자리가 누구 건지 짐작이 가면 말이야."

"……."

"젠장, 여태껏 끌어올려 줬더니 부하 놈 하나 관리 못 해서 사람을 개망신시키다니. 당신 자리 노리는 사람 한둘이 아니라는 거 알고 있지?"

"……."

선우 팀장, 그 또한 잘나가는 사람이지만 권 팀장 앞에서는 고양이 앞에 쥐 꼴이다. 성골 중에서도 실세로 꼽히는 권 팀장이었으니 파워 게임으로는 이길 수 없는 상대였다. 권 팀장은 기세를 뿜고는 대리기사가 모는 차에 올랐다. 혼자 남은 선우 팀장은 담배를 물더니 길고 긴 연기를 뿜었다.

'권 팀장이 양주 건과 우병기 건으로 약이 제대로 오른 모양이군.'

탁대는 선우 팀장의 반대편으로 걸었다. 직장 생활을 하다 보면 누구나 애환이 있다. 그 누구도 예외는 아니다. 선우 팀장은 그 자리에서 오래도록 움직이지 않았다.

"대마법사님!"

꿈속에서 로르바흐를 만난 탁대가 은은하게 입을 열었다. 로르바흐는 로브를 벗은 말쑥한 모습이었다.

"말하시게."

"제가 계속 바빠서 인사도 못 챙겼습니다. 리버스 독심… 정말 고맙습니다."

탁대는 새로 추가된 마법에 대해 감사를 표했다. 나름 긴요하게 쓰인 곳이 많았던 까닭이었다.

"인사를 챙길 게 뭐 있나? 삶이라는 게 다 그런 모습이지."

"네?"

"나도 그런 적 많네. 예를 들면 저 하늘의 신 말일세. 인간은 위기나 난관에 부딪치면 신에게 호소를 하지. 극복할 힘이나 자비를 베풀어 달라고."

로르바흐가 허공을 바라보았다. 꿈이라서 그런 걸까? 그 허공에는 뿌연 잡념이 구름처럼 가득해 보였다.

"하지만 그 시기가 지나면 언제 그랬냐는 듯이 신을 외면하네."

"그건 그렇군요."

탁대는 로르바흐의 말에 공감했다. 따지고 보면 그게 인간이었다.

"뭐, 내가 하려는 말은 지금부터일세. 그런데 그 극복은 정말 신의 자비나 가호였을까? 어떻게 보면 그런 것과 관계없이 그 인간의 힘으로 위기를 넘어온 것 같네만."

"……?"

쉽게 넘기려던 탁대의 머리에 번쩍 불이 켜졌다. 듣고 보니 그 또한 옳았다.

"그러니 내가 전한 마법에 대해 딱히 고마울 필요는 없네. 다 그대의 의지가 불러들인 운명인 것이니."

"모든 게 그렇다는 말씀이군요. 좋은 일도 나쁜 일도……."

"아마 그럴 걸세. 마찬가지로 앞으로 닥칠 일들도……."

"그거 아세요?"

탁대는 잠시 로르바흐의 주의를 환기시켰다.

"뭘 말인가?"

"대마법사님의 분위기가 점점 막막하게 보인다는 거. 말하자면 무량무한의 넓이나 깊이처럼 말입니다."

"혹시 그렇다면 그대의 시야가 넓어졌음에랴."

로르바흐의 눈가에 봄 햇살처럼 따뜻한 주름이 잡혔다.

도로롱다라랑!

이른 아침, 모닝콜 소리와 함께 탁대는 잠에서 깼다. 알람은 여섯 시 반에 정확하게 울었다. 참 고마운 기능이 아닐 수 없었다.

칙칙!

거실로 나오니 동환이 난에 물을 주고 있었다. 분무기가 칙칙거릴 때마다 뽀얀 물방울이 퍼져 나갔다.

"세월이 참 무섭구나. 봄이 오니까 빌빌거리던 놈들이 싹을 밀어내고 있지 않냐?"

동환은 여기저기 난석을 밀고 올라온 새싹들을 보며 흐뭇하게 웃었다.

"난만 챙기지 말고 나도 좀 챙겨봐요."

식탁을 세팅하던 마더가 잔소리를 날렸다.

"당신도 물 필요해?"

장난기가 발동한 동환은 분무기의 방향을 마더에게로 향했다.

"내가 무슨 콩나물이에요? 물을 뿌리게?"

"어허, 사람이나 식물이나 물이 최고지. 물 없으면 못 살아."

"흥, 난 물보다 세종대왕이나 신사임당이 좋거든요."

"또 그놈의 돈."

"그럼 최고지 뭐가 최고예요?"

"이건 어때?"

식탁에 먼저 앉은 동환이 자동차 키를 흔들었다.

"칫, 그깟 고물 차. 팔면 3백도 안 된다면서……."

마더는 콧방귀로 응수했다.

"잘 봐. 이거 그 차 키가 아니거든?"

동환은 키를 계속 흔들며 웃었다.

"어젯밤에 접촉 사고라도 내고 렌터카 몰고 온 거예요?"
엄마가 묻자 동환은 키를 탁대에게 내밀었다.
"받아라. 네 선물이다."
"네?"
"친구 놈이 경매로 돈 좀 만졌다고 차 바꾼다고 하길래 내가 헐값에 받아왔다. 스포티지인데 얌전하게 잘 타서 그럭저럭 쓸 만할 거야. 그러니 대충 타고 다니다 돈 많이 벌면 좋은 차로 바꿔라."
"아버지!"
"미안하다. 네 생애 첫 차인데 고작 중고차를 선물해서……."
동환의 눈자위가 붉어졌다. 아들에 대해 살가운 표현을 잘 못하는 동환. 그래도 작은 선물이라고 건네고 보니 울컥하는 모양이었다.
"아버지……."
울컥하기로는 탁대가 더했다. 시청도 그리 멀지 않아서 딱히 차를 생각지도 않았던 조탁대. 사실 동환의 차도 고물 중의 고물에 속했다. 그러니 차를 바꾼다면 동환이 먼저여야 했다. 그런 마당에 생각지도 못한 선물을 받으니 눈자위가 뜨거워지고 말았다.
"어머, 저이가 이제 철드는 모양이네."
퉁명스러운 말투지만 입가에는 흐뭇한 미소가 가득한 마더.
"고맙습니다. 안전하게 잘 타겠습니다."
탁대는 인사부터 올렸다. 그런 다음에 밖으로 뛰었다. 차는 담장 아래 있었다. 회색의 스포티지. 어젯밤 보긴 했지만 이웃의 차로 생각했던 탁대였다.
탁대는 차에 올라 시동을 켰다. 부릉, 차는 각 기관에 힘차게 파워를 전달했다. 돌아보니 깔끔하게 바뀐 시트가 시선을 끌었다. 중고차지만 수리까지 마친 것 같았다.

'일단 인증 샷!'

탁대는 사진을 찍은 다음 저장을 눌렀다.

집 안으로 들어가 한 번 더 고마움을 전한 탁대는 옷을 챙겨 입었다. 그 사이에 마더는 막걸리와 북어, 실까지 준비하고 탁대를 기다리고 있었다.

"아무리 중고라도 우리 아들이 탈 건데 안전운전은 빌고 타야지."

탁대는 마더의 권유에 따라 바퀴에 막걸리를 따르고 절을 올렸다. 그런 다음, 실을 감은 북어를 뒤 천장에 붙이고 핸들을 잡았다.

"조심해서 타. 음주운전은 절대 하지 말고!"

"예, 마마!"

인사를 남겨두고 도로에 올라섰다. 첫 마이 카. 그건 동환의 차를 탈 때와 감회가 달랐다. 괜히 어깨에 힘이 들어가는 것이다. 때마침 소형차가 끼어들자 탁대는 너스레까지 떨었다.

'아, 진짜 주먹만 한 것들이…….'

휘파람이 절로 나왔다.

탁대의 첫 목적지는 혜자의 집이었다. 시간으로 보아 도서관으로 출발하기 직전. 기대대로 그녀가 가방을 메고 나왔다.

빵빵!

첫 경적에는 혜자가 돌아보지 않았다. 이어폰을 끼고 인강을 듣는 모양이었다. 탁대는 살짝 그녀를 추월해 앞에다 차를 세웠다.

"오빠!"

놀란 혜자가 버럭 소리쳤다.

"타시죠?"

탁대는 영화 속의 주인공처럼 차에서 내려 조수석 문을 열어주었다. 비록 스포츠카나 세단은 아니었지만 조금도 꿀리지 않았다.

"차 샀어요?"

"아빠한테 뺐었어."

탁대는 혜자의 등을 밀어 넣었다.

출근길이 행복했다.

내친 김에 차를 몰고 동해까지 달리고 싶었다.

하지만 차는 그 사이에 도서관에 도착해 버리고 말았다.

"고마워요. 그리고 축하해요."

혜자가 탁대의 볼에 뽀뽀를 하는 순간, 탁대는 그녀를 당겨 키스를 해주었다.

"누가 보면 어쩌려고?"

놀란 혜자는 탁대의 가슴팍을 콩콩 때리며 얼굴을 붉혔다.

"조심해 가요."

계단 위에서 손을 흔드는 혜자. 백미러로 그녀를 바라보며 탁대는 휘파람을 불었다. 아직 입안에 남아 있는 혜자의 푸른 향기.

그 향기를 따라 휘파람 소리가 달콤하게 귀에 감겨왔다.

4장

광풍(狂風) 주의보!

—오빠 축하해요. 차 없어서 걱정했는데 정말 잘됐다. 100년 무사고 알죠? 사랑해요.

혜자의 문자를 받으며 청사에 진입하던 탁대는 재빨리 브레이크를 밟았다. 맹대우와 우만기 때문이었다.

"조 주사님, 차 뽑았어요?"

우만기가 물었다.

"뽑기는요. 집에 있던 고물인데 엔진 녹슬까 봐 한 번 끌고 나왔습니다."

탁대는 가벼운 농담으로 비껴갔다.

"이거요."

옆에 있던 맹대우가 박카스를 한 병 내밀었다.

"웬 거예요?"

"어제 조 주사님 덕분에 내가 영웅이 되었잖아요? 언제 대포 한잔 사도 되겠죠?"

"그건 안 되겠는데요."

탁대는 짐짓 고개를 저었다.

"뭐, 봐 달라고 안 할 테니까 시간 좀 내주세요. 아니면 감사실로 쳐 들어갈 겁니다."

"승진 인사철이잖아요. 절대 접대 금지입니다."

"아따, 그러면 조 주사님이 간단하게 한잔 쏘시죠. 차도 장만한 거 같은데."

듣고 있던 우만기가 웃으며 끼어들었다.

"그건 괜찮네요. 대신 비싼 건 못 사요."

"상관없습니다. 시장통에서 김치에 막걸리를 먹어도!"

맹대우는 그제야 앞을 비켜주었다. 탁대는 청사를 돌아 뒤쪽에 차를 파킹했다. 그런 다음에 박카스를 열었다.

뻑!

소리도 경쾌하다. 탁대는 시원하게 원샷을 했다. 맹대우의 마음이 담겨서일까 그냥 박카스와는 아주 달랐다. 청사에 들어서면서 생각했다. 잘했다고. 어제 방호원들을 챙겨준 일이 잘된 거라고.

"좋은 아침입니다."

탁대는 씩씩하게 감사실 문을 열고 들어섰다.

"탁대 씨, 아침 신문 봤어요?"

테이블을 닦던 하채린과 김영화가 거의 동시에 물었다.

"아니, 왜?"

탁대는 밀대를 잡으며 되물었다. 간간이 청소 아줌마가 닦아 주는 바닥이지만 더러는 탁대가 닦을 때도 있었다.

"방호원 아저씨들 나오는데 탁대 씨 이름도 나왔어요. 봉황시의 듬직한 목민관이라고 말이에요."

"하핫, 그럼 신문 치워야겠네요. 그거 보면 열 받을 분들 많을 텐데."

"하긴 그렇겠네요. 모모 팀장님과 모모 주임님 등등……."

처음에는 권 팀장 편에 서서 관망하던 여직원들은 우병기 사건을 시점으로 완전히 탁대 편으로 기울어 있었다.

청소를 마친 탁대는 컴퓨터를 부팅시켰다. 빅빅, 컴퓨터는 몸살을 앓으며 불이 들어왔다. 생각 같아서는 팍팍 돌아가는 사양으로 바꾸고 싶지만 그것도 마음대로 되는 건 아니었다.

내구연한.

모든 비품에는 그런 족보가 붙어 있으니, 아무리 고물이 되어도 그때까지는 품고 살아야 하는 게 공무원이었다.

이팔호는 권 팀장과 커피 잔을 나란히 들고 사무실로 들어왔다. 보아하니 현관에서 기다리다 넙죽 아부를 떨다 들어오는 눈치였다. 이제는 익숙해진 일이었으므로 눈꼴조차 시지 않았다.

도 과장이 출근하면서 바로 아침 간부 회의가 열렸다. 세 팀장과 도 과장은 현안인 인사 청탁과 근무 기강에 대해 의견을 나누었다.

다른 날과 달리 선우 팀장의 말수가 줄었다. 필경 권 팀장 때문으로 보였다. 소나기도 피해간다고 격앙되어 있는 권 팀장을 자극할 필요가 없는 선우 팀장이었다.

점심시간이 가까울 무렵, 탁대는 일찍 일어나 직원식당으로 갔다. 오늘은 점심시간 보안 당번이기 때문에 미리 먹을 요량이었다.

"어, 팀장님!"

배식을 받던 탁대는 황 팀장과 함께 온 류청봉을 만났다.

"출장이야 보안 담당이야?"

뻔한 스케줄을 꿰뚫은 황천수가 국을 뜨며 물었다.

"보안 담당입니다."

"언제부터 감사실이 그런 거 지켰다고 그래? 그냥 잠깐 사무실 비우면 되지."

류청봉이 슬쩍 비아냥을 던졌다. 물론 탁대를 향한 칼날은 아니었다.

"저기 말이야, 조 주사!"

고등어 가시를 발라내던 류청봉이 탁대를 바라보았다.

"네?"

"혹시 우리 황 팀장님 투서 들어온 거 있어?"

"잘 모르겠는데요?"

"이 사람, 쓸데없이……."

황 팀장은 바로 류청봉에게 주의를 주었다.

"뭐가 쓸데없습니까? 그나마 감사실에서 제정신 박힌 건 조탁대밖에 없으니 물어보는 건데."

류청봉은 바로 황천수를 받아쳤다.

"무슨… 일 있습니까?"

탁대가 조심스럽게 물었다.

"인사철이잖나? 아마 우리 삼인방 씹는 투서가 꽤 들어올 테니 그런 줄 알라고."

"투서요?"

탁대는 류청봉 대신 황 팀장을 바라보았다.

"뭐, 말하자면 정적 견제라고나 할까? 하지만 류 팀장은 몰라도 장 팀장하고 나는 아닐 거야. 이제 늙은 막차라 견제할 가치도 없을 테고."

황천수가 웃었다. 탁대는 더 묻지 않았다. 성골도 진골도 아닌 황천수 삼인방. 그러면서도 능력은 높았으니 찌질한 골품들로서는 모략만큼 좋은 견제가 없을 일이었다.

12시 5분!

감사실로 돌아온 탁대는 빈 사무실을 돌아보았다. 다들 점심 식사를 위해 나간 것이다.

'그럼 슬슬 비즈니스를 시작해 볼까?'

탁대는 이팔호의 책상을 바라보았다. 손을 보려면 비리를 잡아야 했다. 아니, 대체 어떤 비리를 저지르고 다니는지 궁금하기도 했다. 천천히 서랍을 당겼다.

열렸다!

'이 자식 봐라?'

고개가 갸웃거려졌다. 나름 철두철미한 이팔호도 헐렁한 곳이 있다니? 살짝 놀라우면서도 반가웠다. 자그마치 클래스 나인을 자랑하는 로르바흐도 약점이 있어 드래곤의 저주에 걸린 판이다. 그에 비하면 조족지혈에 불과한 팔호였으니 이상할 것도 없었다.

돈 봉투는 없었다.

상품권도 시에서 강매(?)하는 농산물이나 재래시장 상품권밖에 없었다.

기다란 가운데 서랍을 열자 명함이 나왔다. 명함은 무지막지하게 많았다.

'누가 보면 공무원이 아니고 마케팅하는 줄 알겠군.'

탁대는 작심하고 팔호 자리에 앉아 맨 위의 명함을 시작으로 전화를 걸었다.

"여보세요!"

대수롭지 않게 받는 전화는 말없이 끊었다. 탁대가 노리는 건 따로 있었다. 몇 번을 걸었을까? 오늘은 그만해야겠다는 생각이 들 때 기다리던 목소리가 흘러나왔다.

—아이고, 이 주사님 아니십니까?

"아, 저……."

탁대는 대충 얼버무리며 다음 말을 기대했다.

—이제야 전화를 주시는군요. 저희는 아무 때고 오케이니까 주사님 편한 시간만 말씀하십시오. 그때 그 단란주점으로 모시겠습니다.

'단란주점?'

탁대는 일단 전화를 끊었다. 그런 다음에 명함을 분석했다.

MV 건설.

이팔호의 업무하고는 절대 상관없는 곳이었다. 그런데 웬 주점? 탁대는 잠시 생각에 잠겼다. 그때 팔호 책상 캘린더에서 똑같은 이니셜이 눈을 파고들었다.

MV M!

월초의 금요일에 체크된 단 세 글자. M이 Meeting의 약자라면 그날 만났다는 표시 같았다. 캘린더를 2월과 1월로 넘겼다. 그랬더니 1월 초에도 똑같은 표시가 있었다.

MV meeting.

'오케이. 확실히 만났다는 표시야.'

암호란 모를 때는 외계어 같지만 알고 나면 아라비아 숫자 보는 것만큼 쉬웠다. 탁대는 1월부터 쭉 살피면서 팔호의 스케줄을 짚어냈다. 명함과 같은 이니셜을 표시한 곳은 여섯 군데였다.

'만약에 이게 향응이라면 한 달에 두 번은 얻어 처먹었다는 뜻.'

시계를 보니 여직원들이 돌아올 시간이었다. 탁대는 명함을 쭉 펴서 사진을 찍었다. 그런 다음 권 팀장의 책상으로 갔다.

'상납은 이팔호의 주특기.'

그렇다면 그 대상의 0순위는 바로 권 팀장이었다.

'권 팀장의 캘린더는 직설적 스케줄이 맨살을 드러내고 있었다. 아쉽게도 팔호와 겹치는 스케줄은 없었다. MV 비슷한 글자도 없는 것이다.

그러나! 글자는 아니지만 표시는 있었다. 바로 '√' 표시였다.

'아싸, 두 번이 팔호의 MV와 겹치고 있잖아?

탁대는 쾌재를 불렀다. 몰래 탐정놀이를 하는 것도 나름 스릴 만점이었다. 순간, 벌컥 문이 열렸다.

'으앗!'

놀란 탁대가 흠칫 반응할 때 공익 조수윤이 이어폰을 낀 채 들어섰다.

"야!"

발끈한 탁대가 버럭 소리쳤다.

"네?"

공익은 이어폰을 빼고 멍하니 탁대를 바라보았다.

"노크 좀 하고 다녀, 짜샤!"

"우리 사무실인데요?"

고함에 쫀 공익이 고개를 주억거리며 되물었다. 듣고 보니 맞는 말이었다.

"그렇구나. 쏘리!"

탁대는 친한 척 웃으며 말을 이어나갔다.

"요즘 투서나 제보 들어온 거 있지?"

"다 드렸잖아요?"

"그거 말고."

"나머지는 권 팀장이 보시는 건데……."

"그러니까 짜샤, 그냥 목록 정리한 것만 보여 달라고."

"권 팀장님 알면 저 죽어요."

"그전에 내가 죽여줄까?"

탁대는 눈을 부라리며 슬쩍 접착 마법을 거는 동시에 해제했다. 입술이 쩍 붙었다가 떨어지자 질겁을 한 공익은 순순히 항복을 선언했다. 한 번 당한 몹쓸 기억이 공포심을 유발한 학습 효과였다.

"제가 보여줬다고 말하면 안 돼요."

'그건 내가 부탁할 말이다. 이놈아!'

탁대는 코웃음을 쳤다.

조수윤이 목록을 주자 탁대는 시각 시스템을 동원해 고속 스캔을 했다.

'여기 있군.'

6급 팀장 이상에 해당되는 투서나 민원, 진정서 목록. 불행하게도 류청봉 팀장의 짐작이 맞아들어 3인방에 대한 투서가 눈에 띄었다. 특히 황천수 건은 3개나 되었다.

'공무원의 적은 공무원이다.'

탁대는 다시 한 번 그 말을 절감했다.

마침내 하마평이 돌기 시작했다. 역시 성골 출신이 약진했다. 그중에는 명품 양주 소동의 주인공도 일부 섞여 있었다. 워낙 기세를 떨치던 사람들이니 중징계가 아닌 다음에는 큰 하자라고 생각지 않는 모양이었다.

그 선두 주자는 누가 뭐래도 권 팀장과 인사팀장 이형민이었다.

차기 총무과장 이형민.

차기 감사과장 권해관.

초알짜 보직으로 꼽히는 두 부서의 장으로 오르내린 것이다.

그 외에도 눈에 보이지 않는 승진 암투는 혀를 내두를 정도였다. 탁대는 무성한 소문의 실체를 접하지 못하면서도 기가 질렸다.

가만히 보면 지자체의 승진인사는 그야말로 '난해' 했다. 대표적인 승진인사 단행 유형을 보자.

1. 행정직 우선 대원칙.
2. 이따금 기술직 대우하는 척 기획인사.
3. 드물게 근무 실적 우수 직원 우대.
4. 감쪽같이 잘 비비는 놈들 끼워 넣기 인사.
5. 연공서열에 의해 고참 공무원 위주로 승진.
6. 자기 사람 키우기 인사.

인사는 보통 이 여섯 가지 옵션에서 벗어나지 않는다. 어쨌든 무조건 행정직 우선이다. 이상할 것도 없다. 대한민국은 쪽수로 말하는 집단이다. 시위도 숫자가 많으면 통한다.

참 거시기한 비유지만 사고도 그렇다. 어디 가서 한두 명 죽으면 소위 개값 보상금을 받는다. 하지만 같은 유형의 사고로 수십 명이 죽으면 온갖 호들갑을 떨며 대대적인 보상을 해준다. 슬픈 현실이다. 어째서 사람의 목숨값이 이렇게 다른 잣대로 다뤄져야 한단 말인가?

이야기를 다시 승진 인사로 돌리자.

이렇게 행정직 중심이다 보니 행정직의 쌍두마차로 불리는 이형민과 권해관이 부상하는 것도 무리는 아니었다.

아쉽게도 봉황시 행정달인 3인방의 이름은 어디에도 없었다. 그렇기는커녕 오히려 불벼락이 떨어졌다. 이날 오후에 일어난 일이었다.

"조탁대, 이팔호. 상담실로!"

구내전화를 받아 든 강 주임이 탁대를 보며 말했다. 팔호도 물론 책상에 있었다.

상담실에는 도 과장과 권 팀장, 그리고 이겸수 팀장이 미리 와 있었다. 그들끼리 뭔가 회의를 한 눈치였다.

"말씀하시죠."

권 팀장이 도 과장에게 공을 넘겼다. 끝의 의자를 당겨 앉은 탁대는 도 과장을 바라보았다.

"그냥 권 팀장이 말하지그래? 어차피 자네가 기획한 거니."

도 과장은 깍지를 낀 채 담담해 보였다.

"기획이 아니라 도리입니다. 투서가 넘치고 있지 않습니까?"

목소리는 나직하지만 두 사람의 신경전은 피부로 느껴졌다. 뭔지 모르지만 좋은 일은 아닐 것 같다는 예감이 탁대에게 전해졌다.

"아무튼!"

도 과장이 물러서지 않자 권 팀장이 서류를 가지런히 하며 입을 열었다.

"국장님 결재 난 사안이니까 두 사람이 이거 조사해서 구두 보고하도록. 검은 줄은 다른 라인에서 조사 중이니까 빨간 줄만 맡으면 돼. 조탁대가 중심이고 이팔호는 지원!"

권 팀장이 서류를 밀어주었다.

〈비리 간부 조사의견서.〉

제목이 탁대의 눈을 차고 들어오는 동안, 도 과장과 간부들은 밖으로 나가 버렸다. 남은 사람은 탁대와 이팔호뿐.

표지를 넘기자 리스트가 보였다. 모두 여덟 명. 그중 일곱 명은 무슨 이유인지 검은 줄이 쳐지고 남은 건 한 사람뿐이었다.
서우직.
남철혁.
민구용.
장광백.
용석봉.
선우재풍.
류청봉.
검은 줄의 하단에 적힌 네 사람. 그 명단은 하나같이 충격이었다. 더구나 선우재풍. 그는 감사실 소속이자 탁대의 직속 팀장이 아닌가?
그러나!
그건 시작에 불과했다. 마지막 남은 빨간 줄의 조사 대상자. 거기에 눈이 닿는 순간 탁대는 가슴이 철렁 내려앉았다.
황천수.
황—천—수!
"……?"
탁대의 머리에 우르르 지진이 일었다. 동시에 쓰나미 같은 전율이 미친 듯이 척추를 흔들며 지나갔다.
'보복전이다.'

보복전!
숨죽이고 있던 성골 일파가 분위기 쇄신에 나선 게 한눈에 보였다. 소위 물타기 전략을 들고 나온 것이다. 그렇다면 당연히 자기들과 상관없는, 혹은 반대편의 대어를 낚아야 했다. 더구나 지금은 인사철, 명분으로 삼기에도 모자람이 없었다.

도랑 치고 가재 잡고!

일단 특별 감사대상에 올랐다는 이유만으로도 리스트의 사람들은 승진인사에 부담이 될 수밖에 없었다. 말하자면 일단 승진 논외가 될 확률이 높았다.

"황천수 건. 이제야 오더가 떨어졌군요."

옆에 있던 이팔호가 깐죽거리며 입을 열었다. 마치 다 알고 있다는 듯한 뉘앙스. 발끈한 탁대는 그냥 넘길 수 없었다.

"너 뭐라고 그랬어?"

"왜요? 뭐가 잘못됐습니까?"

"네가 황 팀장님을 알아?"

"무슨 뜻이죠?"

이팔호는 고개를 은행에서 갓 나온 신권처럼 고개를 빳빳이 들고 물었다.

"네가 아냐고? 같이 일해 본 것도 아니면서?"

"똥인지 된장인지 꼭 찍어 먹어봐야 압니까? 그 양반 투서 들어온 게 얼마인데."

"그건 네가 또 어떻게 알아?"

탁대는 계속 다그쳤다.

"그, 그건……."

"야, 이 새끼야. 너 권 팀장한테 따로 오더 받았지?"

핏대가 오른 탁대가 테이블을 내려쳤다. 간부들의 투서나 진정서는 권 팀장 담당이다. 그런 걸 팔호가 안다는 것 자체가 의

구심을 부를 수밖에 없었다.

"무, 무슨 말입니까?"

"왜? 황천수 팀장 헌팅 성공하면 다음에 승진시켜 준다더냐?"

"아, 진짜 지금 무슨 증거로 그런 말하는데요?"

이팔호도 만만치 않다. 조금도 기가 죽지 않는 것이다.

"이거 나한테 돌아온 것도 네 잔머리지?"

"예?"

'순간독심.'

탁대는 말과 함께 팔호의 마음을 들여다보았다.

—아, 진짜 이 또라이 새끼…….

—눈치는 또 존나 빨라요.

—그래봤자 어쩔 건데? 네가 팀장이야 과장이야?

—까라면 까는 거지 C8…….

'오냐 그렇단 말이지.'

상황을 읽은 탁대가 유도심문을 시작했다.

"그러니까 너랑 권 팀장이 손 안 대고 코 풀겠다 이거잖아. 나한테 시켜서 내사 맡기면 남들이 봐도 객관적이고 정적 누르기라는 소리 안 들을 일. 너는 옆에서 보조하는 척 내가 일을 어떻게 처리하나 감시 역할. 아니냐?"

"빨간색 좋아하는 사람들 빤쓰 뒤집어 입었어요? 사람 생각하는 게 왜 그렇게 삐딱합니까? 조탁대 씨가 워낙 조사 능력이 뛰어나니까 맡기는 거 아닙니까?"

—자식, 진짜 빠꼼이네.

입으로 나오는 말보다 마음속에서 되뇌는 말이 마음에 들었다.

자식, 진짜 빠꼼이네.

그로써 권 팀장의 의도는 간파된 셈이었다.

"흐음, 그러니까 내 능력에 반해서 맡긴 거다?"

"그렇죠. 덕분에 나만 찌질이 된 거 아닙니까? 기분 나쁘게 보조가 뭡니까? 보조가?"

탁대가 슬쩍 기분이 누그러진 척하자 팔호도 목소리에 들어간 힘을 뺐다.

"그럼 가서 이 서류나 복사해 와."

탁대는 서류를 거칠게 밀었다. 보아하니 이팔호는 이 서류를 알고 있을 것 같았다. 하지만 명목상 아무것도 모르는 보조라니 상황에 맞춰주는 것이다.

"예, 주무관님!"

팔호는 빈정거리며 상담실을 나갔다.

'권 팀장…….'

혼자 남은 탁대는 골똘히 생각에 잠겼다. 혹시나 경쟁자가 될 자들을 뭉개 버리기. 권 팀장의 수가 눈에 보였지만 투서가 있으니 누구도 반론을 제기할 수 없었다.

잠시 후에 돌아온 이팔호는 복사한 서류를 탁대 앞에 던져 놓았다.

"더 시킬 거 없습니까? 조 주무관님!"

"없으니까 찌그러져서 조사 계획이나 세워. 보아하니 네가 공문 작성은 좀 한다던데 보조 덕 좀 보자."

탁대는 계획서를 팔호에게 미루었다. 여러모로 보아 그게 좋았다.

"언제부터 착수하실 건데요?"

"스케줄은 네가 짜라니까."

탁대는 팔호를 노려보았다. 쩝 입맛을 다신 팔호가 다시 상담실을 나갔다.

팔랑!

서류를 두 장 넘기자 황천수에 대한 투서 내용이 보였다.

근무지 이탈.

공직자 품위 손상.

직무태만.

민원인 향응.

금품수수.

위로 세 가지는 별것 아니었다. 이건 대한민국 그 어떤 공무원도 걸면 걸리지 않을 수 없는 일들이다. 출장복명서를 내지 않고 약국에만 가도 근무지 이탈이고 오늘 처리해야 할 사안을 내일로 미뤄도 직무태만이다. 공직자 품위 손상은 더 말할 것도 없다. 과거에는 빨간 매니큐어만 칠해도 품위 손상이었다.

그러나 아래로 두 가지는 좀 달랐다. 민원인 향응은 그게 비록 짜장면 한 그릇이라도 업무 연관성이 있으면 문제가 될 수 있다. 금품수수는 그야말로 치명적이다.

그런데 금품수수 내용은 아주 구체적이었다. 모월 모일 모시에 누구누구로부터 어디에서 얼마를 착복했다는 내용이 디테일하게 적시된 것이다. 금액도 적지 않아 천만 원이나 되었다.

일천만 원!

물론 중앙 정치권에서 일어나는 수억 수십억 차떼기 비리에 견주면 깜도 안 되겠지만 이 정도라면 파면도 가능한 액수. 믿고 싶은 생각은 쥐꼬리만큼도 없지만 내용이 아주 구체적이다 보니 무시할 수만도 없는 사안이었다.

다만 조사 시점은 대단히 불경스러웠다. 사건이 일어난 시점은 수년 전인데 이제 와서 문제를 삼은 것이다.

'그렇다면 거꾸로 황 팀장님이 이번 승진인사에 거론되고 있다는 얘긴가?'

탁대의 생각이 거기까지 미쳤다. 그렇지 않다면 굳이 이 시점에서 견제할 이유가 없었다. 탁대는 사무실로 들어가 권 팀장에 질문을 던졌다.

"시점?"

"예."

"그게 조사하는데 상관이 있나?"

예상대로 권 팀장은 까칠하게 나왔다.

"그건 아니지만 이렇게 중대한 사안이라면 그때 했어야 하는 게 아닌가 하는 의문이 들었습니다."

"하긴 자네 말도 일리는 있군."

"……."

"그런데 세상 일이 그렇게 순차적으로 밝혀지는 것만은 아니라네. 그 건이 일어난 건 수년 전이지만 알려진 건 얼마 전이거든."

권 팀장은 탁대를 바라보면서 말을 이었다.

"이팔호가 한 건을 올렸지. 기능직들 무허가 건축물 단속업무 비리를 조사하다가 얌전한 강아지가 부뚜막에 올라가 있는 걸 발견했다 그 말이야. 말인 즉, 그 양반이 그쪽 담당 팀장을 할 때 해먹었던 건데 때늦게 터졌다 이거야."

권 팀장은 탁대의 팔뚝을 툭툭 치는 것으로 가보라는 말을 대신했다.

'역시 이팔호, 네 작품이었군.'

탁대는 자리로 돌아왔다. 팔호는 탁대가 권 팀장에게 질문하는 걸 다 듣고도 자기와는 상관없는 척 컴퓨터 화면을 보고 있었다.

'그리고 그 지휘자는 권 팀장이었겠지.'

시점에 대한 확인은 되었지만 기분은 꿀꿀했다. 다른 사람도 아닌 황 팀장이라니? 게다가 금액이 물경 일천만 원이라니.

심호흡을 거듭할 때 뜻밖의 방문객이 찾아들었다. 일전에 검찰 불법주차단속 때 보았던 검찰청 어 계장이었다.

"아이고, 어 계장님!"

제일 먼저 반색한 건 권 팀장이었다. 촉수 한 번 존경스러웠다. 어떻게 그런 사람들은 단숨에 알아보는지 말이다.

"이어, 국민영웅 조탁대. 감사실로 영전하셨나?"

권 팀장과 악수를 마친 어 계장이 탁대에게 손을 내밀었다. 탁대는 가벼운 목례로 인사를 대신했다.

"듣자니 여기서 엄청난 전과를 올리고 있다고?"

"무슨 말씀인지?"

"왜 이러시나? 명품 양주 건과 시 전문의원 건은 우리도 다 알고 있거든."

"……."

"아무튼 대단하군. 앞선 건은 우리도 탐문하다가 말았던 거고 뒤쪽 건도 풍문 때문에 비공식 내사를 하던 차였는데 그렇게 간단하게 해결하다니. 그 노하우 좀 공유할 수 없겠나?"

"그분들이 양심의 가책을 느껴 해결된 것이지 딱히 노하우랄 건 없습니다."

"도 과장님. 조탁대 씨, 우리 좀 빌려주시죠. 검찰도 골치 아픈 사건 많거든요."

어 계장은 도 과장을 바라보며 너스레를 떨었다.

"아이고, 왜 이러십니까? 오셨으니 앉아서 차나 한 잔 드시죠."

도 과장이 나서 어 계장을 테이블로 안내했다. 그러자 선우 팀장과 이겸수 팀장도 합석했다. 봉황시는 지방도시다. 이런 좁은 지역사회에서는 검찰과 경찰간부들의 파워가 통했다. 그러니 서로 인맥 관리를 위해 친분을 쌓는 것이다.

"너는 안 끼냐?"

탁대가 슬쩍 팔호의 염장을 질렀다.

"내가 저기 낄 군번이 됩니까?"

"네가 언제는 군번으로 놀았냐? 만만하면 밟고 힘 있으면 기는 게 주특기 아니냐?"

"아, 진짜!"

발끈한 팔호가 눈자위를 구겼다.

"아니면 말고."

"꼬우면 탁대 씨도 하세요. 솔직히 그것도 실력 아닙니까?"

핏대가 오른 팔호가 진심을 엿보였다.

"미안, 난 그런 주변머리가 없어서 말이야. 그나저나 우리, 조사 착수해야지?"

탁대는 상담실을 가리키며 일어섰다. 어차피 탁대와는 가는 길이 다른 인간이었다.

"설명 좀 해봐라. 황천수 팀장을 어떻게 낚았는지."

상담실 벽에 기댄 탁대가 물었다. 팔호는 의자에 앉아 잔뜩 인상을 찡그리고 있었다.

"아까 권 팀장님이 다 말했지 않습니까?"

"내가 너처럼 잔머리가 팽팽 도는 줄 아냐? 육하원칙에 의해 설명해 봐."

"진짜 말을 해도……."

"뭐 곤란하면 그거 말한 사람은 말 안 해도 된다. 내가 궁금한 건 내용이지 발설자가 아니니까."

"알려줄 생각도 없거든요."

"알았으니까 진행하자. 피차 단둘이 얼굴 마주보기엔 피곤하잖아?"

"알긴 아는군요."

"스타트?"

"무허가 건물 단속하는 기능직이나 청경들 중에 봉투 받아먹고 눈감아주는 사례가 종종 있습니다. 그걸 내사하던 중에 한 기능직이 항의했어요. 황천수처럼 왕창 받아먹은 인간은 봐주면서 왜 자기들만 족치냐고."

"옳거니, 일리 있고!"

"자기가 황천수 팀장님 밑에 있을 때 직접 본 일이라고 했으니 틀림없습니다."

"액수는 일금 천만 원?"

"그것도 혼자 꿀꺽했답니다. 대개는 먹더라도 밑에다 술값이라도 돌리는 게 관행인데……."

"그럼 고마운 일이네."

"예?"

"그렇잖아? 그때 그거 찢어 돌렸으면 줄줄이 엮어 와야 할 판이니."

"탁대 씨."

"언제는 형님이라더니 이제 탁대 씨로 고정이냐? 아니지. 또 아쉬운 일이 생기면 형님이라고 할 건가?"

탁대는 명품 양주 리스트 건 때 비굴하도록 굽신거리던 팔호를 슬쩍 상기시켰다.

"거절한 게 누군데 그럽니까? 아마 두고두고 그 건 후회할 겁니다."

"멋모르는 조탁대가 잠룡 12인방을 적으로 두었다?"

"알긴 아는군요."

"그것도 모르지. 나중에 그 양반들이 나한테 고맙다고 할지도."

"마인드가 긍정적이어서 좋군요."

팔호는 제법 여유를 부리며 웃어넘겼다.

'어쭈구리? 니가 날 간을 보려고?'

탁대도 혼자 웃었다. 저 밉상을 당장에라도 박살 내고 싶지만 애써 참았다. 사사로운 감정이 아니라 직무 비리를 통한 개박살이 필요했기 때문이다.

"기다려라. 가서 황 팀장님 모시고 올 테니까."

탁대가 문 쪽으로 향하자 이팔호가 대꾸를 했다.

"조사는 혼자 하고 금품수수 인정하거든 부르세요."

"왜? 조사 중에 네가 털어온 정보라고 말할까 봐?"

"……."

팔호는 말을 아꼈다. 그건 탁대의 말에 공감한다는 의미였다. 사실 탁대가 노린 것도 그것이었다. 그렇잖아도 교통과에서 주무팀장으로 모시던 양반이다. 인간적인 관계를 떠나 치부를 물어대는 자리. 그런 자리에는 사람이 적을수록 좋았다.

"그래. 어차피 나한테 놓은 덫 아니냐? 밝혀내면 단서를 찾아낸 네 공이고 못 밝히면 조탁대는 무능하다고 찍히는 거고."

탁대는 그 말을 남기고 상담실을 나왔다. 혼자 남아 피식 비웃음을 삼킬 팔호의 모습이 눈에 선했다.

'오냐. 계속 누리거라. 밀랍으로 만들어진 네 날개는 내가 기필코 녹여줄 테니.'

계단참을 내려온 탁대는 심호흡을 하고 교통과로 들어섰다.

"이어, 조탁대!"

반색한 사람은 용 팀장이었다. 악몽에 시달리며 잔뜩 시들었던 목소리는 탁대를 처음 볼 때로 돌아가 있었다.

"안녕하세요?"

탁대는 은 과장을 위시해 모두에게 인사를 했다. 황 팀장은 자리에 없었다. 윤아와 명하도 단속을 나간 건지 보이지 않았다.

"웬일이야? 근태 조사 나온 건가?"

용 팀장이 다가와 묻자,

"거 좀 봐줘. 같이 근무한 정도 있잖나?"

은 과장이 책상에서 웃었다.

"황 팀장님은?"

"방금 민원인 배웅 나갔는데? 곧 들어오실 거야."

탁대가 묻자 박 주임이 대답했다.

"과장님!"

탁대는 은 과장에게 다가섰다.

"왜? 나 잡아가려고?"

"아직도 타로 점 보십니까?"

"물론이지. 그게 내 낙 아닌가?"

"저 한 번 봐주실 수 있나요?"

"물론이지. 까짓것 돈이 드는 것도 아니고."

은 과장은 서랍에 두었던 카드를 꺼내들었다.

"혹시 제가 다른 사람 운을 대신 볼 수도 있나요?"

"가능하지. 타로 점이 말이야 안 되는 게 없거든."

"멋지군요."

"누구 걸 뽑아보려고? 혹시 혜자?"

은 과장이 헤프게 웃었다. 혜자와의 일이 이제는 은 과장 귀에도 들어간 모양이었다.

"아닙니다."

탁대는 도리질을 하며 카드를 뽑았다. 나온 건 데쓰였다.

"허얼~! 누군지 모르지만 자네랑 운도 비슷한 모양이군. 데쓰는 설명 안 해도 알지?"

"예……."

데쓰!

깎아 낸 듯한 초승달을 배경으로 검은 로브에 흰 후드를 뒤집어쓴 해골. 그가 든 반월 모양의 낫이 오늘따라 섬뜩하기만 했다.

'좋지 않군.'

탁대가 한숨을 삼킬 때, 황 팀장이 사무실에 들어섰다. 하필이면 검은 콤비에 흰 셔츠. Grim reapers. 카드 속의 죽음의 신이 빙의한 듯한 착각에 탁대는 가슴을 쓸어내렸다.

"조탁대."

잠깐 상의할 게 있다는 말로 황 팀장과 함께 복도로 나온 탁대. 하지만 황 팀장은 탁대가 입을 열기도 전에 먼저 핵심을 찔러왔다.

"나 잡으러 왔군?"

"……?"

빙긋한 미소로 탁대를 바라보는 황천수. 탁대는 그 담담함에 놀라 눈길 둘 곳을 찾지 못했다.

"그럼 시작할까?"

상담실, 탁대와 마주 앉은 황 팀장이 말했다.

"알겠습니다."

탁대는 미안하다는 말을 하지 않았다. 그건 왠지 황 팀장에 대한 결례가 될 것 같았다. 느낌은 나쁘지만 황 팀장을 믿었다. 정보 제공자 역시 직접 돈 받는 것을 본 것은 아니니 황 팀장이 아니라면 아닌 거였다.

"무슨 건인가? 자네라면 다 확인해 주겠네."

"몇 가지 소소한 것들은 별것도 아닌 것 같고……."

탁대는 서류를 보며 말을 이었다.

"업자에게 뇌물 천만 원을 받았다는 제보가 들어왔습니다."

탁대는 한달음에 말을 마쳤다.

"받았네."

"……?"

너무나 당연한 듯 말하는 황 팀장의 말에 놀란 탁대가 고개를 들었다. 심장 안에서는 돌이 연이어 떨어졌다.

쿵쿵쿵!

"액수를 정확히 알고 있는 걸 보니 상황도 알고 있겠군?"

"그게……."

탁대의 목소리가 떨리기 시작했다. 다른 사람도 아니고 황천수. 봉황시에서 그래도 개념 제대로 박힌 선배 공무원의 표상 중 하나인 그조차 뇌물을 먹다니? 그러면서 혼자 고고하고 숭고한 척하다니?

"자술서가 필요하겠군."

황 팀장이 펜을 꺼내들었다.

"팀장님……."

"미안하네. 자네에게 못난 꼴을 보여서."

"제 말은……."

"괜한 변명 같은 걸로 자네를 피곤하게 만들 생각은 없어. 그러니 공문 만들었으면 주시게."

"진짜 황 팀장님이……."

"어쩌다 보니 그렇게 됐어."

"진짜로 말입니까?"

묻는 탁대의 목소리는 점점 더 갈라졌다.

"그래."

"나가주시죠. 공문은 아직 준비하지 못했으니 준비가 되면 다시 모시겠습니다."

"그러겠나?"

황 팀장은 그 말을 끝으로 상담실을 나갔다.

저벅저벅!

발소리가 들리는 동안 탁대는 오열을 참았다. 그러다 발소리가 끊기자 미친 듯한 광음을 토해 냈다.

"으아아악!"

탁대는 주먹으로 테이블을 내려쳤다. 개판이었다. 개판 오 분 전이 아니라 오 분 후였다. 그렇게 믿어왔던 황천수와 장광백, 류청봉… 그들조차 권 팀장 패거리와 다를 바가 없다니. 아니 천만 원이라면 더하면 더했지 못할 것도 없었다.

'미친 공무원 사회!'

탁대의 분노는 끝 간 데 없이 뻗쳐 갔다. 이렇게 되면 누굴 믿는단 말인가? 가만 보니 황천수 또한 탁대를 이용해 패권을 잡으려는 권모술수의 속셈이 아닐 수 없었다. 울분으로 바들거릴 때 팔호가 들어왔다.

"조사 끝났습니까?"

"……."

탁대의 모습에서 분위기를 읽어낸 팔호가 눈치 빠르게 쐐기를 박았다.

"확인서는요?"

"……."

"보아하니 내가 생사람을 모함으로 잡는 거라고 생각한 모양인데 이제 알았겠군요. 털어서 먼지 안 나는 사람 없다는 거!"

"닥쳐!"

탁대는 팔호의 얼굴에 서류를 팽개치며 소리쳤다. 팔호는 서류가 팔랑팔랑 흘러내릴 때까지 반응하지 않았다. 그러다 바닥의 서류를 모으며 냉정하게 말했다.

"내가 조언 하나 하는데요, 이번 일 계기로 권 팀장님에게 고개 숙이고 충성하세요. 그럼 조탁대 씨 앞날은 탄탄대로가 될 겁니다."

"생각해 줘서 눈물 나도록 고맙구나."

"일단 잘되어간다고 팀장님께 보고하겠습니다. 어차피 탁대 씨가 주무로 나선 일이니 경위서까지 부탁합니다."

"그러지."

"물 한 잔 가져다 드릴까요?"

팔호의 목소리에는 승자의 여유가 가득했다.
"됐거든."
"그럼 좀 쉬세요."
탁!
팔호가 문을 닫고 나갔다. 혼자 남은 탁대는 맥이 탁 풀리며 테이블에 무너졌다. 참 빌어먹을 공무원 사회였다.

퇴근 후, 탁대는 맹대우 등의 방호원들을 만났다. 술이 땡기는 날이었다. 아니, 취하지 않고는 배기지 못할 것 같았다. 혜자를 떠올렸지만 싫었다. 공무원이 되기 위해 열공하는 그녀에게 공무원의 적나라한 치부와 실망감을 전할 수는 없었다. 그래서 맹대우와 약속을 잡아버렸다.
방호원은 모두 셋이었다. 다들 민원실 사고 때 몸을 날려 범인을 제압하고 시민을 부축해 나온 사람들. 사복을 입으니 턱없이 순한 동네 아저씨 스타일들이었다.
"자자, 방호원 사무실에 빛이 들게 해준 조 주사님을 위하여!"
맹대우가 술잔을 잡고 소리쳤다. 무지막지하게 어색했지만 탁대는 술을 넘겼다. 시장통 막파전집에서 받아든 막걸리였다.
파전 한 판 3000원.
가격은 착했다. 그렇다고 손바닥만 한 것도 아니었다. 그러고 보니 나이와 신분은 술 가게와 상관관계가 많았다. 일단 나이 많고 연봉이 적으면 대다수가 뒷골목으로 밀려난다. 술집도 예외가 아니다. 버젓한 술집이 아니라 호젓한 곳으로 밀리는 것이다.

“아무튼 조 주사님 덕분에 요즘 살맛이 납니다. 아, 우리 애들도 내가 자랑스럽다지 뭡니까?”

맹대우는 아직도 그날의 감격 속에 살았다. 보기에 좋았다.

“아이고, 그럼요. 조 주사님 아니면 누가 언감생심 국무총리상을 준답니까? 지들 처먹기도 바쁜 판에.”

중년의 방호원이 목소리를 높였다. 장관상을 올리네 마네 하더니 결국 국무총리상으로 귀결된 모양이었다.

장관상과 총리상은 격이 다르다. 장관과 총리가 다르다는 게 아니다. 어차피 받는 건 종이쪼가리 한 장에 불과하지만 총리상은 상금이 나오는 것이다.

“상금 나오면 내가 반 뚝 잘라서 조 주사님 드리리다.”

두 번째 잔을 받아들 때 맹대우가 뜻밖의 말을 던졌다.

“상금을 왜 저한테요?”

놀란 탁대가 고개를 들었다.

“에이, 이렇게 순진하시다니까.”

“그러게요. 노골적으로 상금 내놓으라는 인간들도 있는 판에…….”

맹대우가 웃자 중년의 방호원이 거들었다. 보아하니 농담이 아니었다.

“진짜 상을 주고 상금을 요구한단 말입니까?”

탁대가 묻자,

“요즘은 거의 없지만 옛날엔 많이 그랬어요. 뭐 우리 같은 주제에 상 하나 챙겨주는 것도 감지덕지였으니까.”

"누가 그런 요구 했습니까? 부상 나오면 상납하라는?"

"아닙니다. 아니니까 반을 드린다는 거죠."

맹대우가 두 손을 저었다.

"그럼 농담이라도 그런 말씀 마십시오. 방호장님이 잘해서 받은 상인데 그게 말이 됩니까? 혹시라도 총무과나 인사과에서 그런 말 나오면 저한테 말해주세요. 힘은 없지만 꼭 막아드릴게요."

진심이었다. 벼룩의 간을 내먹지, 힘없는 하위직을 등치는 건 있을 수도 없었다. 그러니 그런 인간이 있다면 빈대떡을 날려 얼굴을 강타하고 싶은 심정이었다.

철퍽!

상상만 해도 시원한 광경이었다.

"아이고, 말만 들어도 황공하네. 자자, 한 잔 더 받으세요."

맹대우는 함박웃음을 머금으며 탁대의 술잔을 채우더니 혼잣말처럼 말을 이었다.

"하긴, 세상 많이 좋아졌지요. 옛날에는 공무원 손 벌리는 건 다반사였습니다. 오죽하면 공무원끼리도 등쳐 먹었겠습니까? 훈련비 챙겨주고는 인사비, 교육비 챙겨주고는 커피값… 나 참. 그때 생각하면."

맹대우의 시선이 과거를 당겨왔다. 정년을 앞둔 그였으니 그럴 만도 했다.

"에이, 다 그런 건 아닙니다. 황 팀장이나 장 팀장 같은 분도 있잖아요?"

술잔을 입에 대던 탁대 귀에 낯익은 이름이 빨려들었다. 말한 사람은 중년이었다. 탁대는 그대로 잔을 내려놓았다.

"무슨 소리예요? 그 양반도 결국 다 똑같은 인간인데……."

아직도 가시지 않은 원망이 뾰족한 말이 되어 탁대의 입에서 튀어나왔다.

"똑같다고요? 아닙니다. 하늘이 두 쪽 나도 그 양반은 아니에요. 그건 내가 보증합니다."

중년은 단호히 고개를 저었다.

"아니라고요? 내가 오늘 그 양반 돈 먹은 거 확인하고 나왔는데 무슨 헛소리입니까?"

술기운 때문일까? 아니면 실망 때문일까? 탁대는 목소리를 높이고 말았다.

"설마… 그럴 리가 없습니다. 내가 방호원 되기 전에 계약직으로 그 양반을 4년이나 모셨는데?"

중년은 우윳빛 얼굴을 하고 탁대를 바라보았다.

"가식이에요. 겉으로 청렴한 척하면서 뒷구멍으로 호박씨 까는."

탁대는 잘라 말했다.

"설마 그 천만 원 건?"

중년이 눈자위를 구기며 조심스레 물었다.

"그걸 알아요?"

탁대도 눈자위를 구겼다.

"알죠."

"그럼 주사님이 이팔호에게 제보한 사람입니까?"

"아뇨. 그런 건 모르지만 천만 원 사건은 잘 알아요. 그거 분실하고 사표 내고 나간 게 내 동창이거든요."

'분실?'

탁대의 눈이 휘둥그레졌다. 분실이라니?

"지금 뭐라고 했습니까? 분실이라고요?"

"예. 분실요, 분실!"

중년이 다시 한 번 강조했다. 그 말과 함께 탁대는 술에서 확 깨어났다.

"그거 자세히 좀 말씀해 주시겠어요?"

탁대는 술을 따르며 정중히 청했다. 이유는 설명할 필요도 없었다. 좁은 봉황시, 어떻게 된 건지 황천수에 대한 내사는 방호원들도 알고 있었다.

"황 팀장님 또 조사받고 있죠?"

중년 방호원은 다 알고 있는 듯한 눈치였다.

"그걸 어떻게?"

"에이, 왜 이러십니까? 손바닥만 한 시청에서 일어나는 일을 가지고……."

중년이 손사래를 치자 맹대우가 설명에 나섰다.

"우리 조 주사님은 아직 짬밥이 부족해서 모르시는군요. 사실 시청 일이 뻔하기도 하지만 우리 방호원과 운전기사들이 정보통 아닙니까? 숙직실 근무하고 높은 분들 모시고 운행 나가다 보니 웬만한 간부들보다 우리가 더 빠릅니다. 숙직 때 긴긴 밤 뭐하겠습니까? 이런저런 얘기 오가다 보면……."

그건 탁대도 경험한 일이다. 숙직은 보통 네 명의 공무원이 투입된다. 사무관이 사령탑을 맞고 그 아래로 네 명의 공무원, 거기에 방호원까지 더하면 다섯 명인데 특별한 사고가 터지지 않으면 담화를 나누면서 번갈아 쉬게 되었다.

그때 이런저런 이야기를 듣게 된다. 민원인들 이야기부터 여직원들 이야기, 나아가 못된 간부나 평판이 나쁜 공무원들 이야기까지.

"그렇군요."

탁대는 고개를 주억거렸다. 그러고 보니 방호원들과 운전직들을 새로 보게 되었다.

"조 주사님이 황 팀장님 조사를 맡은 겁니까?"

중년이 직설적으로 물었다.

"그렇습니다."

탁대는 숨기지 않았다. 어차피 아는 눈치였으니 그럴 필요도 없었다.

"하여간 우리 시청도 문제라니까요. 똥 묻은 놈이 겨 묻은 놈 탓한다더니… 아니, 누가 누구를 조사한다는 겁니까? 황 팀장님 같은 분이 어디 있다고……."

흥분한 중년은 소주를 들이켠 후에 말을 이었다.

"그러니까 그 일은……."

사건은 몇 년 전으로 거슬러 올라간다. 그러니까 황천수가 건설과 팀장으로 일할 때였다. 한 원룸 건물이 허가 없이 내부를 전격 개조하여 임대한 것이다.

이웃의 진정을 받은 황천수는 직원들과 현장으로 달려가 중거를 확보했다. 그 자리에서 건물주를 만났다. 그는 법규를 잘 몰랐다는 핑계를 대며 곧 원상 복구하겠노라고 했다.

그 며칠 후에 이행을 확인하러 간 계약직 직원이 두툼한 서류 봉투를 하나 들고 왔다. 건물주가 팀장에게 보내는 관련 서류라고 했다.

황천수가 뜯어보니 자필 호소문과 함께 5만 원권이 두 다발 들어 있었다. 천만 원이었다. 놀란 황천수가 계약직을 불렀다.

"이걸 왜 받아온 건가?"

"건물주가 관련 서류라고 팀장님께 꼭 드리라기에……."

"안에 뭐가 들었는지도 모르고 함부로 받는단 말인가?"

"죄송합니다. 뭐 이상한 게 들었습니까?"

"됐으니까 이대로 가지고 가서 돌려줘. 한 번 더 이따위 짓하면 고발해 버린다고 전하고."

황천수는 다시 밀봉한 봉투를 계약직에게 건네주었다. 멋모르고 받아온 사람을 마냥 탓할 수는 없었기 때문이었다.

문제는 그 계약직에게서 터졌다. 봉투를 가지고 퇴근한 계약직이 상가 거리에서 친구를 만나 호프를 한 잔 땡긴 것이다. 술기운이 오른 계약직은 봉투를 분실하고 말았다.

더 중요한 건 이 계약직이 분실 사고를 숨겨 버린 것이다. 봉투 안에 든 게 서류라고 생각한 그는 크게 대수롭지 않게 생각했다고 한다.

황천수가 그 일에 대해 알게 된 건 보름 후였다. 원상 복구 명령이 이행되었나 현장을 찾았을 때, 건물주가 거들먹거리며 나왔다.

"아이고, 황 팀장님!"

"뭡니까? 전혀 이행하지 않았군요?"

"에이, 우리 사이에……."

건물주는 히죽히죽 웃으며 황 팀장의 옆구리를 쳤다.

"지금 뭐하는 겁니까? 강제집행 해드려요?"

황 팀장이 목청을 높이자 건물주가 말했다.

"왜요? 부족했습니까요?"

"뭐가요?"

"에이, 그럼 말을 하시지. 한 장은 더 쏠 수도 있는데……."

"한 장?"

"저번에 천만 원 드렸잖아요? 받고도 이러시면 곤란한데……."

건물주가 빙긋 웃자 황천수는 다른 현장으로 출장을 나간 계약직을 불렀다. 사무실로 돌아온 계약직은 황천수의 말에 입을 쩌억 벌리며 벌벌 떨었다.

"봉투 안에 든 게 천만 원이었다고요?"

"그래. 자네가 먹었나?"

"그게 아니고……."

결국 계약직은 그날 봉투를 잃어버린 걸 이실직고하게 되었다. 내용물을 안 계약직은 동료들과 함께 호프집과 그 근방을 탐문했지만 봉투는 찾을 길이 없었다.

계약직은 건물주를 찾아가 사정을 설명했다. 건물주가 펄펄 뛰자 계약직은 천만 원을 마련해 건물주에게 돌려주었다. 그러고는 사표를 내고 그만두었다.

이게 사건의 전말이었다.

“그럼 황 팀장님은 결백하잖아요?”

이야기를 들은 탁대가 눈을 동그랗게 떴다.

“그렇죠. 받은 적도 없고, 돌려주라고 돌려보냈는데 내 친구가 분실했으니 덤터기만 쓴 거죠. 하긴 그 양반, 옛날에는 떼쟁이 민원인이 괜한 소송을 거는 바람에 욕을 본 적도 있으니…….”

“그런데 왜?”

“봉황시가 넓다면 넓고 좁다면 좁지 않습니까? 처음에는 다들 몰랐는데 어디선가 새어 나간 모양입니다. 아마 그 건물주였을 거예요. 뜻대로 되지 않았으니 자기에게 유리하게 소문을 냈겠지요.”

“소문이라고요?”

“더 중요한 건 황 팀장님이 그만둔 계약직 친구를 찾아가 천만 원을 주었다는 거죠. 팀장으로서 도의적인 책임감을 느낀다고 했대요. 하지만 친구가 워낙 거절을 하자 반반씩 부담하는 걸로 결정을 봤다고 하더라고요.”

‘순간 독심!’

탁대는 중년에게 마법을 날렸다. 너무너무 중요한 이야기. 더불어 너무 바라던 이야기지만 혹여 자신을 속이고 있는 거라면 대략 낭패가 되기 때문이었다.

중년의 마음은 간절했다. 거짓말이 아닌 것이다. 후끈 달아오른 탁대는 조바심을 감추지 못했다.

"혹시 그 친구분하고 연락이 됩니까?"

"나는 잘 안 만나지만 우만기는 자주 만나는 눈치던데?"

중년이 맹대우를 돌아보았다. 그러자 아주 반가운 말이 맹대우의 입에서 튀어나왔다.

"그렇잖아도 우만기가 잠깐 만나고 온다고 했는데? 한 번 연락해 볼까요?"

"그래주시겠어요? 아니면 여기서 가까운 데 있으면 제가 잠깐 들리겠습니다."

"잠깐 기다려 봐요."

맹대우가 핸드폰을 꺼내 들었다. 속이 탄 탁대는 소주잔을 들이켰다. 술이 내장을 타고 싸아 하게 흘러내렸다.

황천수!

이들 말이 사실이라면 황천수는 여전히 공무원의 표상이 될 자격이 충분했다.

"얘기 끝나서 이리 올 참이었다는데 같이 오겠다는군요."

"……!"

탁대는 숨이 멎을 것 같았다. 앞으로 청렴한 척하고 뒤로 호박씨를 까는 것으로 오해한 황천수. 그의 진실이 이제 곧 밝혀지는 것이다.

"황 팀장님 천만 원 비리를 조사 중이라고요?"

우만기와 함께 등장한 문제의 계약직이 탁대를 바라보았다.

"그렇습니다만!"

"이런 개자식!"

계약직은 대뜸 테이블부터 엎었다.

"자네 왜 이래?"

우만기가 말렸지만 계약직은 펄펄 뛰었다.

"이거 놔. 감사실 새끼들이 무슨 자격으로 황 팀장을 건드려? 그 양반 같은 공무원이 어디 있다고?"

"이 친구야. 조 주사는 우리 챙겨서 표창까지 받게 해준 사람이야. 알고나 설쳐!"

우만기는 계약직을 가로막고 호통을 쳤다. 그래도 계약직의 기세는 쉽게 가라앉지 않았다.

"조또, 그래도 황 팀장님 건드리는 건 안 돼. 하느님도 안 된다고!"

"잠깐 진정하시죠."

탁대는 계약직의 흥분을 가라앉혔다. 그런 다음에 자초지종을 간단하게 설명했다. 황 팀장의 비리를 캐려는 게 아니라 오해가 있다면 풀어주려는 거라고 하자 계약직은 겨우 긴 숨을 몰아쉬었다.

"맞습니다!"

탁대의 설명이 끝나자 계약직은 존댓말로 거침없이 해명을 이어갔다.

"솔직히 나는 뭔지도 모르고 받았지만 잃어버린 건 나고… 또 그런 사고를 쳤으니 무기계약직은 물 건너간 거 같아 그만뒀습니다. 하지만 근무하는 동안 황 팀장님이 워낙 잘해줬는데 그런 부담까지 드리면 벌 받을 거 같아서 적금 깨서 틀어막았습니다. 그런데 그만두고 난 후에 팀장님이 집으로 찾아와 막 뭐라고 하시더라고요. 자기하고 상의도 없이 사표까지 내면 어쩌냐고. 그러면서 천만 원을 내주시는데… 어휴, 진짜 존경스럽더라고요. 봉황시 어떤 간부 놈이 그런 일을 책임지려고 하겠습니까? 그래서 사정해서 반만 받았어요."

"방금 그 말씀 녹음해도 되겠습니까?"

탁대는 숨도 쉬지 않으며 계약직에게 양해를 구했다.

"녹음은 해서 뭐 하게요?"

"황 팀장님, 그 일이 명백하게 해명되지 않으면 중징계를 받게 될 것 같아서입니다."

"중징계요? 말도 안 됩니다. 그 양반은 아무 잘못도 없어요. 잘못이라면 내가 띨띨해서 뭣도 모르고 봉투 받아온 게 잘못이라고요."

계약직이 핏대를 올렸다.

"그러니까 다시 말씀해 주시겠어요?"

"하지요. 백번이라도 합니다. 하지만 사고 낸 건 나고 돈도 돌려주고 확인증도 받았어요. 황 팀장님은 괜히 저 때문에 오해를 산 것만은 분명히 해두세요."

"확인증요?"

"예. 그 건물주 친구를 내가 아는데 무지하게 뺀질이거든요. 그래서 혹시라도 나중에 딴소리를 할까 싶어서 받아두었지요."

"그거 아직도 있나요?"

"당연하죠. 공무원 관계에서 서류는 보통 5년은 가지고 있어야 하잖습니까? 그 정도는 나도 안다고요."

"그럼 그거 카피 한 장 가능할까요?"

"한 장 아니라 백 장도 가능합니다."

계약직은 시원하게 대답했다.

술자리를 마친 탁대는 계약직을 따라 그의 집으로 향했다. 그가 확인증을 꺼내 들었을 때 탁대는 다시 한 번 안도의 한숨을 쉬었다.

'오케이!'

탁대는 주먹을 불끈 쥐었다. 지옥에서 천국으로 올라온 기분이었다.

맹대우 이하 오늘 만난 사람들에게 당분간 함구할 것을 당부한 탁대는 쾌재를 불렀다. 이제 권 팀장의 기대를 산산조각 내는 건 시간문제였다.

"이번 사무관 자리도 봉황종고 출신들 약진인가?"

"이번에야 그렇겠어? 저번 양주 파동도 있고 우 의원 일도 있는 판에."

출근 시간, 겉옷을 사무실에 벗어둔 공무원들이 복도에서 잡담을 하고 있었다. 탁대는 잡담을 들으며 천천히 계단을 올라섰다.

"그럼 이번에는 슬쩍 인심 쓰고 가겠구만."

"그래도 감사팀장하고 인사팀장은 올라갈걸? 그 친구들이야 독보적이잖아."

"그럼 이번에도 3룡은 물 먹는 건가?"

"모르지. 황천수하고 장광백 팀장이 물망에 올랐다는 사람도 있고."

"아, 진짜 그 양반들은 올려줘야 하는데……."

계단참에 올라서자 탁대의 귀에는 그들의 잡담이 더 들리지 않았다.

'물망이라?'

그 말과 함께 궁금증이 고개를 들었다. 권 팀장은 왜 갑자기 황 팀장에게 칼을 겨눈 걸까? 천만 원 투서가 날아온 시점이 이 때라면 별수 없지만 어차피 이런저런 투서를 확보하고 있던 권 팀장이었다. 복도를 걸을 때 인사주임이 보였다.

'인사주임이라…….'

떡 본 김에 제사 지내고 싶은 탁대. 기왕에 든 궁금증의 실마리를 잡아보고자 그를 따라 화장실로 들어갔다.

"안녕하세요?"

"어, 조탁대 씨."

"요즘 바쁘시죠?"

"말도 마. 인사과라는 게 인사 한 번 하려면 조직이 다 뒤집어져서 말이지."

"이번에 황천수 팀장님도 사무관 승진 대상이라죠?"

탁대는 질러 물었다. 아무래도 그 일이 아니고는 갑작스레 철퇴를 꺼낼 이유가 마땅치 않아보였다.

"누가 그런 헛소리를 해?"

주임이 펄쩍 뛰었다. 정색을 하는 게 수상쩍어 탁대는 좀 더 자극을 했다.

"다들 그러던데요. 이번에는 사무관될 거라고……."

탁대는 주임을 똑바로 바라보았다. 그러면서 독심 마법을 날렸다.

—젠장, 그건 또 어떻게 새어 나간 거야?

—팀장님, 과장님, 우리에게는 입단속하라더니 다 까발렸구만.

"인사는 막상 뚜껑을 열기까지는 전부가 대상이자 후보지. 그 이상은 나도 잘 몰라."

주임은 그 말은 남기고 화장실을 나갔다.

'내 예상이 맞았다.'

탁대는 미간을 모았다. 이유가 어땠든 황천수가 승진 하마평에 오른 것이다. 아니, 권 팀장이 전격적으로 나온 걸 보니 가능성도 높은 모양이었다.

흠잡기!

어쩌면 권 팀장 일파가 노리는 건 그것인지도 몰랐다.

아니면 말고!

딱 그 짝이었다. 어쨌든 없었던 일은 아니니 '못 먹는 호박 찔러나 보자' 와도 통했다. 만약 사실이면 대박이고 촌극으로 끝난다고 해도 풍문이 멋대로 설치고 다닐 테니 정적을 제거하는 데는 맞춤한 기획이기도 했다.

상황은 읽은 탁대는 낮은 휘파람을 불며 감사실로 돌아왔다.

사무실 안에서는 출근근태를 점검하고 온 금기열과 노장무가도 과장에게 업무를 보고하고 있었다.

"너도 출근점검 나갔냐?"

책상에 앉으며 팔호에게 물었다.

"신경 끄시고 황천수 건이나 마무리하시죠."

"신경 쓰여서 일이 안 되냐?"

"내가 왜요?"

팔호가 냉랭하게 탁대를 돌아보았다.

"그럼 마무리할까?"

탁대가 묻자 팔호가 반색을 했다. 탁대는 수화기를 집어 들고 황천수에게 전화를 걸었다.

"죄송하지만 오전 중에 올라와 주셨으면 합니다."

간단하게 통화를 마치는 동안에도 팔호의 찢어진 입은 내려갈 줄을 몰랐다.

"조용한 데서 조사 내용 좀 마무리하자."

탁대가 일어섰다. 팔호는 군소리 없이 따라 나왔다.

—새끼, 이제야 정신이 돌아온 모양이군.

—하긴 권 팀장님에게 계속 개기다간 골로 간다, 짜샤!

탁대는 앞에 앉아 싱글거리는 팔호의 마음을 읽었다. 그런 다음에 모르는 척 시치미를 떼며 물었다.

"너 권 팀장님 무지막지하게 존경하냐?"

"예?"

"한마디로 존나 존경하냐고?"

"뭘 존경씩이나……."

"표정 보니까 그렇다고 쓰여 있는데?"

"생뚱맞은 소리 말고 업무나 진행하세요."

"팔호야!"

탁대는 한껏 친절한 목소리로 포문을 열었다.

"내가 너 생각해서 하는 말인데 이번 조사 공문은 네가 작성해라."

"왜요?"

"솔직히 권 팀장님은 너한테 맡기고 싶었을 거 아니냐? 게다가 나는 황 팀장님하고 같이 근무한 정이 있어서 솔직히 내키지 않거든. 그러니 서로 윈－윈 아니겠냐?"

"진심이에요?"

"그럼. 아, 기왕이면 좋은 게 좋은 거잖냐?"

"자술서는요? 그것도 내가 받아요?"

"그건 내가 받아줄게."

"뭐 그렇다면야……."

팔호는 인심을 쓰는 척하며 수락했다.

"좋아. 그럼 정리하자면 네가 이 사건을 주도적으로 조사한 거고 나는 보조만 한 거다."

"뭐 그렇게 하죠."

"가서 공문 작성해라. 황 팀장님 곧 오실 거야."

"아무튼 잘 생각했습니다."

팔호는 만면에 미소를 머금고 일어섰다.

오래지 않아 황 팀장이 상담실 문을 열고 들어섰다. 그는 말없이 다가와 탁대 앞에 앉았다.

"황 팀장님."

"……."

"자술서를 쓰셔야 합니다."

"주게."

황 팀장은 담담하게 손을 내밀었다.

"진짜 달리 할 말 없으십니까?"

"없어."

"진짜 천만 원 먹은 겁니까?"

"……."

"한 가지만 묻겠습니다. 책임감 때문입니까? 아니면 체념하는 겁니까?"

"그것까지 알아야 하나?"

"전자입니까? 아니면 후자입니까?"

"한두 번 겪는 일도 아니네. 그러니 더 쪽팔리게 하지 말고 서식 내놓게."

"제가 볼 때 팀장님은 결백합니다."

"……."

"아닙니까?"

"……."

"더러워서 피하는 거라면 실망입니다. 그렇다면 제게는 왜 조직의 특권파들과 정면으로 승부하기를 바라는 겁니까?"

"조탁대!"

탁대가 시선을 거두지 않자 황 팀장이 천천히 운을 뗐다.

"원래 중은 제 머리를 못 깍지 않나?"

"그렇다면 제가 깎아드리죠."

탁대는 이글거리는 눈으로 황 팀장을 바라보았다. 마음이 통한 건지 황천수는 그 눈을 피하지 않았다.

"이야, 그 쇠심줄이라는 황 팀장이 기어이 자술서를 썼군요."

자술서의 사인을 확인한 팔호는 쾌재를 불렀다.

"황 팀장이 아니고 황 팀장님!"

탁대는 자술서를 챙기며 또렷하게 말했다.

"지금 그게 중요합니까?"

"권 팀장님은?"

"그렇잖아도 과장님도 마무리됐냐고 물으시더군요. 가시죠."

"공문 작성도 끝났냐?"

"물론이죠."

"잠깐만, 갑자기 찾아온 사람이 있어서 말이야. 한 30분이면 될 거야."

탁대는 팔호의 양해를 구했다.

"그러시죠."

팔호는 흡족한 듯 의기양양하게 웃었다.

청사 담장 쪽에서 직원을 만난 탁대는 혼자 남아 전화를 기다렸다. 탁대가 기다리는 건 수애의 문자였다.

배 국장과 하 국장, 그리고 백 국장.

이들 셋은 아침 보고와 간부회의가 끝나면 감사실에 들른다. 그런 다음 한 20여 분 머물며 도 과장, 권 팀장 등과 대화를 나눈다.

탁대는 이미 국장들의 스케줄 확인을 끝낸 차였다. 특별한 일이 없는 날이었으니 감사실에 들르는 일을 거르지 않을 것으로 보였다.

'왔다.'

알람 소리와 함께 문자가 들어왔다.

—방금 배 국장님이 하 국장님과 함께 감사실로 가셨어요.

—땡큐!

탁대는 간단히 답하고 일어섰다. 마침내 마무리할 시간이 온 것이다.

"만났습니까?"

청사 현관에 들어설 때 민원을 안내하던 맹대우가 물었다.

"예, 덕분에요."

"파이팅입니다."

맹대우가 주먹을 불끈 쥐어보였다. 그들 역시 심정적으로 황 팀장 편이라는 걸 확인한 탁대였다. 탁대 역시 주먹을 쥐어 보이고 계단을 올랐다. 몇 번이고 심호흡을 하면서!

"이어, 조탁대!"

감사실에 들어서자 하 국장이 먼저 알은 체를 했다. 소파에 앉은 자리가 문을 향하고 있었던 것이다.

"안녕하세요?"

탁대도 붙임성 있게 인사를 했다. 동시에 팔호와 권 팀장을 스캔했다. 권 팀장은 도 과장과 함께 국장들을 영접 중이고 팔호는 그 앞에서 딸랑거리고 있었다.

"황천수 팀장님 건 보고할까요?"

탁대가 느닷없이 운을 떼자 놀란 권 팀장 이하 전 직원이 돌아보았다. 원래는 기다렸다가 국장들이 나간 후에 말을 꺼내야 했다. 그건 탁대도 알고 있다. 하지만 탁대가 노린 순간은 바로 지금이었다.

"좀 이따가 하자고."

권 팀장이 말했지만,

"황천수 뇌물 사건 말인가?"

배 국장이 미끼를 덥석 물었다.

"예!"

"조사 끝났으면 이리 와서 보고하게. 나도 궁금한 차였거든."

배 국장이 테이블을 가리켰다. 탁대는 흔들림 없이 뚜벅뚜벅 걸어갔다. 권 팀장과 이팔호의 눈자위에는 여유가 감돌기 시작했다. 탁대는 팔호를 바라보며 포문을 열었다.

"뭐해? 팔호 씨가 조사한 경과부터 보고드려야지."

"그럼 황천수 교통정책 팀장의 조사 경과를 간략하게 보고하겠습니다."

팔호가 보고서를 들고 읽어 내려가자 국장들과 도 과장은 숨을 죽였다. 하지만 두 사람, 권 팀장과 탁대는 예외였다. 담담한 탁대의 귓전에 팔호의 목소리가 계속 녹아들었다.

"황 팀장 뇌물수수 비리에 대한 투서와 진정서가 접수된 바, 그 내용은 다음과 같습니다. 황천수 교통정책 팀장, 전 보직이었던 건설과 팀장으로 재임 당시 불법개조 건물주로부터 사건 무마를 빌미로 일금 일천만 원 수수. 조사자 행정서기보 이팔호와 행정서기 조탁대, 황 팀장의 혐의 사실을 인정받고 자술서 받음. 이상입니다."

"……?"

제일 먼저 하진우 국장의 얼굴이 흙빛으로 변했다. 도 과장의 얼굴도 살짝 구겨졌다. 하지만 나머지는 빙긋 입꼬리가 올라갔다. 특히 권 팀장과 이팔호가 그랬다.

"자술서 어디 있나?"

배 국장이 팔호에게 물었다.

"드리시죠."

팔호는 탁대를 향해 고개를 돌렸다.

"그전에 잠깐 바로 잡을 것이 있습니다."

탁대는 눈빛으로 재촉하는 배 국장을 보며 말을 이었다.

"방금 이팔호 주사보가 보고한 내용에는 오류가 있습니다. 저 조사는 이팔호 서기보가 단독으로 진행한 결과입니다."

"그게 중요한가? 자술서나 내놓게."

배 국장이 팔을 내밀었다.

"여기 있습니다."

탁대는 종이 한 장을 건네주었다.

"……?"

그걸 받아든 배 국장의 얼굴이 흙빛으로 변했다.

"이거……."

"그보다 더 명백한 자술서가 어디 있겠습니까?"

탁대는 한 치의 흔들림도 없었다. 고개를 배 국장 쪽으로 삐죽 들이민 권 팀장 역시 종이를 보더니 경악하며 안면을 찡그렸다.

"천만 원 반환 확인서?"

세 번째로 종이를 확인한 하 국장이 물었다. 그 사이에 종이는 도 과장에게 건너갔다.

"맞습니다. 제가 조사한 바로는 황 팀장님은 결백합니다."

"조탁대 씨. 왜 이럽니까? 아까 분명히 뇌물을 먹었다는 자술서를 받았잖아요?"

마지막으로 종이를 본 팔호가 목소리를 높였다.

"내가?"

탁대는 시치미를 뚝 떼고 팔호를 바라보았다.

"그래요. 지금 뭐하는 짓입니까? 자술서 어디에 감췄어요?"

"너야말로 국장님들 앞에서 뭐하는 짓이야? 어디서 제대로 조사도 안 하고 마음대로 보고서를 작성한 건가?"

탁대는 의젓하게 팔호를 꾸짖었다.

"뭐라고요? 아, 갑자기 왜 이래요? 빨리 자술서나 내놔요."

"이 친구가 뭘 잘못 먹었나? 아침부터 어디서 졸다가 온 거야? 없는 자술서가 필요하면 그것도 네 마음대로 만들어서 보여 드리지 그래?"

"……?"

탁대는 한 치의 흔들림도 없이 말했다. 이미 작심하고 나선 차이니 팔호는 기가 막혀 열두 번 죽었다가 깨어나도 미칠 지경이었다.

"그러니까 황천수 뇌물 수수 건은 모함이었다?"

"모함이 아니고 있기는 했던 사건입니다."

배 국장이 묻자 탁대가 대답했다. 돌연한 답변에 배 국장과 권 팀장이 신경을 곤두세웠다.

"자세히 말해보게."

전세가 역전되자 하 국장의 목소리에 안정감이 깃들었다. 그는 다리를 꼬며 탁대를 바라보았다.

"그러니까 이 사건은……."

탁대는 천천히 상황을 설명했다. 건물주가 불법 개조를 무마시키기 위해 뇌물을 보내고, 전달자가 그걸 분실하고 되갚은 일까지 전부.

"황 팀장님은 억울하게 누명을 썼지만 결국 부하 직원에게 천만 원을 주었습니다. 비록 사직한 그 직원이 고사하여 500만 원씩 부담하는 선에서 끝나게 되었지만요."

그 말과 함께 탁대는 계약직의 음성 녹음을 틀어놓았다.

—솔직히 나는 뭔지도 모르고 받았지만 잃어버린 건 나고… 진짜 존경스럽더라고요. 봉황시 어떤 간부 놈이 그런 일을 책임지려고 하겠습니까?

계약직의 말이 나오는 동안 일동은 숨을 죽였다. 특히 이팔호와 권 팀장의 얼굴은 가관이었다. 흡사 멍든 수탉처럼 죽은피가 얼굴 가득 역류한 꼴이었다.

"이건 조작입니다. 황천수 팀장이 뇌물을 먹은 건 명백합니다. 제가 증인을 압니다!"

팔호가 펄쩍 뛰었다. 지렁이도 꿈틀한다고 그냥 당하고 싶지는 않는 모양이었다.

"증인이 누구야? 기왕 이렇게 된 거 우리 직원이면 당장 불러!"

권 팀장이 그냥 있을 리 없다. 바로 나서서 지원 사격을 날리고 있다.

"저건 거짓말입니다. 그 직원은 현재 주택과 주택관리팀의 기능직 직원인데 제가 조사한 바로는 이팔호가 그 직원의 소소한 비리를 약점으로 삼아 동료들의 비리를 요구하던 차에 풍문으로 들은 걸 전했을 뿐이라고 하더군요."

탁대의 말이 끝나기도 전에 팔호의 입이 쩌억 벌어졌다. 입조차 벙긋하지 않은 사실을 탁대가 알고 있으니 그럴 만도 했다.

사실 탁대가 조금 전에 만난 사람이 바로 그 기능직이었다. 그 소스 역시 맹대우와 우만기에게 얻었다. 맹대우는 기능직의 왕고참이었으니 그 사실 또한 꿰고 있었던 것이다.

"지금 누굴 모함하는 겁니까?"

"모함이 아니라 진실이야. 원하면 삼자대면이라도 할까?"

파죽지세의 탁대는 추호의 망설임도 없었다. 마침내 탁대의 칼끝이 이팔호에게까지 뻗친 것이다.

"이 건은 누구 지시로 이루어진 건가?"

하 국장이 확인서를 보며 팔호에게 물었다.

"권… 팀장님이……."

팔호는 콧날을 실룩거렸지만 하 국장의 눈초리가 추상같아 별수 없이 입을 열었다.

"못난 친구 같으니."

하 국장이 자리를 털고 일어섰다. 그는 탁대의 어깨를 툭 치는 것으로 격려를 대신하고 감사실을 나갔다. 다음으로 배 국장이 일어섰다. 그는 팔호 앞에 서더니 따귀를 날렸다.

짝!

"국장님!"

짝!

소리는 한 번 더 경쾌하게 이어졌다.

"배 국장님!"

당황한 권 팀장이 일어설 때 탁대가 길을 막았다.

"뭐야?"

"외람됩니다만 과장님, 권 팀장님!"

탁대는 도 과장과 권 팀장을 바라보며 말꼬리를 이었다.

"이 자리에서 제게 이팔호 직원의 비리 조사를 명해주실 것을 요청합니다."

"……?"

탁대의 돌연한 제안에 이팔호의 눈이 주먹만 하게 커졌다.

"지금 같은 실 직원끼리 무슨 말을 하는 거야?"

권 팀장이 버럭 소리를 질렀지만 탁대는 개의치 않고 더 진격해 나갔다.

"아울러 이번 건을 조사하다가 알게 된 사실인데 인사철이 되면 묵묵하고 성실하게 일하는 사람을 의도적으로 투서하는 직원들이 있더군요. 그 건도 같이 조사하게 해주십시오."

"이 친구가 진짜!"

권 팀장이 눈을 부라렸다. 하지만 도 과장은 탁대 편을 들었다.

"허락하네!"

"과장님!"

권 팀장의 목청이 사무실을 울렸다. 감사과장 위의 감사팀장, 그가 위세를 뽐는 것이다.

"미안하지만 아직 여기 부서장은 나야."

"그 말을 과장님 입으로 할 수 있는 겁니까? 인사 뚜껑이 열리면 물러나실 분이."

"권 팀장!"

도 과장은 팀장과 달리 냉정하게 말을 이었다.

"어쩌면 당신이 내 자리를 꿰찰지도 모르지. 그럼 그때 가서 마음대로 하라고. 어쨌든 지금 이 순간은 내가 결재권을 쥔 과장이지 않나?"

도 과장이 후끈 위용을 뿜어냈다. 그 말이 맞았다. 어쨌든 법률상 감사실의 최종 결재권자는 도상욱이었다. 권 팀장은 있는 대로 미간을 찡그렸지만 더는 대꾸하지 못했다.

"이팔호, 각오해라."

탁대가 팔호를 향해 윙크를 날리며 염장을 질렀다.

쾅!

팔호의 뇌리에 벼락이 떨어졌다.

콰앙!

탁대의 가슴에는 희망이 천둥을 쳤다.

'권 팀장, 팔호 다음에는 당신이야.'

탁대는 섬뜩한 냉소와 함께 그 말을 삼켰다.

드르륵!

퇴근 후에 탁대는 막창집 문을 열었다. 맨 구석 테이블에 황천수가 보였다. 그는 류청봉과 함께 막걸리를 마시고 있었다.

"여기야!"

류청봉이 손을 들며 탁대를 반겼다. 하지만 탁대는 자리에 앉지 않았다.

"왜?"

유청봉이 탁대를 바라보았다. 앉으라고 재촉하는 것이다.

"시간외 근무 점검을 나가야 하거든요."

"이 친구야, 그럼 한 잔만 받고 가."

유청봉이 막걸리 잔을 내밀었지만 탁대는 가만히 고개를 저었다. 작은 예외가 큰 예외를 만든다. 근무 기강을 잡으러 가는 감사실 직분을 음주로 임하기는 싫었다.

"고맙다."

탁대의 마음을 짚어낸 황천수가 한마디로 말했다. 그새 번져나간 소문을 듣고 인사를 전하는 것이다.

"고마울 거 없습니다. 순리대로 간 것뿐이니까요."

"그런가?"

"하지만 다음부터는 좀 적극적으로 자신을 방어하셨으면 합니다."

"……."

"그래야 직원들 사이에 패배 의식이 사라질 것 아닙니까? '어차피 나는 안 될 건데' 하는 마음……."

"그렇군."

"그럼."

탁대는 가벼운 목례를 두고 돌아섰다. 등 뒤에서 류청봉의 말이 따라왔다.

"그냥 가는 거야?"

탁대는 돌아보지 않았다. 원래는 이 자리에 나오고 싶은 마음도 없었다. 비록 황천수를 구제하기는 했지만 그렇다고 함께 모여 축배를 들고 싶지는 않았다. 그렇게 되면 그 또한 사심이다. 공사의 구분이 없어지는 것이다.

사실 탁대에게도 술 한 잔의 유혹은 있었다. 팽팽한 긴장감으로 넘어온 시간이었다. 말이 국장이지 말단에게는 하느님과도 같은 존재들. 그들이 한군데 모이길 기다렸다가 거사를 도모하는 건 엄청난 강단이 필요했다.

그래도 탁대는 해냈다. 그건 오직 황천수를 구출하기 위한 것만은 아니었다.

'파벌 타파.'

탁대의 가슴에 들끓은 들불은 그것이었다. 누구든 열심히 일하는 사람이 우대받고 먼저 승진하는 조직. 그걸 위해 작은 초석이나마 놓고 싶을 뿐이었다.

문 앞까지 나온 탁대가 황천수를 돌아보았다. 그는 말없이 막걸리 잔을 들어보였다.

짠!

탁대도 마음으로 건배를 들었다. 황천수가 탁대 편인 건 그리 중요하지 않았다. 요점은 모함으로부터 구해낸 것이다. 탁대에게는 그게 더 중요했다.

'자, 그럼 슬슬 시작해 볼까?'

보건소 앞에서 탁대는 옷깃을 단정히했다. 그런 다음 당당하게 정문으로 들어섰다.

'나는 공무원이다. 나는 오직 국가와 국민을 위해 일한다.'

너무나 많은 공무원이 잊고 사는 그 말을 아름답게 곱씹으면서!

"황천수를 털려다 되려 면제부를 주었다?"

시장실.

파르스름하게 머리카락이 자란 김 시장이 창가에 서서 봄볕을 내리쬐는 해를 바라보며 말했다. 그의 뒤에는 배 국장이 소파에 앉아 있었다. 시장은 한동안 말을 잇지 않았다.

"죄송합니다. 권해관이가 일을 그르친 것 같습니다."

배 국장이 나지막이 입을 열었다. 과음을 한 것인지 그의 얼굴은 피로감이 역력해 보였다.

"하긴 송곳도 자주 쓰면 무뎌지는 것이니……."

"표강일 씨가 다녀갔다고요?"

"만났나?"

"오는 길에 말만 들었습니다."

"실은 마웅에게도 전화가 왔었네."

"골치 아프실 텐데 도움이 되지 못해 죄송합니다."

"뭐 달게 받아들여야지. 나도 그전에 다르지 않았어. 인사 때가 되면 괜히 지역 발전이 어떻고 공평한 인사가 저렇고 하면서 엄포를 놓았거든."

시장이 소파의 상석에 앉으며 말했다. 배 국장은 소리 없이 한숨을 쉬었다.

"이번 인사를 주목하고 있다 하더군."

"협박이군요."

"뭐, 그 또한 나도 다르지 않았네. 인사 때마다 발언을 해야 지역 인사로서 체면이 서질 않겠나?"

"죄송합니다."

"결론이나 말해보게."

"권해관이 말로는 황천수에게 뇌물혐의가 있었던 것 같은데 조탁대가 나서서 무고임을 밝혀냈습니다. 아니, 오히려 더 좋은 이미지를 가지고 왔더군요."

"더 좋은 이미지?"

"뇌물로 받았다는 천만 원 사건은 실제 있던 일이지만 부하직원의 배달 사고라는 게 드러났고, 더불어 그 부하가 분실하고 물어낸 천만 원에 대해 황천수가 책임지려고 했다더군요. 결국에는 반씩 부담하는 걸로 끝났지만……."

"또 조탁대로군."

"아무래도 다음 번 정기인사 때 조탁대를 다른 부서로 돌려야 할 것 같습니다."

"왜?"

"그렇지 않습니까? 그 친구가 이런 일 저런 일에 나대면 조직을 장악하기 어렵습니다. 벌써 몇 번째입니까?"

"배 국장, 조탁대가 어떻게 감사실로 가게 된 줄은 아나?"

"그야 시장님이 한 번 넣어보라고 하셔서……."

"내 등을 떠민 사람이 바로 표강일이었네."

"……?"

배 국장이 휘청 흔들렸다. 그만큼 충격적인 말이었다.

"그런 조탁대가 열심히 비리를 밝혀내고 무고한 사람을 구제하고 있네. 그런 참에 전보를 단행하면 내 치부를 감추려는 치졸함에 불과하지 않을까?"

"실수하셨군요. 왜 그런 부탁을 들어주셨습니까?"

"아니면? 없는 의심을 자처하잔 말인가? 뭐가 꿀린다고 그깟 부탁을 거부할까?"

"뭐 그렇긴 합니다만……."

"이번 인사가 몇 안까지 있다고 했었지?"

"안은 3안까지 짜두었습니다."

"전부 다 가지고 와보게."

"내정자를 바꾸시겠다는 겁니까?"

"왜? 배 국장이 벌써 나팔을 불었나?"

"그건 아닙니다만……."

"아직 다음 선거까지는 시간이 좀 남았네. 그러니 속 보이는 인사로 저들에게 비난의 빌미를 주고 싶지 않네. 그렇게 되면 지역 주민을 상대로 온갖 험담을 늘어놓고 편향적인 인사라고 비난을 퍼부을 테니."

"시장님!"

듣고 있던 배 국장이 고개를 빳빳이 들었다.

"말하시게."

"표강일 씨가 압박을 하고 갔군요?"

"벌써 두 번째 같은 소리를 하고 있군."

"제 말은……."

"권해관이 전세를 역전하려다 실패했다고 했었나?"

"적어도 황천수에게는 그렇습니다."

"그런 일이 표강일에게도 일어나지 말라는 법이 없지."

"시장님! 무슨 구상을 하고 계신지는 모르지만 대마(大馬)는 지켜야 합니다. 대마는 죽지 않는 법이니까요."

"대마불사라?"

"지금 양주 건과 우병기 일로 어수선한 거 아시지 않습니까? 여기서 한발 물러서면 힘이 빠진 것으로 보여서……."

"나가보게. 내가 알아서 결정할 테니."

시장이 잘라 말했다. 배 국장은 끄응 신음을 내고는 시장실을 나왔다. 복도로 나오자 권 팀장이 보였다.

"국장님!"

"자넨 대체 일을 어떻게 하는 건가?"

"면목 없습니다. 증인까지 있다기에 시도한 일인데……."

"낭패로고. 기왕 칼을 뽑았으면 어떻든 잘라야지."

"시장님이 뭐라고 하십니까?"

"아무래도 1안을 뒤틀 모양이야."

"예?"

"답답한 사람들… 실권을 장악하고 있으면서 이렇게밖에 일을 못 하나?"

"그럼 제게 언질한 일들은?"

"대마불사를 강조했으니 거기까지 질러갈 필요는 없네. 공연히 기웃거려서 노여움 사지 말고 실로 돌아가서 업무에 충실하게."

"국장님, 판을 엎으면 안 됩니다. 퍼즐 구상은 이미 끝난 일 아닙니까?"

"시장님이라고 그거 모르겠나? 믿고 기다려 보자고."

"알겠습니다."

배 국장은 그 말을 남기고 권 팀장을 스쳐 갔다. 혼자 남은 권 팀장의 머리에서 모락모락 김이 피어올랐다.

'괘씸한 조탁대 놈.'

권 팀장의 표정은 한 번 더 일그러졌다.

"……."

"……."

팔호와 나란히 앉은 탁대. 그러면서도 뭐라고 말을 하지 않았다. 탁대가 보는 건 맹대우의 제보로 확보한 비비기의 달인들 명단이었다.

신동기.

어봉민.

유상천.

둘은 봉황종고 출신이고 하나는 타 지역 출신이었다. 평판은 제로. 소속부서 직원도 혀를 내두르는 땡땡이와 뺀질이의 교과서였으며 민원인에게도 불친절하기로 유명세를 날리고 있었다.

그런데!

신기하게도 승진은 빨랐다. 2년 만에 8급을 단 그들은 앞서거니 뒤서거니 3년 만에 7급을 달았고, 이어 6년 만에 6급을 달았다. 대개 7급에서 6급은 8년에서 10년이 걸리는 타 직원과 비교하면 확실히 고속 승진이었다.

탁대의 머리에 윤아의 말이 스쳐갔다.

'성실한 상위 공무원은 하위 뺀질이와 승진을 다툰다.'

공무원의 진리를 또 한 번 깨닫는 순간이었다. 원래 성실한

직원은 아부에 약하다. 자기 일만 열심히 하면 조직에서 알아주리라 생각하는 것이다.

반면 뺀질이들은 승진이나 기타 철이 되면 약삭빠르게 부서장이나 인사권자에게 눈도장을 찍어댄다. 민간도 그렇지만 공조직에서는 이런 게 더욱 먹힌다. 성실한 사람은 대우해 주지 않아도 성실하게 일한다. 그러니 자신에게 아부하는 인간을 챙기며 권세를 누리는 것이다.

탁대는 이 세 인간과 경합하는 경쟁자를 보았다. 그들은 소소한 복무 위반부터 감사 과정에서 자술서를 낸 기록, 민원이 올린 불만 등의 기록이 있었다.

당연하다.

일을 열심히 하는 사람은 사소한 흠이 생긴다. 많은 일을 하다보면 필연 거쳐야 할 과정이었다. 하지만 뺀질이들은 아무런 하자가 없다. 원래 일을 안 하니 문제가 생길 확률도 적은 데다 어쩌다 감사에 걸린다고 해도 인맥을 동원해 원천 봉쇄를 하기 때문이었다.

애당초 자술서가 문제다. 큰 문제가 아니면 받지 말아야 한다. 감사원에서도 그런 원칙에 동의한 실정이었다. 그런데도 현장에서는 이런 걸 받아놓고 여러 빌미로 삼는 것이다.

"너 가서 이 세 사람 좀 모셔와라. 한 시간 정도씩 간격을 두고."

탁대가 서류를 내밀자 팔호는 어찌할 바를 몰랐다. 자신을 감사 대상으로 찍고 허락까지 받은 조탁대. 당장에라도 자신을 조사해야 할 그가 변죽을 울리고 있는 것이다.

"조탁대 씨."

"왜?"

탁대는 빙그레 웃으며 팔호를 바라보았다.

"나 감사한다면서요?"

"해야지."

"그런데 지금 뭐 하자는 겁니까?"

"뭐가 어때서?"

"난 잘못한 거 없으니까 지지든 볶든 빨리하고 끝냅시다. 하지만!"

팔호는 여세를 몰아 기염을 토했다.

"내가 결백한 게 드러나면 모든 책임은 탁대 씨가 져야 할 겁니다."

"할 말 다했냐?"

"예?"

"그럼 주접 그만 떨고 시킨 일이나 좀 해라. 미안하지만 나, 벌써 감사 시작했거든!"

탁대가 후끈한 위세를 뿜었다.

'C8 새끼.'

팔호는 욕을 목 안으로 넘기며 복도로 나왔다. 물론 탁대는 그 욕을 들었다. 팔호가 씩씩거리며 일어설 때 순간독심을 발현하고 있었던 것이다.

'오냐, 실컷 재잘거려라. 머잖아 그 입은 닫히게 될 테니.'

탁대는 벌떡 일어나며 직원들을 향해 명랑하게 소리쳤다.

"커피 신청자 말씀하세요!"

"그 자술서는요, 내 잘못이 아니고 우리 팀장 건이었습니다. 예산을 세울 때 잘못 세워두었는데 취합 업무를 내가 맡다 보니 옆 자리 사람에게 따질 수도 없고 해서……."

첫 번째 불려온 성실 공무원.

그는 과 예산담당자로서 몇 가지 자술서를 쓴 이력이 있었다. 그러나 결국 들여다보면 그의 잘못은 아니었다. 담당자들의 실수를 제때 파악하지 못해 덤터기를 쓴 것뿐이다.

그럼 애당초 잘하면 되지 않느냐고?

그건 공무원 사회에서는 거의 불가능하다. 왜냐하면 잦은 인사이동 때문에 같은 공무원이라도 남의 업무는 노터치 영역이기 때문이다. 게다가 따지다 보면 전부 전임자의 잘못으로 귀결되는 경우가 다반사인데 알지도 못하는 업무로 전보된 사람이 인수인계를 받을 때 하나하나 따지면서 인계받을 능력은 애당초 없는 것이다.

"그리고 교육수당비 착복은 진짜 억울해요. 제가 이 업무를 맡으면서 장기교육비를 챙겨주다 보니 다녀온 사람들이 일부를 돌려주더라고요. 그럴 필요 없다고 했는데도 굳이 놓고 갔는데 팀장님이나 과장님에게 물으니 그냥 관례라고 하더라고요. 그래서 과에 필요한 물품 같은 거 구매하는 데 썼습니다."

이건 교육비 착복 항목이다. 원래 없던 교육비 항목이 신설되거나 하면 직원들이 공돈 생기는 것 같아 일부를 떼어주며 고마움을 표한 일이 착복이나 비리로 비화된 것.

"그럼 비상근무 날에 자원봉사시간을 이중으로 달다 걸린 건요?"

탁대는 계속 정중하게 물었다. 옆에서 각을 세우고 있는 건 팔호뿐이었다.

"그건 저도 몰랐습니다. 나중에 알고 보니 동료가 딴에는 신경 써준다고 자기 마음대로 올린 걸로……."

"근무지 이탈은요?"

"갑자기 골치가 아파서 잠깐 약국에 간 사이에 감사팀이 다녀갔더군요. 솔직히 딱 10분 걸렸습니다. 다른 사람들은 몇 시간씩 어디 가서 농땡이 치다 와도 안 걸리던데……."

"억울하다 이거로군요?"

"아뇨. 뭐 한두 번 있는 일도 아닌걸요. 괜히 바쁘게 해드려 미안합니다."

성실 공무원은 오히려 미소로 탁대를 위로해 주었다.

이어 두 번째 성실 공무원이 들어왔다. 이번에는 여자였다.

"저는 과에서 늘 귀찮은 업무를 맡게 되었어요. 그러다 보니 아무리 잘해도 민원이 생겨요. 솔직히 요즘 목소리 큰 민원인이 한둘이 아니잖아요."

그녀는 해명을 이어갔다.

"뇌물은 만육천 원이었어요. 과 홍보물 인쇄업자가 납품하면서 믹스커피 두 박스를 사왔더라고요. 홍보물 무게에 눌려 포장이 다 찌그러졌길래 돌려주기도 난감해서 과에 두고 타 먹은 게 전부예요."

"계속하세요."

탁대는 편안한 분위기를 만들어주며 계속 해명을 들었다.

"다른 뇌물도 추석에 들어온 배였어요. 그해에 과일이 풍년이라 업자분이 배가 넘친다며 한 박스 가져왔더라고요. 마침 외부에서 관련단체 손님이 오는 통에 두 개 깍아드리고 나머지는 각 실에 두 개씩 돌렸습니다."

"이거 걸렸을 때 같이 먹은 사람도 자술서 썼나요?"

탁대가 자술서를 들고 물었다.

"아뇨. 원래 공무원이 그렇잖아요? 뭔가 문제가 생기면 다 외면하는……."

"팀장님과 과장님도요?"

"우리 과장님은 배 구경한 적도 없다고 하시던걸요. 빼주지는 못하더라도 말이라도 한마디 해주시길 바랐는데……."

그녀의 눈가에 이슬이 맺혔다.

그녀가 돌아가고 마지막 성실 공무원이 들어섰다. 그 조사는 팔호가 맡았다. 탁대가 등을 떠민 것이다. 그녀의 비리는 참 거창(?)했다. 너무나 거창해서 웃음이 날 지경이었다.

이들의 공통점은 있었다. 감사실을 무척 두려워한다는 점. 솔직히 인사 기록에도 남지 않을 엄포성 자술서였지만 그거 한 장 쓰면 무슨 난리라도 날 줄 아는 순박한 직원들이었다.

가장 중요한 공통점은 근무량이었다. 이들은 대개 토, 일요일에도 종종 출근을 했다. 시간외 근무도 포화 직전까지 했고 연가 기록도 가장 적었다. 즉, 같은 과에서도 과중한 업무를 하고 있다는 의미였다.

"과장님에게 말씀드려서 업무 분장을 새로 하면 되지 않나요?"

나중에 탁대가 몰아서 물었더니,

"그걸 위에서 알아서 해줘야죠. 내 입으로 말하면 다른 직원들이……."

라고 대답했다.

'가만있나요?' 그들이 말줄임표 속에 감춘 말은 그것이었다.

"그럼 보상이라도 있나요? 성과급이라든가 표창이라든가… 아니면 해외연수 같은 우선권……."

"웬걸요. 그런 건 약삭빠르고 잘 비비는 직원들이 먼저 가고 나중에야 인심 쓰는 것처럼……."

탁대는 맥없이 웃어버렸다. 사실 그건 기록으로도 알 수 있는 일이었다. 다만 팔호가 들으라고 짐짓 물어본 것에 불과했다.

탁대는 마지막 직원까지 돌려보냈다. 이제 남은 건 팔호와 탁대뿐이었다.

"뭐 느낀 거 없냐?"

둘이 남자 탁대가 넌지시 물었다.

"뭘 말입니까?"

"너무 각 세우지 마라. 동기끼리 말이야."

"지금 장난합니까? 동기는 얼어 죽을……."

"장난 아니다. 저렇게 순진하게 일만 하는 직원들 보고 좀 깨달으라는 거야."

"뭐가 순진한데요? 아니, 작은 위반은 위반 아닙니까? 다 바늘 도둑이 소도둑 되는 거잖아요?"

"그건 당신 경우고!"

탁대는 고개를 비슥하게 든 채 팔호를 바라보았다. 그렇잖아도 삐딱한 팔호가 더 삐딱하게 보였다.

"됐으니까 어디 털어보쇼. 누가 털리나 한 번 봅시다."

"가엾은 놈."

탁대는 천천히 혀를 찼다.

"뭐라고요?"

"넌 방금 마지막 기회를 놓친 거야."

탁대의 표정이 빠르게 굳어갔다. 담담하던 그의 눈에서 끝내 저승사자의 섬뜩함이 피어올랐다. 이어 40대의 기능직이 들어섰다. 언젠가 팔호와 함께 주점에 들어갔던 그 공무원이었다.

"이분 알지?"

탁대가 팔호를 보며 물었다. 팔호는 대답을 안 했다.

"이 친구 알죠?"

이번에는 기능직에게 물었다.

"예."

기능직은 간단하게 대답했다.

"이팔호!"

다시 한 번 팔호를 노려보는 탁대.

"알아? 몰라?"

"어떤 기준으로 말입니까? 얼굴이야 오가며 봤을 수도 있지요."

"기준 알려줘?"

"말하시든가."

"등쳐 먹기!"

"……?"

탁대의 말에 팔호의 눈이 동그랗게 변했다. 탁대는 쉬지 않고 팔호를 조여들었다.

"좀 자세히 해석해 줄까? 아까 그분들처럼 열심히 일하다가 벌어진 사소한 건을 트집 잡아 성상납을 받거나 향응을 받던가, 아니면 그걸 빌미로 다른 직원의 비리를 고하라고 협박하는 거 말이야."

"조탁대 씨! 읍……."

팔호는 버럭 소리를 지르려 했지만 입이 벌어지지 않았다. 탁대의 접착 마법에 걸려 버린 것이다.

"그 상태 그대로 거기서 들어라. 나중에 헛소리하지 말고."

탁대는 불려온 조상만을 의자에 앉히고 녹음 버튼을 눌렀다.

"시작할까요?"

탁대가 수첩을 놓고 조상만을 바라보았다.

"예."

"관등성명 말씀하세요."

"주택과 무허가건물 단속담당 조상만, 기능 9급입니다."

5장

3룡(龍)의 대약진!

조상만은 순순히 응했다. 그건 맹대우 덕분이었다. 맹대우가 조상만과 친분이 돈독하다고 하자 탁대가 부탁을 했던 것이다. 그러니 탁대는 업무 개시 전에 이미 조상만을 만나 독심술을 발휘하고 온 상황이었다.

—감추고 있던 것까지 들킨 건가?

잔뜩 긴장한 조상만의 한마디로 탁대의 전략은 거침없이 성공했다. 뻔히 보이는 속을 파고들자 조상만은 항복을 선언했다. 그 옵션은 바로 이팔호와 일어났던 일을 낱낱이 공개한다는 조건이었다.

탁대는 여유만만했다. 사실 팔호를 엮는 건 단 한마디면 되었다. 그 말만 나오면 팔호를 정리하는 건 문제도 아니었다.

"여기 이팔호 만난 적 있죠?"

"네."
"무슨 일로 만났나요?"
"제가 무허가 건물이나 설치물 단속을 하다가 담뱃값을 받은 적이 있습니다. 다들 아는 처지다 보니 몇 번 받게 되었는데 그걸 알고 조사하러 왔더군요."
"그래서요?"
"바로 자술서 같은 거 받지 않고 빙빙 돌려 말하길래 비싼 술집에 가서 여자를 붙여줬더니 봐주겠다고 하더군요. 대신 다른 사람의 비리 아는 걸 말하라고."
"그날 중의 하루가 바로……."
탁대는 유흥가에서 팔호를 본 날을 짚었다. 조상만은 고개를 끄덕거렸다.
"읍읍!"
그 말을 들은 팔호가 달려들 기세를 했지만 소용이 없었다. 어느새 접착 마법은 그의 발과 엉덩이까지 붙여놓고 있었다. 조상만은 그게 마법인 줄 알지 못했다. 팔호가 뭐 못 먹을 걸 먹었나 하는 눈빛일 뿐이다.
"그러니까 성접대를 한 거로군요?"
탁대는 그쯤에서 미끼를 던졌다. 이팔호를 간단히 제압하는 것. 그 키는 바로 '성접대' 내지는 '성매매' 였다.
"성접대까지는……."
"조 주사님이 나온 다음에 이팔호가 그 아가씨랑 빠구리를 했거든요. 그러니 성접대 아닙니까?"
"그러네요."

"읍읍!"

"어디 아프면 잠자코 앉아 있어라. 괜히 낑낑거리지 말고."

탁대는 팔호에게 슬쩍 한마디를 던지고 조사를 계속했다.

"혹시 그날 결제는 현금으로 했습니까?"

"아닙니다. 요즘 누가 지갑에 수십만 원씩 넣고 다닙니까? 카드로……."

"직원 비리는 어느 분 걸 제공한 거죠?"

"저는 신동기 주사님 걸……."

"지각했거나 근무 시간에 약국 갔거나 민원인들이 음료수 사 온 거 말이죠?"

"네. 그런 것도 괜찮다고 해서……."

"혹시 주변의 다른 동료도 이런 경우를 당한 사람이 있나요?"

"여럿 있다고 들었습니다."

"그중 한 분이 이한길이죠?"

"예."

"돌아가시면 그분을 좀 올려 보내주세요."

"그러죠."

그 질문을 끝으로 탁대는 조상만을 돌려보냈다.

와당탕!

그러자 소란스러운 소리가 상담실 안에 울려 퍼졌다. 반쯤 일어선 엉거주춤한 자세로 엉덩이에 의지를 붙이고 있던 팔호. 탁대가 마법을 풀자 의자가 그대로 무너진 것이다.

"이런, 왜 의자까지 성가시게!"

와당탕!

소리는 한 번 더 이어졌다. 팔호가 의자를 차버린 까닭이었다. 괜한 신경질을 낸 팔호는 뭔가 이상한 듯 입과 발을 움직여 본다. 하지만 그게 마법임을 알 리 없으니 고개를 갸웃거리며 넘어가는 팔호.

"조탁대, 이건 모함이야! 내가 여자랑 한 번 한 건 사실이지만 내 돈 내고 했거든."

숨을 돌린 팔호가 핏대를 올리며 눈을 부라렸다. 그 말이 하고 싶어 얼마나 입이 근질거렸을까?

빙고!

탁대는 허공에 대고 손가락을 딱 튕겼다.

"오, 고결하신 분이 성매매를?"

"……!"

그제야 실언을 깨달은 팔호가 주춤 물러섰다. 공무원의 성매매. 이건 파면에 가까운 징계를 받을 수 있는 사안이었다.

"하긴 내가 하면 로맨스고 남이 하면 불륜이지. 여기다 매칭하면 내가 하면 남들이 다 하는 거 따라한 거고 남이 하면 쳐 죽일 성매매가 되나?"

탁대는 빙그레 미소를 머금었다.

"이런 C8!"

발끈한 팔호가 주먹을 날렸지만 비명을 지른 사람은 오히려 팔호였다.

"으악!"

팔호는 후끈한 화기를 느끼며 비틀거렸다. 이번에는 엄포용 화염탄이었다.

"뭐, 뭐야?"

팔호는 눈을 동그랗게 뜨고 돌아보지만 뒤에 보이는 건 썰렁한 벽뿐이었다.

"호들갑 그만 떨고 앉아라. 이한길 주사님이 올 테니까."

탁대의 몸에서 후끈한 카리스마가 뿜어져 나왔다. 팔호는 다시 고개를 갸웃거리며 의자를 당겼다.

"너… 대체 뭐 하자는 거야?"

기선을 제압당한 팔호는 식은땀에 젖은 채 물었다.

"MV 건설!"

"……!"

팔호의 눈알이 뒤집히는 게 보였다. 그건 탁대가 예상하던 일들이 실존했다는 반증이었다. 잠시 긴장이 흐르는 사이에 이한길이 들어섰다. 동시에 팔호는 아까와 똑같은 방법으로 제압당했다. 입은 붙고 다리 역시 움직이지 않는 것이다.

"이 주사님이 이팔호에게 MV 건설 간부를 소개시켜 줬죠?"

탁대는 거두절미하고 물었다.

"예……."

"왜죠?"

"거기에서 관내 공사를 여러 차례 했는데 하자가 발견되어서……."

"떡값을 먹었군요."

"그냥 차비나 하라고 찔러주기에……."

"그걸 이팔호에게 걸렸고요?"

"예."

"이팔호가 MV 건설 간부들을 소개해 달라고 하던가요?"

"제가 불렀습니다."

"왜죠?"

"떡값 받은 건 저뿐만이 아닌데 잘못하다가는 제가 다 뒤집어 쓸 것 같아서요."

"그 자리에 이팔호 말고 다른 사람이 또 있었죠?"

"……."

"있었죠?"

"예……."

"그 내용으로 자술서는 썼나요?"

"그건 저기 이팔호 씨가 불러주는 대로 해서……."

"됐습니다. 나가세요."

"네?"

"돌아가시라고요."

탁대가 문을 가리켰다. 이한길은 고개를 쭈뼛거리더니 상담실을 나갔다. 탁대는 천천히 조사 서류를 가지런히 챙겼다.

톡톡톡!

침묵 때문이지 종이를 세우는 소리조차 또렷이 울려 퍼졌다. 탁대는 창으로 걸어갔다. 마법에서 풀려나기 위해 몸부림을 치는 팔호는 보지 않았다. 담장 너머에는 봄이 완연했다. 목련은 희디흰 가슴을 터트렸고 철쭉도 망울이 선명했다. 그 사이로 간간이 나비도 보였다.

"이팔호!"

탁대는 먼 산을 보며 입을 열었다. 입을 접착당한 이팔호. 대답할 리가 없다.

"솔직히 나는 너 존경한다."

"……."

"왜냐면 나는 너처럼 비비는 재주가 없거든. 사람들에게 들은 말인데 그것도 실력이라더라."

탁대가 천천히 고개를 돌렸다. 너무나 초연한 모습. 팔호는 그래서 더 소름이 끼쳤다.

"불편하냐?"

"읍읍……."

팔호는 필사적으로 눈알을 굴렸다.

"좀 참아라. 보아하니 하늘이 천벌을 내린 모양인데 좀 불편할 뿐 돈 들어가는 것도 아니고 수치심을 느끼는 것도 아니잖냐?"

"읍……."

"그런데 너는 너무 나갔어. 국어 공부할 때 한문 외웠지? 과유불급이라고……."

"읍……."

"나는 궁금하다. 너는 왜 공무원이 되고 싶었냐? 이렇게 남들 약점 잡아서 야비하게 그걸 누리는 인간이 되려고 한 건 아닐 거 아냐?"

그쯤에서 탁대는 팔호의 마음을 읽었다.

순간독심!

팔호의 마음에 어리던 오만과 오기, 그리고 발악은 어디론가 사라지고 없었다. 그걸 대신해 남은 건 지옥의 나락으로 떨어진 좌절감이었다.

"너무 놀라서 말문이 막혔나 본데 내가 한 번 비법을 써볼 테니까 좀 아파도 참아라. 이게 단순무식해도 가끔 잘 통하거든."

곧 이어 탁대의 손이 허공을 두 번 갈랐다.

짝짜악!

파찰음은 더 없이 경쾌했다. 그제야 마법이 풀린 팔호는 기겁을 하며 벽으로 물러섰다.

"앉아라!"

탁대는 의자를 권했다. 승부는 이미 난 후였으니 서두를 건 없었다.

"후우!"

세가 불리함을 직감한 팔호는 깊은 날숨을 토했다. 더구나 일진마저 더럽다. 뭔가 귀신이 붙은 것 같은 것이다. 그러니 이제는 탁대의 처분만을 바라는 것이다.

"너 MV 건설 말고도 많이 걸쳤더라? 재주도 좋아."

"……."

"솔직히 하도 많은 거 같아서 대표로 MV 건설 뽑은 거다. 나머지야 검찰 같은 데 고발하면 거기서 알아서 하겠지."

"형님!"

기겁을 한 팔호는 바로 무릎을 꿇었다.

"아아, 그런 소리 마라. 저번에도 형님이라고 하더니 바로 뒤통수 찍으려 들었잖아?"

"한 번만요. 한 번만 살려주십시오."

"어허, 내가 무슨 생사여탈권이 있다고……."

"성매매는 정말 술김에 일어난 일입니다. 그 여자가 벗고 들이대는 통에……."

"아아, 난 AV 중계 같은 거에 관심 없어. 한때는 마니아였지만 지금은 애인이 생겼거든. 너는 정보 빠삭하니까 알 거 아냐?"

"형님……."

"어차피 우린 루비콘 강을 건넌 거 아니냐?"

"한 번만 봐주시면 진짜 성실하게 일하겠습니다. 하늘에 걸고 맹세합니다."

"미안하지만 난 하늘이 너무 무심한 거 같아서 안 믿는데?"

"비리 공무원들을 통해 업자를 소개받아 떡값을 받기는 했지만 저는 별로 먹지 않았습니다. 전부 돌린 죄밖에는……."

"그거 공문서 받아놨냐? 혹은 공증?"

"……."

"그럼 날샌 거야. 너 하위직들 비리 조사할 때 그거 묵인하던 팀장, 과장이 인정하는 거 봤냐?"

"그건……."

"권 팀장이지?"

탁대가 슬쩍 미끼를 던지며 꺼두었던 녹음 버튼을 눌렀다.

"……."

"말하기 싫으면 사표 써라. 네 비리는 지금 나온 것만 해도 충분하니까."

탁대는 테이블에 놓인 서류를 챙겨 들었다. 그러자 팔호가 그 소매를 잡았다.

"제발… 제가 짤리면 우리 어머니 충격 먹고 돌아가실지도 모릅니다."

"너희 어머니하고 이 일이 무슨 상관인데?"

"한 번만 눈감아주세요. 그럼 다시는 비리 같은 데 기웃거리지 않겠습니다."

팔호는 간절했다. 그 눈에서 눈물이 떨어지는 걸 보니 탁대의 마음도 아파왔다.

이팔호!

따지고 보면 그는 좋은 자질을 가졌다. 좋게 보면 빠른 판단력과 친화력, 그리고 추진력을 가진 것이다. 그러나 상사를 잘못 만났다. 아니, 나쁜 건 권해관이었다. 그가 지위를 이용해 팔호의 능력을 왜곡시킨 것이다. 향 싼 종이에서는 향내 나고 생선 싼 종이에선 비린내 나는 법인데 그가 자기 야망과 권세의 도구로 부려먹은 까닭이었다.

—아아, 내 잘못이다.

—권 팀장이 총애해 주는 바람에 너무 오버했어.

—다시 처음으로 돌아갈 수만 있다면…….

탁대는 팔호의 본심을 읽었다.

이번에는!

위선이나 꼼수가 아니었다.

"팔호야!"

탁대는 윽박지르던 눈빛을 풀고 친구를 대하듯 담담하게 운을 뗐었다. 돌변한 목소리에 팔호가 벼락처럼 고개를 들었다.

"솔직히 그동안 내가 우스웠겠지? 쥐뿔도 아닌 놈이 유치원

애들 사고 막았다고 특진 먹고 감사실로 와서 천방지축 설치고 다니니까 말이야. 더구나 간부들은 속으로 나를 비웃고 있었을 테고."

"……."

"그래. 나 무대뽀 맞다. 빡 돌면 눈에 보이는 거 없고 한 번 작심하면 들이대 버리지. 그런데 봐라. 네가 비웃든 말든 나는 내 일을 했다. 감사실 직원이 왜 있는 거냐? 공직 기강을 잡고 비리 공무원을 색출하는 게 임무인데 그걸 입맛에 따라 누군 봐주고 누군 족치면 이게 공직이냐?"

"……."

"지금 국민들이 공무원 욕하는 거 알지? 그게 다 이런 비리 때문 아니냐?"

"……."

"솔직히 너도 처음엔 나 같은 마음이었겠지. 하지만 실세인 권해관이 총애하니까 똥인지 된장인지 모르고 설친 거 아니냐? 권해관의 그림자로 행세하면서 약한 사람들 족치고 뒤통수 까니까 보람찼냐? 행복했냐?"

"좀… 양심에 걸리기는 했어요."

팔호의 입이 천천히 열렸다.

"팔호야!"

탁대는 고양된 감정을 잠시 누그러뜨리고 팔호의 손을 잡았다.

"네 비리는 눈감아줄 테니 같이 가자. 파릇한 우리 신규까지 닳고 닳은 고참 흉내를 내면 되겠냐? 나중에 고참되었을 때 쪽팔리잖아?"

"진심… 인가요?"

"그래. 네 비리는 사소한 걸로 정리하고 진짜 몸통을 잡자. 도와줄래?"

탁대는 숨도 쉬지 않고 팔호를 바라보았다. 팔호 역시 그 눈빛을 피하지 않았다. 오래지 않아 팔호가 고개를 끄덕거렸다. 늘 탁대의 반대편에서 오만을 떨던 이팔호. 그가 탁대의 그늘에 몸을 맡기는 순간이었다.

"고맙다."

"아니, 내가 고마워요. 형!"

팔호의 눈에서 맑은 빛이 흘러나왔다. 그 또한 잔머리를 굴려 순간을 모면하려는 게 아니라 진심임을 엿볼 수 있는 단초였다.

탁대는 팔호를 당겨 어깨를 토닥여 주었다. 늘 거부감이 들던 이팔호였지만 지금은 아니었다. 전장에서 동지 하나를 얻은 든든함이 거기 있었다.

* * *

우리 조직에는 쓸모없는 인간이 너무 많아.

상당수 조직에서는 이런 불평이 쏟아져 나온다. 척 보면 놀고먹거나, 별 도움도 되지 않는 인력이 넘치는 것이다.

그런데 그건 누구의 책임일까? 그 인력이 처음 그 회사나 조직에 입사했을 때, 그때도 쓸모없는 인력이었을까?

NO!

그렇다면 그 조직에서 뽑았을 리가 없다. 그럼 뭐가 문제인가? 그들은 입사 후에 그런 인력이 되었다. 말하자면 조직이나 회사에서 동기부여를 하지 않고 그들을 방치한 것이다.

그렇게 밀린 인력은 자신의 생존을 위해 각종 음해나 이권에 개입하고 줄서기에 나선다. 우수한 인력이 되기 위해 투자할 시간을 잔머리 굴리기에 허비하는 것이다.

이팔호의 경우도 다르지 않았다. 그는 자질상 감사실 업무에 적합한 측면이 있었다. 권 팀장은 그걸 알아보았다. 하지만 삐딱한 방향으로 그 자질을 키워주었다. 공정성이 아니라 자기 개인의 목적과 수단을 위한 방편으로 부린 것이다.

탁대는 한참 동안 팔호와 이야기를 나누었다. 마음을 열고 마주하니 그 또한 짜포의 일원과 다를 바가 없었다. 팔호는 권 팀장의 이면과 비리에 대해서도 많은 걸 들려주었다.

"병원에서도?"

"예. 형이 말하던 MV 건설도 봉투를 가져왔더라고요. 쾌차하라고……."

"얼만지 봤냐?"

"한 300 되는 거 같던데요?"

"잘나가네?"

"이쪽 향토 업자도 권 팀장이 시청 실세인 걸 알거든요. 그러니 담당자들 구워삶아도 권 팀장이 감사의 칼날을 들이대면 결국 뽀록이 나게 되니까 미리 보험금 내는 거죠."

"너도 심부름 많이 했지?"

"좀… 했어요."

팔호가 얼굴을 붉히며 웃었다.

"표적 사정도 하는 눈치던데?"

"그건 형도 잘 알잖아요? 황천수 팀장님이 대표적이고……."

"황 팀장님, 사무관 물망에 올랐지?"

"그런 거 같아요. 여러 안이 있는데 황 팀장님네 3룡을 넣은 안도 있다더라고요. 그런데 저번 양주 사건 때문에 방향이 결정 안 되는 바람에 혹시나 싶어서 미리 작업 좀 하려다 형 때문에……."

"나 무지 씹었겠다?"

"뭐, 그렇죠."

"대체 얼마나 해먹고 있는 거냐?"

"나도 자세히는 몰아요. 권 팀장님이 보기 보다 남을 잘 안 믿거든요. 나한테는 그냥 소소한 건만 시켜서……."

"돈 먹으면 위로 상납하냐?"

"그런 눈치긴 해요. 원래 약은 사람은 혼자 안 먹고 쫙 뿌리잖아요."

"너는 얼마나 먹었냐?"

"솔직히 팀장님이 주는 대로 받아는 뒀는데 괜히 찜찜하기도 해서 서랍에 처박아뒀어요."

"그거 내가 봤다."

"예?"

놀란 팔호가 고개를 들었다.

"고맙다고. 솔직히 말해줘서……."

"그거… 권 팀장님 돌려주려고요."

"그래라. 그 양반 처세를 보아하니 나중에 잘못되면 네가 독박이야."

"이제 어떡하죠? 나가면 바로 권 팀장이 저를 불러서 물어볼 텐데……."

"나가자마자 서랍의 봉투 전부 반납해라. 거기다 기능직 비리 무마 건으로 소주 한두 차례 얻어마셨다고 자술서 쓰면 대충 넘어갈 수 있을 거야."

"권 팀장이 그냥 있을까요?"

"대신 네가 연기를 잘해야겠지."

"연기라면?"

"이리 좀……."

탁대는 팔호의 손을 당겼다. 그러자 팔호가 파뜩 놀라며 물러섰다.

"왜 그래?"

"형이 왠지 무서워서요."

"아까 그 천벌 때문에?"

"네."

"하긴 나도 놀랐다. 내가 간절하게 빌었더니 진짜 그렇게 된 거 있지."

"진짜요?"

"그렇다니까. 그런 거 모르냐? 마법사가 말이야, 보통 사람에게 자신의 초능력을 믿고 눈빛만으로 숟가락 한 번 구부려 보세요 하니까 진짜 많은 사람들에게서 그 일이 일어났다는 거."

"그런가?"

팔호를 고개를 갸웃거렸다. 탁대는 그러는 팔호의 팔을 당겨 귀엣말을 건넸다. 권 팀장은 대어다. 그렇다면 소소한 걸로 엮어서는 소용이 없는 일. 더구나 그 뒤로는 배 국장을 위시해 수많은 간부가 가지를 치고 있다.

'제대로 된 물증!'

탁대는 천천히 날숨을 쉬었다. 대어를 잡으려면 그만한 작살이 필요했다. 그래야 한 방에 몸을 꿸 수 있는 것이다.

"그건 그렇고……."

전략을 일단락지은 탁대는 팔호에게 개인적인 질문을 던졌다.

"너 효자냐?"

"예?"

"아까 말이야 어머니 걱정을 하길래 묻는 거야."

"효자는요……."

팔호는 계면쩍은 듯 목덜미를 벅벅 긁었다.

"하긴 너희 부모님도 네가 공무원 시험에 합격했을 때 얼마나 좋아했겠냐?"

"맞아요. 우리 어머니는 떡까지 해서 이웃에 돌렸거든요. 그래서 남들보다 좀 빨리 승진하고 싶은 욕심 때문에……."

"나 때문에 스트레스 받았겠구나? 동기 중에는 네가 최고인 줄 알았을 텐데 내가 떡하니 특진해 버렸으니."

"솔직히 좀 그런 마음이긴 했어요."

"그럼 또 나 때문에 발목 잡힌 거네? 최소한 주의나 훈계는 피할 수 없을 테니."

“아닙니다. 잘릴 거 붙어 있는 것만 해도 어딘데요.”

팔호는 손을 저었다. 사심 없는 표정을 보니 탁대는 한 번 더 마음이 놓였다.

“조사 결과 보고서입니다.”

사무실로 들어간 탁대는 팔호를 대동하고 도 과장 앞에 섰다. 서류를 검토 중이던 도 과장이 고개를 들었다. 하지만 말은 권 팀장이 빨랐다.

“결론은?”

“비리 직원을 내사하던 중 음주 향응을 받았고 그들 일부에게서 뇌물을 받았습니다.”

탁대는 도 과장 쪽을 보며 말했다.

“뇌물 액수가 적히지 않았군?”

도 과장은 그제야 입을 뗐다.

“받긴 했지만 인지를 못했다고 진술하고 있습니다. 나중에 보니 자술서 봉투 안에 돈이나 상품권이 들어서 돌려줬다고 하는군요.”

“우리 방 관련자는?”

도 과장의 목소리를 담담했지만 사무실에는 정적이 흘렀다. 누구든 자기 이름이 호명될까 봐 숨을 죽이는 것이다.

“없답니다.”

탁대가 말하기 무섭게 여직원들의 한숨 소리가 들려왔다. 그래도 순진한 그녀들. 정작 타깃인 권 팀장은 미동도 않고 있었다.

"이팔호, 여기 사실 전부 인정하나?"

도과장이 물었다.

"죄송합니다. 앞으로 주의하겠습니다."

팔호는 바로 고개를 숙였다.

"조탁대."

팔호의 반응을 본 도 과장이 탁대를 바라보았다.

"예?"

"어떻게 했으면 좋겠나? 자네가 조사를 했으니 생각을 말해 보게."

"애당초 제가 생각한 건 해임이었습니다만……."

탁대는 슬쩍 운을 떼며 권 팀장의 반응을 기다렸다. 그러자 권 팀장 도우미 강 주임이 대변을 자처하고 나섰다.

"이봐. 그만한 일로 해임이면 시청 직원 중에 무사할 사람 아무도 없어."

"죄송하지만 아직 뒷말이 남았습니다."

탁대는 공손히 그 말을 받았다. 권 팀장의 시선은 여전히 흔들리지 않았다.

"조사해 보니 다분히 의욕이 지나쳐 그런 것 같아 경고 정도로 끝내고 새로운 자세로 일할 수 있도록 하면 좋겠습니다."

"다른 건은?"

"비리 투서가 들어온 직원 몇 명은 모두 무고한 것으로 밝혀졌습니다. 실제 업무상의 착오나 관행 때문에 일어난 일이지 착복을 하거나 근무태도가 불량한 것은 아니더군요."

도 과장은 탁대의 말을 들으며 서류를 넘겼다. 그런 다음 권 팀장에게 서류를 넘겨주었다.

"권 팀장이 결정하시게."

공은 권 팀장에게 넘어갔다. 서류를 넘기던 그는 모함을 받은 성실 공무원들 명단을 보더니 미간을 찡그렸다. 입맛에 맞지 않는 모양이었다.

"이 친구는 몰라도 뒤의 두 친구는 나도 들은 말이 있는데 무혐의란 말인가?"

권 팀장이 한마디를 던졌다.

"인사에 영향을 미치는 일이라 서두르는 바람에 늦었는데 미진한 것 같으면 천천히 다시 하겠습니다. 이팔호 건도 같이요."

"……?"

권 팀장의 눈빛이 흔들리는 게 보였다. 팔호를 물고 들어가자 마땅치 않은 모양이었다.

"됐어. 이대로 마무리해서 관련 부서에 돌리도록!"

서류가 다시 탁대에게 넘어왔다. 돌아서던 탁대는 팔호를 향해 찡긋 윙크를 날렸다. 일단 둘이 입을 맞춘 대로 돌아가고 있는 것이다.

"이팔호, 괜한 오해 때문에 고생한 거 같은데 커피나 한잔할까?"

권 팀장이 바로 자리를 털고 일어섰다. 그로서는 궁금한 게 한둘이 아닐 테니 너무나 당연한 반응이었다.

"조탁대, 저 자식이 뭘 가지고 들이댄 거야?"

팔호가 커피를 빼들고 상담실에 들어서기 무섭게 권 팀장이 물었다. 잔뜩 찡그린 인상으로 보아 탁대를 향한 불만이 고조된 상태였다.

"주택과 무허가단속 비리 있잖습니까? 어디서 그걸 주어들은 모양이더군요."

팔호는 코웃음을 치며 저간의 상황을 전해주었다. 그의 행동은 탁대와 손을 잡기 이전으로 돌아가 있었다.

"삼자대면을 했나?"

"했지만 제깟 게 어쩌겠습니까? 기능직 아저씨도 눈치가 있으니까 술 한잔 샀다는 것만 말하고 입을 닫더군요."

"하긴 제 놈이 뒈지려고 환장하지 않은 바에야……."

"아, 진짜 또라이 새끼가 따로 없다니까요. 제 분수와 주제도 모르고 말입니다."

"그런데 금품수수 건은 어떻게 새어 나간 거야?"

"그 자식이 점심시간에 제 서랍을 뒤졌던 모양입니다. 상품권 봉투와 현금 봉투가 두엇 있었다는데 현금은 제 거라고 우겼고 상품권은 돌려줬다고 버텼습니다."

"다른 건?"

"없습니다. 그거 두어 개를 가지고 족치면 뭔가 넝쿨째 굴러올 거라고 생각한 모양인데 그건 착각이죠. 우 의원님 건도 피해자가 증언을 안 한 거니 얻을 게 없는 거죠."

"내 얘기는 안 나왔겠지?"

"당연하죠. 저 인간이 아마 제가 팀장님 총애를 받고 있으니까 밀어버리고 싶었던 모양인데 아무튼 민폐를 끼쳐 죄송합니다."

"아무튼 잘 넘어갔으니 다행이군."
"다음부터 더 열심히 하겠습니다."
"그야 여부가 있나? 자넨 동기 중에서 군계일학이야. 경고 같은 거 승진에 이상 없게 해줄 테니 기죽지 말고 근무하게."
"저는 팀장님만 믿습니다."
"그건 그렇고……."
권 팀장은 문 쪽을 슬쩍 바라본 후에 말을 이었다.
"MV 건설하고 태황건설 말이야. 돌아오는 술자리는 멀찌감치 미뤄두는 게 좋겠어."
"미룬다고요?"
"요즘 사무실 분위기가 뒤숭숭하지 않나? 당분간은 조용히 관망만 해야겠어."
"이번에는 바다 낚시였는데 없던 일로 해달라고 해야겠군요."
"그렇게 해. 까짓 바다 낚시야 언제든 갈 수 있는 거니까."
"그럼 언제?"
"인사 뚜껑 열리는 거 봐서 결정하자고. 나머지 오더들도 전부 올 스톱이야. 이 보 전진을 위한 일 보 후퇴. 어차피 도상욱이 밀어내면 칼자루는 내 손에 쥐어질 테니까."
"도 과장님은 정말 명퇴하시는 겁니까?"
"아니면? 감사과장 밀려나면 어디로 갈까? 쪽팔리게 동장으로 나가나?"
"그래도 명퇴하실 기세가 아니라서……."
"한 번 버텨보는 거지만 이미 작업은 완료되었어. 감사과장이 바뀌는 건 100%야!"

"역시 팀장님이?"

"당연히 그래야지. 그래야 나도 서기관 한 번 바라볼 수 있거든."

"잘되실 겁니다."

"나가세. 당분간은 조탁대한테도 너무 각을 세우지 말라고. 긴장을 팍 풀어놓은 다음에 확 조이는 맛도 괜찮으니까."

"역시 조탁대를 뭉개는 겁니까?"

"암, 이 권해관이는 한다면 하는 인간이야."

권 팀장의 눈은 살벌할 정도로 단호했다.

탁! 팔호와 권 팀장이 문을 닫고 나가자 상담실은 적막에 휩싸였다. 두 사람이 나눈 대화를 비밀로 간직한 채!

"이팔호, 소주나 한잔하자."

도 과장과 권 팀장이 퇴근한 후에 탁대가 팔호를 바라보았다. 조사 때문에 찜찜한 감정을 해소하기 위한 자리. 내일은 주말이니 누가 보아도 나쁘지 않았다.

"됐거든요."

팔호는 늘 그렇듯이 까칠하게 거절을 했다.

"가자. 서운한 거 있으면 한잔하면서 풀고."

탁대가 고집을 부리자 팔호는 마지못한 척하며 책상을 정리하기 시작했다.

"어이구, 해가 엄청 길어졌네? 이제 7시도 대낮이야?"

현관 앞에서 탁대가 너스레를 떨었다. 퇴근 시간이면 암흑 같던 세상에 해가 남아 있는 것이다. 팔호와 나란히 내려온 탁대를 보고 맹대우가 눈을 동그랗게 떴다. 탁대는 맹대우를 향해 찡긋 윙크를 날려주었다.

"마셔라."

청사에서 멀찌감치 떨어진 호프집에 자리를 잡자 탁대가 먼저 잔을 들었다.

"오늘 술은 내가 낼게요."

"아니야. 이건 진심 내가 쏜다."

탁대가 고개를 저었다. 팔호의 새로운 면모를 발견한 날, 그 기분으로 한 잔 쏘고 싶었다.

"아닙니다. 형이 봐주는 바람에 기사회생했는데……."

"야, 너 8급 말이 우습냐?"

탁대는 농담 삼아 직급을 들먹거렸다.

"아, 진짜 술도 직급으로 누릅니까?"

"그러니까 눈 딱 감고 지갑 닫아라. 아니지, 돈 쓰고 싶으면 들어갈 때 어머니 딸기나 한 팩 사다드려."

"그럴까요? 어떻게 보면 오늘 재임용된 것과도 같은 날인데……."

"권 팀장이 뭐라든?"

치킨을 집어든 탁대가 물었다. 상담실로 들어갔던 두 사람. 탁대의 이야기를 안 했을 리가 만무했다.

"뒤가 켕기니까 그거 묻더라고요. 혹시나 자기가 엮였나 해서……."

"그래서?"

"형이랑 입 맞춘 대로 했어요."

"그랬더니?"

"그래도 좀 쫄긴 했나봅니다. 당분간 숨 좀 돌리자고 하더라고요."

"오호, 바로 내 뒤통수를 치는 게 아니고?"

"보건소 건이나 우 의원 건, 나아가 황천수 팀장님 건까지 자기 뜻대로 안 되는데 어쩌겠어요? 무리수를 두느니 도 과장님이 명퇴할 때까지 기다리겠다 이거죠, 뭐."

"도 과장님, 정말 명퇴 대상이냐?"

"다른 건 몰라도 성골파가 찍은 건 분명해요. 그게 봉황시의 관행이기도 했고."

"제기랄, 그러고 보면 법도 소용없네. 분명 직업공무원제도에 의해 정년이 보장되는 일인데……."

"워낙 사무관 자리가 적잖아요. 그러니 똥차 치우고 인사물꼬를 트겠다는 건데 그걸 악용하는 거죠 뭐."

"난 솔직히 도 과장님이 그냥 버텼으면 좋겠다. 밀어내는 것도 무능하게 책상만 지키고 앉아서 예산 축내는 사람만이지 그런 분은 예외로 해야 하는 거 아니냐?"

"권 팀장님도 알고 있어요. 단지 그 양반을 밀어내야 자기가 감사과장을 차지할 수 있으니까……."

"그나저나 숨 좀 돌린다면 그 건설사 직원하고 미팅도 안 하겠네?"

"그런 눈치예요. 나중에 디데이가 잡히면 전해줄게요."

"그리고 너 연기 잘하더라? 솔직히 입을 맞추긴 했어도 부자연스러우면 어쩔까 걱정했거든."

"오늘 첫 발령이다 그런 생각으로 임했거든요. 내가 잘못하면 형이 접어두었던 카드를 다시 꺼낼 거 아닙니까?"

"그 말은 왠지 좀 그러네? 사람 쪼잔하게 보이는 것도 같고……."

"조크입니다. 마시세요."

팔호는 웃으면서 술을 권했다.

"좋아. 우리만의 거사를 위하여!"

"그전에 궁금한 게 있어요."

팔호가 건배를 하기 전에 질문을 던졌다.

"뭔데?"

"형 혹시 신들렸어요?"

"신? 귀신이나 뭐 그런 거?"

"내 느낌인데 좀 진짜 그런 측면이 있어요. 뭐랄까? 말로는 간절하니까 이루어졌다고 하지만 가끔은 섬뜩하기도 하고 남의 속도 들여다보는 것 같고……."

"예전에는 달려오던 화물트럭도 세우고?"

"예."

"그래. 나 귀신들렸다. 어쩔래?"

탁대는 두 팔을 치켜들고 하얀 이빨을 드러냈다.

"아, 진짜 장난치지 말고요."

"그러고 보면 나한테 초능력이 있나? 완전 간절하면 나도 몰래 이루어지는 것도 같단 말이지. 예상도 간간이 들어맞고."

탁대는 그 정도로 팔호의 질문을 빠져나갔다.

"됐으니까 마시세요."

곳등을 구긴 팔호가 잔을 치켜들었다. 탁대는 잔이 깨져라 힘차게 부딪쳤다.

짱!

유리 소리와 함께 알콜이 위를 타고 내려갔다. 기분이 편안해졌다. 스트레스 주범의 하나이던 이팔호. 그를 품은 건 참 잘한 일 같았다. 기분이 널널해진 탁대는 이날, 신 나게 달렸다. 팔호도 끝까지 함께했다.

사랑하면 알게 되고 알면 보이나니 그때 보이는 것은 전과 같지 않으리라!

그 명언이 새삼 살갑게 느껴졌다. 전에는 회식 자리에서조차 술맛 떨어지게 만들던 이팔호. 그 안에 숨겨진 좋은 인성을 알게 되자 생각이 바뀌어 버렸다.

탁대는 생각했다.

사람 안에는 세 가지 인간이 살고 있다.

내가 아는 나!

남이 아는 나!

나도 모르고 남도 모르는 나!

그날 밤, 탁대가 모르던 팔호와 만난 탁대는 인사불성이 되어 팔호와 헤어졌다. 아주 쿨하게!

"고맙습니다."

그날 밤, 꿈속에 로르바흐를 만난 탁대는 인사부터 올렸다.

이어 고개를 들자 기분이 청량해지는 걸 느꼈다. 꿈이라 그런지 술기운은 간 곳이 없었다.

"무슨 일로?"

로르바흐가 물었다.

"마법 말입니다. 정말 도움이 되고 있습니다."

"오늘 일 때문이군?"

"늘 고마운 마음이지만 오늘은 특별히 그렇습니다. 덕분에 적을 아군으로 만들었으니까요."

"뿌듯한 모양이군."

"예, 이팔호 그 녀석, 알고 보니 나쁜 놈은 아니더라고요."

"날 때부터 악인이 있나? 어디든 환경이 사람을 만드는 거지."

"공감합니다."

"아무튼 만족하는 걸 보니 나도 기쁘네."

"한편으로는 죄송합니다."

"그건 또 왜?"

"민간 기업 같은 곳은 직원의 능력이 뛰어나면 초고속 승진이 가능하거든요. 실제로 몇 해 만에 공무원으로 치면 3급 정도 되는 이사까지 올라가는 사람도 많으니까요."

"그게 어이해서 그대의 탓이랴? 돌아보면 다 내 탓이지."

"공무원 관계에는 워낙 법이 많습니다. 하다못해 특진도 법에 의하고 있어서……."

"승진에 대한 말이 오가니 구미가 당기는가?"

"이미 특진했으니 그런 마음은 없습니다만 기다리는 대마법사님께 송구해서 그럽니다."

"내 걱정은 말래도."

"원하시면 라도혼 공국이 있던 곳으로 한 번 갈까요? 연가가 있으니 주말 끼어서 가면 빡빡하게 다녀올 수도 있습니다만……."

"마음만 받아두겠네."

"대마법사님!"

"보아하니 계속 쉴 새가 없더군. 혹여 시간이 나면 연인도 챙겨야 하고……."

"좀 그렇긴 하지만 대마법사님이 전해준 마법 때문에 크게 힘들지는 않습니다."

"그걸 보면서 나도 많이 배운다네. 그대의 세계에서 그리 유용할 줄은 생각지 못했기에."

"하긴 라도혼 공국에서는 애들 장난에 불과한 거라고 그랬죠?"

"상대성이 무섭다는 걸 절절하게 느끼고 있다네. 내 창대한 마법이 무한한 드래곤의 힘 앞에서 속절없는 것도 그와 다르지 않고."

"그동안 다른 길을 찾지는 못하셨나요?"

"대안 말인가?"

"네."

"틈틈이 고민은 하고 있네만 그리 쉽겠나? 일단은 그대가 4급으로 올라가는 걸 기다릴 수밖에."

"푸헐, 4급……."

탁대는 자신도 모르게 기침을 토했다. 한 계단을 올랐지만 4급은 여전히 요원해 보였다.

"조바심 내지 말고 임하시게. 조바심은 모든 걸 그르치는 지름길이니."

"그럴 생각입니다."

탁대가 웃자 로르바흐는 안개에 휩싸여 사라졌다.

'응?'

잠에서 깨어났을 때 탁대는 조금 놀랐다. 술 때문에 다소 피곤하지만 머리는 맑았다. 토요일이니 좀 더 잘까 하다가 자리를 털고 일어났다. 책상 위에 놓인 책이 눈에 들어온 것이다.

'심리란 무엇인가?' 탁대가 인터넷으로 신청한 책이었다. 탁대는 기지개를 켜고 포장을 뜯었다. 책은 두툼했다. 하긴 거금 38,000원을 투자한 놈이다.

이 책이 필요한 이유가 있었다. 순간 독심에 이어 추가된 리버스 독심. 이것들은 너무나 유용했다. 하지만 제대로 사용하려면 스킬이 필요한 경우가 있었다. 상대에게 탁대가 원하는 생각을 갖게 하려면 더욱 그랬다. 물론 아무거나 찌르고 자극해도 효과는 있었지만 상대에 따라서는 막히는 경우도 있었던 것이다.

역시 알고 보거나 호기심을 갖고 보는 책은 달랐다. 빽빽한 활자의 숲에도 불구하고 전혀 부담이 되지 않았다.

인간에게는 세 가지 심리가 있다.

의심심리.

습관심리.

본능심리.

의심심리는 감정을 받아들이고 생각을 하며 기억을 한다.

습관심리는 말과 행동, 표정으로 표현하고 생각으로 재해석하는 역할을 한다.

본능심리는 행복을 추구하려는 본능이다. 나아가 앞선 두 심리를 통제하기도 한다. 중요한 건 이 심리인데 인간이 희노애락애악욕의 감정에 대해 기억하고 표현하는 건 행복하려는 본능심리에 따른다는 것이다.

'흐음, 그럼 이 본능심리를 주로 공략해야겠군.'

다음으로 머리에 넣은 건 안전 거리였다. 내가 힘들 때 손을 내밀면 잡을 수 있는 거리에 있는 사람. 그런 사람이 많으면 많을수록 그 제곱에 비례해 행복해지는 게 인간이다. 하지만 이 거리 안에 든 사람에게 상처를 입을 때 인간은 가장 큰 아픔을 느끼게 된다.

'이게 바로 믿는 도끼에 발등 찍힌다 그거고…….'

얼마나 읽었을까? 한참 몰입해 있을 때 거실에서 마더의 목소리가 반갑게 넘어왔다.

"탁대야, 해장국 끓였으니까 일어났으면 먹고 자라."

거실로 나오자 마더와 동환이 식탁 앞에 앉아 있었다.

"웬 술을 그렇게 마셨어?"

마더의 목소리에는 애정이 담뿍 담겨 있었다.

"좀 까칠하던 놈하고 친하게 되어서 먹다 보니 그렇게 되었네요."

탁대는 빈 의자를 당겨 앉았다.

"아, 참… 그 다리 안전 점검 말이다. 다 끝난 거냐?"

북어국을 뜬 동환이 물었다.

"그런 걸로 알고 있는데요? 약간의 하자가 나오긴 했다던데 안전에는 큰 이상이 없다고 들었어요."

"그래?"

탁대의 설명을 들은 동환이 고개를 갸웃거렸다.

"왜요?"

"아니, 그저께 우리 회사랑 거래하는 지방 회사에서 화물 트럭이 왔는데 그 다리 건널 때 기분이 이상하더라는 거야."

"어떻게요?"

"가운데쯤 오니까 약간 울리는 거 같다고……."

"짐을 너무 실어서 그러는 거 아니에요?"

듣고 있던 마더가 끼어들었다.

"글쎄… 들을 때는 대수롭지 않게 들었는데 탁대 얼굴을 보니까 생각이 나네."

"이이가 그렇잖아도 바쁜 애를……."

마더는 눈으로 레이저를 쏘며 동환에게 핀잔을 주었다.

"아마 그런 것 같네요. 안전에 이상이 있을 정도면 조치를 취했을 거거든요."

"하긴 다리 위에서는 바람만 불어도 차가 흔들릴 때가 있으니."

동환은 더 이상 묻지 않았다.

다리!

그 말을 들으니 잊고 있던 양주 12병이 탁대의 뇌리에 떠올랐다. 다들 달콤한 승진을 꿈꾸었을 성골 핵심 인물들. 그 양주 사건으로 인해 물먹은 인간이 한둘이 아닐 것을 생각하니 속이 확 풀려 버렸다. 하지만 한편으로는 걱정도 되었다. 어차피 짜고 치는 고스톱이라면 그게 무슨 상관일까? 감봉 이상의 중징계가 아니라면 슬쩍 승진시킨다고 해도 어쩔 수 없는 일이었다. 그게 바로 엿장수 마음대로라는 것이다.

'젠장!'

풀렸던 속이 다시 확 꼬여왔다.

모처럼 휴일을 즐기던 저녁 무렵, 탁대는 차에 시동을 걸었다. 그런 다음 도서관을 향해 달렸다. 혜자의 카톡이 들어온 까닭이었다.

—몸살이 난 거 같아서 오늘은 일찍 집에 가야겠어요. 오빠는 감기 걸리지 마세요.

그렇잖아도 저녁때 데리러 갈까 생각하던 탁대는 바로 문자를 날렸다.

—데리러 갈게.

탁대가 생각한 건 따뜻한 저녁 식사였다. 공부에는 도와줄 일이 없었다. 그러니 그녀의 아픈 몸을 위해 밥이라도 사줄 생각이었다.

가는 길에 많은 현수막이 보였다. 주말이 되면 물밀 듯이 걸리는 불법 현수막과 광고들. 공무원은 저 불법 현수막을 수거해야 한다. 슬프게도 그건 의무였다. 심지어는 건수별로 점수화해서 업무 실적에 반영한다.

탁대도 근무 시간에 두어 번 불법현수막 단속을 나간 적이 있었다. 하지만 주중에는 많지 않다. 대다수가 주말에 집중되는 것이다.

왜냐면 저들도 알고 있다. 주말에는 공무원이 단속하지 않는다는 사실. 나아가 주말에는 나들이 가는 사람이 많으므로 주말 장사를 노려 더욱 기승을 부리는 것이다.

탁대는 줄줄이 걸려 있는 불법 현수막을 지나쳤다. 불법이지만 어쩔 수 없다. 저걸 내건 사람도 먹고 살아야 한다. 그건 시장도 인정하는 바였다.

"오빠!"

혜자는 계단참에 나와 있었다. 그 앞에 활짝 핀 목련꽃에 묻힌 그녀는 드라마의 여주인공처럼 보였다.

"피이, 나 놀리는 거죠?"

탁대의 말을 들은 혜자가 볼멘소리를 냈다. 몸살이 심한지 목소리도 쉬어 있었다.

"많이 아파?"

"어제 병원에 가야 했는데 동강 때문에 안 갔더니 이 꼴이에요. 가면서 약국에서 약 사려고요."

"아직 약도 안 먹었단 말이야?"

"공부하다 보니 나가는 것도 귀찮아서……."

혜자가 얼굴을 붉혔다. 그걸 본 탁대의 심장이 철없이 뛰었다. 자기 일에 최선을 다하는 사람은 누구나 아름답다. 하물며 그게 애인인 바에야.

"안 돼요. 감기 옮는단 말이에요."

탁대가 뽀뽀를 하려 하자 혜자가 몸을 뺐다.

"감기는 원래 남에게 옮겨줘야 낫는 거거든."

탁대는 양보하지 않았다. 혜자에게서 풍기는 체취 때문에 참을 수도 없었다.

"응? 여긴 집으로 가는 게 아니잖아요?"

도로에 올라서자 혜자가 물었다. 탁대는 빙그레 웃으며 계속 달렸다. 둘이 내린 곳은 싸고 푸짐한 한우 한 마리집이었다.

"여기 비싼 거 아니에요?"

등심을 시키자 혜자가 울상을 지었다. 뻔한 8급 공무원 월급을 아는 까닭이었다.

"걱정마시고 드시기나 하세요. 여기 박리다매라서 한 근에 꼴랑 24,000원이거든요."

"진짜?"

"그럼. 저기 메뉴판… 응?"

커다란 메뉴판을 보던 탁대의 눈이 동그랗게 변했다. 한우라고 쓰여 있던 자리 위에 덧붙여진 글자 때문이었다.

〈미국산〉

"울라, 저번에는 분명 한우였는데……."

"그럼 그렇지. 한우가 무슨 한 근에 24,000원이에요?"

"다른 데 가자."

탁대는 엉덩이를 들었지만 일어서지는 못했다. 혜자가 눌러 앉혔기 때문이었다.

"그냥 먹어요. 우리 형편에 딱이네. 양 많고 값 싸고……."

"에이, 큰맘 먹고 온 건데……."

탁대는 별수 없이 눌러앉았다. 수입산이라는 말 때문에 기분이 찜찜해졌지만 그래도 바로 구워 먹으니 가격 대비 나쁘지 않았다. 그녀와 함께여서 그런 모양이었다.

"아플 때는 하루쯤 푹 쉬어. 가끔은 머리를 비워야 더 잘되거든."

"미안하지만 그렇게 못해요. 남은 시간도 많지 않은데……."

혜자는 고개를 저었다. 아픈 몸으로도 쉴 생각을 않다니. 탁대는 혀를 내둘렀다. 여자들이 각종 시험이나 고시에서 약진하는 이유를 알 것 같았다.

"시간 맞춰 먹고 일찍 자."

그녀의 집 앞에서 탁대는 약을 내밀었다.

"고려해 볼게요."

혜자가 웃었다. 탁대는 그녀를 당겨 가만히 품에 넣었다. 봉긋한 가슴이 느껴지자 호흡이 가빠왔다. 어쩌면 머리카락 향기까지 이렇게 좋은 걸까?

'이 여자… 내 삶을 뒤집어놓고 있다.'

탁대는 자꾸만 혜자에게 끌렸다. 그녀를 피곤하게 하지 말아야지 하면서도 본능은 주머니 안에서 독 오른 뱀처럼 고개를 들고 빳빳하게 나댄다. 하지만 물총이나 한 번 쏘아야겠다는 추한 욕망은 아니다. 그녀에게 향하는 사랑이 똬리를 트는 것이다.

"다 나으면 다음에 내가 진짜로 맛있는 찌개 끓여줄게요. 다다음 주에 엄마 아빠, 부산 친척의 결혼식에 가서 하룻밤 자고

올 거거든요."

"진짜?"

목소리가 너무 컸다. 탁대는 제 목소리에 놀라 얼굴을 붉혔다.

"그러니까 감기 걸리지 말고 근무 잘해요."

"아, 오늘 가서도 괜찮은데……."

"어우, 뭐야?"

탁대를 귀엽게 째려본 혜자가 차에서 내렸다. 그녀는 가볍게 손을 흔들고는 집으로 들어갔다. 놀라운 희소식이었다. 그녀의 부모님이 집을 비운다는 말. 그날을 생각하니 탁대의 마음이 급해졌다.

하지만!

시청에서는 그보다 더 놀라운 소식, 세상이 뒤집힐 만한 사건이 탁대를 기다리고 있었다.

* * *

어쩐지 반팔을 입어도 될 것처럼 화창한 아침, 탁대는 팔호와 함께 보건소 출근점검에 나섰다. 인사철이면 찾아오는 어수선한 근무기강을 확립하기 위해서였다.

"오늘은 정보 안 흘렸냐?"

운전대를 잡은 탁대가 물었다. 팔호는 조수석에서 메모를 보고 있었다.

"걱정 마세요. 오늘은 입도 벙긋 안 했으니까."

"하긴 네가 입 닫으면 뭐하냐? 강 주임도 있고 유 주임도 있는데……."

"그건 그래요. 감사실에서는 그런 정보 흘려주는 것도 유세거든요."

"그러니까 맨날 뺀질이가 득세하는 거잖아."

"뭐 그렇긴 하지만 어쩔 수 없는 거 같아요. 친분이라는 게……."

"아직도 줄서기 예찬이냐?"

"아뇨. 우리나라 사회가 그렇다는 거죠, 뭐. 나도 줄 안 서고 정정당당히 실력으로 평가받는 거, 나쁘지 않다고 생각해요."

"그나저나 인사 뚜껑은 언제 열린다냐? 맨날 오늘내일하면서……."

"오늘 아니면 내일 열릴 거 같아요. 시장님이 주말에 장고를 끝내고 도장을 찍을 거 같다네요."

"역시 넌 정보통이야."

"에이, 자꾸 그러지 말아요. 이제 낙동강 오리알인데……."

"그런 말하면 패배주의자가 되는 거다. 난 멋진 놈이야. 그렇게 생각해. 네가 어때서?"

"하긴 내가 좀 샤프하긴 하죠?"

"인정한다. 그러니까 오늘도 그 샤프함으로 근무 질서 한 번 제대로 세워보자."

"다 왔습니다."

팔호의 말과 함께 보건소 입구가 눈에 들어왔다. 탁대는 팔호와 함께 차에서 내렸다.

주차장 문제없음.

로비 청소 상태 양호.

보건소 이용물 비치 상태 불량.

로비 생수, 빈 채로 방치. 불량.

탁대와 팔호는 순식간에 근무 환경을 파악하며 보건행정과 문을 열었다.

"어?"

테이블에서 신문을 보고 있던 주임이 먼저 반응을 했다. 직원들은 과장을 위시해 네 명이 출근해 있었다.

"감사실 직원입니다. 출근 및 근태점검 나왔으니 협조를 부탁드립니다."

직원증을 꺼내든 팔호가 정중하게 요청했다. 전혀 낌새를 차리지 못하고 있던 과장과 주임 등은 당황하는 기색이 역력했다.

"출근점검할 수 있게 책상을 좀 준비해 주시겠습니까?"

"알았습니다. 준비할 테니 일단 앉아서 차라도……."

"괜찮습니다."

여기까지는 계속 팔호가 역할을 맡았다. 그동안 탁대는 행정과에서 나와 각 실을 돌았다. 청소 상태는 양호했다. 하지만 보안 개념은 형편없었다. 사람이 없음에도 열린 문이 많았다.

최근에는 점심시간 절도가 기승을 부린다. 바로 이런 허점 때문이었다. 공공기관이니까 안전하겠지 하는 생각은 금물이다. 오히려 그 틈새를 노리는 지능범도 많았다.

출근 시간!

탁대는 정문에 나와 있었다. 저만치 공익과 여직원이 보였다.

둘은 연신 핸드폰을 걸어댔다. 보지 않아도 안다. 직원들에게 빠른 출근을 독려하는 것이다.

“출근점검 나왔어요. 빨리 오세요.”

심지어는 버스정거장에서 내린 직원들을 독촉하기까지 한다. 출근점검의 마지노선인 8시 50분이 가까워오자 더욱 그랬다. 탁대는 거품을 물며 달리는 여직원을 따라 보건소로 들어섰다.

8시 50분!

팔호가 출근부에 붉은 라인을 그었다. 이제 이 밑으로 적히는 이름은 전부 지각에 속했다. 그런데 하필이면 잡포 멤버 권현지가 그 직후에 들어왔다.

“주차 때문에 늦었는데 좀 봐줘요.”

현지의 눈이 팔호에게 향했다. 팔호는 고개를 저었다.

핑계는 많았다.

오다 접촉 사고가 나서 잘잘못 가리느라.

오는 길에 민원신청자 자택에 들리느라.

예방접종 안내하고 오느라.

이날의 백미는 두 번 적힌 이름이었다.

오수연.

보건소 행정과 소속의 내과 간호사. 이 직원의 이름이 두 번이나 적혀 있었다. 사연은 간단하다. 아무리 직원이라고 해도 보건소처럼 외청으로 분리된 사업소라면 직원의 얼굴을 알 수 없다. 그걸 이용해 꼼수를 부리다 실수한 것이다.

즉 일찍 나온 직원이 자기 이름을 쓰고는, 안으로 들어가 간호사 가운을 입고 나와 오수연 이름을 대신 적었다. 그런데 그 연락을 받은 진짜 오수연이 깜빡 잊고 자기도 출근부에 사인을 한 것이다.

"죄송합니다!"

행정과로 불려온 오수연과 꼼수 간호사가 고개를 떨구었다. 탁대는 말없이 자술서를 받았다. 출근 시간 몇 분이 중요한 건 아니다. 하지만 이런저런 이유로 봐주다 보면 결국 공직 기강은 흐트러지게 마련이었다.

이날 보건소에는 병가 직원이 속출했다. 자그마치 5명. 다른 날에 비해 유독 많았다. 이유인즉슨 기왕 지각을 해서 걸리느니 아예 집으로 돌아가는 병가를 택해 하자를 방지한 것이다. 그건 감사실로서도 어쩔 수 없는 일이었다. 연가나 병가는 공무원에게 보장된 일이니 합법적인 꼼수까지 막을 수는 없었다.

"에이, 요즘 감사실 왜 이렇게 빡빡해졌어?"

적발 사항이 적지 않자 행정과장이 혀를 차며 볼멘소리를 토했다. 보안이 제대로 된 날의 점검은 확실히 효과가 있었다. 이 정도 긴장감을 주어야 기강이 서는 것이다.

"점검은 제대로지만 욕 꽤나 먹을 겁니다."

행정과를 나올 때 팔호가 웃었다.

"그거 전부 내 탓으로 돌려라. 똘아이 조탁대 때문에 어쩔 수 없었다고."

"형."

"나는 상관없다. 내 이미지는 어차피 극과 극일 테니까."

"됐어요. 어쨌든 제대로 하니까 뿌듯하기는 하네요. 뒤통수가 좀 따갑긴 해도."

그때 복도 끝 방에서 권현지가 나왔다.

"팔호 씨, 탁대 씨."

그녀의 목소리는 심상치 않게 고양되어 있었다.

"크헐, 아무래도 한 소리 들을 각오는 해야겠는 걸?"

동기 잡아서 좋냐는 비난은 각오한 터. 그런데 현지가 토한 말은 탁대의 짐작을 빗나가도 한참을 빗나가 버렸다.

"인사 뚜껑 열렸대요!"

"응?"

"대감사실이 그것도 몰라요? 지금 다들 난리예요."

"……?"

탁대와 팔호는 짧은 눈빛을 주고받고는 주차장으로 뛰었다. 그렇게 무성하던 인사가 단행된 것이다. 탁대는 미친 듯이 가속기를 밟았다.

"젠장, 들어가기 무섭게 권 팀장님이 과장 자리 차지하고 있는 건 아니겠지?"

"……."

탁대의 물음에 팔호는 입을 다물었다. 긴 거리도 아니지만 탁대의 머리에는 수많은 생각이 교차해 갔다.

청사는 현관부터 어수선했다. 탁대와 팔호는 한달음에 감사실로 올라갔다.

"……!"

문을 연 순간 탁대는 과장석부터 바라보았다. 도 과장은 보이지 않았다. 아니, 보이지 않는 것만이 아니라 책상이 휑해 보였다. 짐을 꾸린 것이다.

'2RUN C8.'

욕이 저절로 나왔다. 딱히 도 과장을 추종하는 것도 아니었다. 존경하는 것도 아니었다. 하지만 그는 최소한 공직자로서의 기본을 갖춘 사무관이었다. 그런데 파워 게임에서 밀려 사표를 내야 한다니.

다음으로 권 팀장 책상으로 시선이 옮겨갔다. 권 팀장도 보이지 않았다.

"점검 다녀왔습니다."

팔호가 입을 뗐지만 테이블에서 수군거리던 선우 팀장과 이겸수 팀장은 눈길도 주지 않았다. 맥이 탁 풀렸다.

그때였다. 용석봉 팀장이 열린 문을 밀며 들어섰다.

"용 팀장님."

탁대는 눈을 동그랗게 뜨고 그를 바라보았다. 용 팀장이 이 상황에 여기에 웬일이란 말인가. 그런데 탁대에게 손까지 내민다. 그리고는 이렇게 입을 열었다.

"나 감사실로 발령 났어."

"……?"

"잘 부탁하네. 감사실 선배 조탁대 주무관!"

"팀장님……."

어리둥절하는 사이에 컴퓨터를 확인하던 팔호가 악 하고 낮은 비명을 질렀다.

"왜 그래?"

탁대가 돌아보았다.

"우리 과장님이……."

팔호는 뒷말을 잇지 못했다. 용 팀장 뒤에 들어선 인물 때문이었다.

"팀장님!"

용석봉 뒤에 우뚝 버티고 선 사람, 그는 다름 아닌 황천수였다.

"그럼 황 팀장님도 감사실로 보직 이동?"

탁대가 뒷말을 잇지 못할 때 용석봉이 꾸짖듯 한마디를 보탰다.

"어허, 신임 감사실장님에게 이동이라니?"

"……!"

쾅!

콰광!

탁대의 뇌리에 뇌성벽력이 쳤다. 오죽 놀랐으면 자신도 모르게 순간독심 마법까지 날렸다. 그리고 탁대의 몸이 휘청거렸다. 그건 농담이 아니었다.

"오셨… 습니까?"

선우 팀장과 이겸수 팀장, 이하 모든 직원이 일어나 목례를 올렸다. 만년 행정주사 황천수. 그가 마침내 공무원의 꽃이라는 사무관 승진을 이룬 순간이었다.

"잘 부탁하네."

황천수가 탁대에게 손을 내밀었다.

"팀장님."

"어허, 이제 과장님이래도."

또 한 번 탁대에게 호의적인 주의를 주는 용 팀장.

"과장님……."

탁대의 목소리가 흔들리자 황천수는 탁대의 어깨를 두드려 주었다.

"축하… 드립니다."

탁대의 목이 메어왔다. 아는 사람이 과장으로 와서가 아니었다. 킬리만자로의 고독한 표범처럼 혼자 좌충우돌 뛰어야 했던 조탁대. 그 보람이 황천수를 구제한 것 같아 행복했다.

'잘됐다. 정말 잘됐다.'

가슴에 박하향이 퍼져 갔다. 하지만 오래 가지는 않았다. 황천수의 일은 정말 잘된 일이지만 도 과장에 대한 아쉬움이 있었던 것이다.

"도 국장님은 어디 가셨나?"

황천수가 두리번거리는 순간 탁대는 귀를 의심했다. 도 국장? 탁대가 아는 한 봉황시 4급 국장 중에 도씨 성을 가진 사람은 없었다. 짧은 의문을 해결해 준 건 팔호의 외침이었다.

"세상에, 도 과장님이 복지지원국장으로 승진했어요!"

"……?"

차마 믿기지도 않는 일. 탁대는 얼른 팔호가 보고 있는 인사 발표 화면으로 시선을 돌렸다.

'아아!'

탁대의 입에서 신음소리가 새어 나왔다. 몇 번을 보아도 화면은 변하지 않았다.

도상욱—지방행정사무관—지방행정서기관에 임함—복지지원국장에 임함.

황천수—지방행정주사—지방행정사무관에 임함—감사실장에 임함.

탁대가 바라던 두 사람의 이름이 하늘의 별빛처럼 반짝거렸다. 겨우 숨을 돌린 탁대는 권해관의 이름을 찾았다. 그 이름은 인사 명단에 없었다.

그때 시장실에 갔던 도 과장이 들어섰다.

짝짝짝!

탁대는 따뜻한 박수를 보냈다. 이어 멀뚱거리는 팔호의 정강이를 걷어찼다. 팔호도 박수 대열에 합류했다. 그것이 신호였다. 여직원들과 유 주임, 노 주임도 박수를 보냈다.

기사회생! 이보다 더 극적인 일이 어디에 있을까? 탁대는 손바닥이 뜨거워지도록 박수를 멈추지 않았다.

3룡의 승천!

이번 인사의 알짬은 바로 그것이었다. 황천수와 더불어 봉황시 행정달인으로 꼽히는 3인방이 나란히 사무관을 꿰찬 것이다.

장광백, 도시개발과장.

류청봉, 규제개혁단장.

남은 일부 사무관 자리에서도 성골의 약진은 없었다. 그 누구도 예상치 못한 인사였다.

가장 충격적인 것은 성골의 핵심 중 한 사람인 공 국장이 사표를 내고 시개발공사로 옮겨간 일이었다. 사표를 내느니 마느니 설왕설래하던 일이 현실로 일어났다. 하지만 그 자리는 당연히 총무과장이나 인사과장이 갈 자리였다.

그런데!

사임 압력을 받던 도상국 과장에게 그 자리를 내주는 경천동지할 일이 일어난 것이다.

나중에 안 일이지만 이건 김성곽 시장의 굉장한 모험이었다. 이미 지나친 파벌과 자기 사람심기로 비난을 자초하던 터였다. 그럼에도 불구하고 또다시 성골 중심의 인사를 단행하면 조직의 반발과 함께 민심을 잃을까 두려움이 든 것이다.

거기에 결정적인 역할을 한 게 바로 표강일이었다. 공정한 인사와 시 공무원의 비리척결을 무기로 압박하는 그의 견제는 김성곽이 무시할 정도의 크기가 아니었다. 당장 돌아오는 선거에서 적으로 만날지도 모르는 독보적인 시장 후보. 그를 넘어서는 큰 통을 가진 시장으로 차별화되고 싶은 김성곽이었다.

〈개혁 이미지.〉

〈공정한 이미지.〉

김성곽은 그걸 원했다. 그렇기 때문에 역발상으로 마지막 3안을 뽑아들었다. 그 자신, 열린 시장이라는 이미지를 얻고 싶었던 것이다.

'성골에게는 잠시 경종도 울릴 겸…….'

시장의 한 수, 따지고 보면 그 안에는 많은 복선과 정치적 계산이 포함되어 있었다.

한 가지 덤으로 놀라운 사실도 있었다. 그 주인공은 황천수의 사물 박스를 들고 온 용석봉 뒤에 선 윤아였다. 그녀의 품에도 사물 박스가 들려 있었다.

"황 과장님 짐인가요? 이런 거는 저를 시키시지……."

반가운 마음에 탁대가 손을 내밀 때 윤아의 입에서도 반가운 말이 쏟아져 나왔다.

"인사이동 명단 안 봤어요? 나도 감사실 발령이에요."

'오오옷!'

생긋 웃고 있는 윤아. 그 미소는 탁대가 첫 발령을 받은 교통과 시절, 그때 문을 열고 들어서던 반가운 모습 그대로였다.

〈감사실장 황천수.〉

그가 마침내 과장 자리에 앉았다. 말은 한마디도 하지 않았다. 그래도 후끈 카리스마가 뿜어져 나왔다. 누구처럼 비벼서 딴 자리가 아니었다. 누구처럼 줄 잘 서서 얻은 사무관이 아니었다. 누구처럼 뇌물로 산 자리도 아니었다.

권해관, 이겸수, 용석봉.

세 6급 팀장은 침묵하고 있었다. 선우 팀장은 용석봉과 자리를 바꿔 교통과로 내려갔다. 주무주임 강덕길도 타 과로 전보되었다. 감사실에는 폭풍전야의 긴장이 감돌았다. 새로 바뀐 과장, 그는 과의 업무를 재배치할 권한을 가지고 있었다.

"……."

가장 고통스러운 건 권해관이었다. 무소불위의 파벌도(派閥刀)를 휘두르던 권해관. 그의 얼굴은 차마 바라볼 수도 없을 정도로 처참하게 일그러져 있었다. 왜 아니겠는가? 하필이면 그가 꿈에도 생각지 않던 최악의 일이 일어난 것이다.

도상욱의 국장 영전.

그것만으로도 권해관은 치명적이었다. 도상욱이 감사실을 지휘 감독하는 국장은 아니지만 인사위원회에는 참여한다. 그건 권 팀장이 사무관이 되는 길에 거대한 암초가 틀림없었다.

황천수의 사무관 영전.

이 또한 그 못지않은 치명타였다. 알 사람은 다 알고 있다. 권 팀장이 황천수의 등에 비수를 찍으려 했다는 사실. 그런데, 그런 그가 하필이면 직속상관으로 부임했다. 그것도 자신이 꿈꾸던 바로 그 자리에.

'으윽!'

통한의 권해관. 그를 바라보면 꾹 닫힌 입에서도 신음이 새어 나오는 것 같았다.

'쿡쿡쿡!'

탁대는 허리를 숙이고 웃음을 삼켰다. 참으로 볼만한 풍경이었다. 권해관이 황 과장 옆에 서서 업무 보고를 하고 있는 것이다. 저 속은 얼마나 타들어갈까 생각하니 더는 참을 수가 없었다.

이겸수 팀장의 보고까지 끝나자 황천수가 일어섰다.

"다들 잠깐 회의 좀 할까요?"

황 과장의 한마디에 사무실에는 긴장감이 감돌았다.

"차는 제가 준비하죠."

탁대는 자진해 손을 들었다. 반가운 사람이 셋이나 감사실로 옮겨왔다. 그러니 이런 수고쯤은 문제가 없었다.

황천수, 조윤아, 그리고 용석봉.

사실 전 같았으면 용석봉은 비호감의 극치였다. 하지만 그도 악몽을 고쳐 준 후로 호의적으로 변했다. 그러니 반가운 사람으로 분류해도 이상할 게 없었다.

"다들 알겠지만……."

일동이 줄을 지어 테이블로 모여들자 황천수가 말문을 열었다.

"내가 곧 6주간의 사무관 리더십 과정 교육을 갑니다."

황 과장은 잠시 말문을 멈추었다. 도 과장이 말할 때는 곧잘 끼어들던 권 팀장의 아랫입술은 움직일 기세가 없었다.

"그런데 나 말고도 전보된 직원이 둘이나 있으니 가기 전에 업무 분장을 할까 합니다. 팀장님들 의견은 어떻습니까?"

"……."

권 팀장과 이 팀장은 입을 열지 않았다.

"특별한 의견이 없다면 이 사람 생각대로 정해드릴 테니 조금 마땅치 않더라도 감사실 업무에 문제가 되지 않도록 애써주시기 바랍니다."

황천수가 메모를 꺼내들었다.

이때까지만 해도 탁대는 별생각을 하지 않았다. 새로 온 사람이라면 용석봉과 조윤아였다. 용석봉은 선우재풍을 대신해 왔으니 그 자리를 주면 그만이었다. 남는 건 조윤아 한 명인데 감사실에는 그보다 고참 7급이 있으니 그를 주무주임에 앉히고 조윤아가 그 자리를 맡으면 끝이다.

하지만 황천수의 메모는 아주 다른 내용을 담고 있었다.

"주무팀장은……."

황천수가 운을 떼자 권 팀장의 눈자위가 꿈틀거리는 게 보였다. 주무팀장은 권해관의 아성이다. 그가 감사실을 나가면 모를까 누구도 그 자리를 넘보지 않았다.

"용석봉 팀장이 맡아주세요!"

쾅!

콰광!

탁대의 뇌리에 다시 한 번 천둥이 일었다. 권 팀장의 뇌리에는 그보다 더 큰 천둥이 일었다. 나머지 직원도 벌린 입을 다물지 못했다. 감사실의 실권자 권해관. 그의 아성에 쓰나미가 덮친 것이다.

"과장님, 주무팀장 자리는……."

권 팀장 옆에 있던 이겸수가 놀라 이의를 제기했지만 황천수는 눈길도 주지 않고 다음 말을 이어갔다.

"이겸수 팀장은 선우 팀장 업무로, 권해관 팀장은 이겸수 팀장 업무로 이동합니다."

"과장님, 이건……."

이겸수가 한 번 더 튀었다.

"문제가 있습니까?"

황천수는 또박또박한 존댓말로 이겸수를 쏘아보았다. 강철 같은 안광에서 우러나오는 경륜과 신념. 그건 이겸수 따위가 넘볼 수 있는 게 아니었다.

"여러분은 감사실 안에 있어서 평판에 둔감합니다. 지금 밖에서는 감사실의 공정성이나 신뢰에 대해 심각한 문제를 제기하고 있습니다. 그러니 이제부터라도 심기일전해야 하지 않겠습니까?"

"아무리 그래도 권 팀장님이 선우 팀장 자리로 가는 건……."

"두 분은 같은 팀을 3년 이상 이끌었어요. 이건 인사 원칙에도 부합하는 걸로 아는 데요?"

황천수는 미동도 하지 않았다. 말문이 막힌 이겸수는 한숨과 함께 항복하고 말았다.

"다음으로 주무주임은 조윤아 씨가 맡아주세요. 이건 감사실 고참 7급 중에서 맡아도 되겠지만 새 술은 새 부대에 넣으라고 했으니 쇄신 차원에도 부합하다고 봅니다."

닥치고 복종!

황천수의 눈빛에서 안광이 쏟아져 나왔다. 그 기개에 눌린 감사실 직원들은 텃세는커녕 입도 벙긋하지 못하고 물러났다.

황천수와 권해관의 첫 라운드는 황천수의 압승이었다.

'으악, 꼬셔라.'

탁대에게는 신 나는 광경이었다. 펄펄 뛰던 권해관의 찌그러진 얼굴도 볼만했거니와 판을 뒤엎는 참신한 보직 변경도 마음에 들었다.

'역시 황 팀장님이라니까. 아니, 이제 과장님인가?'

매사에는 처음이 중요하다. 초임 사무관이니까 대충 과 고참 팀장의 의견을 받아들여서 과를 운영하려고 하면 허투루 보이기 십상이다.

"회식을 대신해 간단한 점심을 내는 것으로 신고식을 하겠습니다. 조윤아 씨가 예약을 하고 전 직원은 빠짐없이 참석해 주세요."

저녁 내내 눈치 보지 않아도 되는 점심 회식, 황천수의 마지막 말까지 탁대의 마음에 들었다.

그런데!

침묵하던 권 팀장은 끝내 점심 회식에 참여하지 않았다.

"속이 좀 안 좋아서 다음에……."

권 팀장의 핑계는 간단했다. 황천수도 별로 문제 삼지 않았다. 못 먹겠다는 걸 억지로 끌고 갈 수는 없는 노릇이었다.

회식은 화기애애했다. 용 팀장은 전보다 겸손해져 있었고 윤아 역시 싸가지 상실파가 아니었다. 게다가 둘은 노장무와 양미림을 잘 알고 있어 친화에도 문제가 없었다.

"역시 인생은 새옹지마라니까."

탁대 옆에 앉은 윤아가 참치회를 집으며 고개를 갸웃거렸다.

"왜요?"

"탁대 씨 말이에요. 감사실에서는 나보다 고참이잖아요? 게다가 유명세도 엄청나고."

"에이, 그거 다 헛소문이에요. 나 감사실에서 얼마나 갈굼당하는데요."

"진짜요?"

"어이, 나 못 잡아먹어서 안달인 이팔호 씨. 우리 새 주무주임님께 말 좀 해드려."

"그걸 왜 내가 말합니까? 본인이 직접 말하지."

팔호는 여전히 각을 세웠다. 둘의 친분은 어디까지나 사적인 영역에서만 이루어지고 있었다.

"아무튼 감사실 처음이라고 갈구기만 해봐. 탁대 씨 그냥 안 둘 테니까."

"네. 알아서 모시겠습니다. 조 주임님!"

탁대는 굽신 허리까지 숙여보였다. 그 모습을 본 여직원들이 까르르 웃음을 터트렸다.

식사를 서두른 탁대는 사무실로 향했다. 오늘은 원래 탁대가 점심 당번이었다. 신임과장과의 식사라 대신 공익을 잡아 앉혀 두고 나오긴 했지만 그렇다고 다른 직원처럼 1시까지 퍼질러 있을 수는 없었다.

'저 자식…….'

권 팀장에게 줄 초밥도시락을 들고 로비에 들어섰을 때였다. 음료자판기 앞에 모여 있는 공익들 틈바구니에 조수윤이 보였다.

"야, 조수윤!"

탁대가 부르자 공익은 만사를 제치고 달려왔다.

"뭐야? 사무실 지키랬더니 왜 여기 있어?"

"권 팀장님이 나가랬어요."

'권 팀장님?'

별일이었다. 속이 안 좋다는 건 뻔한 핑계인 줄 알고 있는 탁대였다.

'진짜 속이 안 좋은 건가?'

어쩌면 그럴 수도 있겠다 싶은 마음에 계단을 올랐다. 그런데 감사실 앞에 이르자 안에서 고성이 들려왔다.

"아니, 지금 그게 말이 돼?"

문을 열려던 탁대는 손을 멈추고 귀를 기우렸다.

"아무튼 알아서 해결하라고. 낸들 땅 파서 먹고 사는 줄 알아?"

"이봐요, 서 선배님!"

권 팀장의 목소리가 함께 나오는 순간 탁대는 얼른 자리를 피했다.

"거 알 만한 양반이 왜 그래요? 기회가 어디 이번밖에 없는 겁니까?"

먼저 문을 열고 나온 사람은 서항우 팀장이었다. 성골파의 중견 팀장. 그 또한 이번에 사무관 승진 물망에 올랐던 사람의 하나였다.

"이봐요. 서 선배님!"

뒤이어 나온 권 팀장이 그 뒤를 따라갔다.

사무실에 들어선 탁대는 소파부터 살폈다. 차를 마신 흔적은 없다. 그렇다면 좋은 일로 만난 건 아닌 거 같았다.

'낸들 땅 파서 먹고 사는 줄 알아?'

'기회가 이번밖에 없는 겁니까?'

대화가 마음에 걸렸다. 그 또한 우량한 대화는 아니었다.

"뭐야?"

탁대가 생각에 잠겼을 때 권 팀장의 목소리가 날아들었다. 어느 틈에 돌아온 그가 탁대를 꼬나보고 있었다.

"식사하셨습니까? 저는 당번이라 일찍 돌아왔습니다만……."

"꿀맛이었겠군."

"무슨 말씀이세요. 팀장님이 안 오시니 다들 서운해하던데요?"

"서운이 아니라 쾌재를 불렀겠지."

"에이, 그러지 마시고 이것 좀 드세요. 과장님이 보낸 건데……."

탁대는 초밥 도시락을 건네주었다.

"이거 뭐야?"

"생선 초밥입니다. 좋은 횟감으로 쥔 거니……."

퍽!

도시락은 탁대의 말이 끝나기도 전에 쓰레기통에 처박혔다.

"팀장님."

"좋은 놈들이나 많이 처먹던지."

권 팀장은 냉소를 뿜으며 복도로 나갔다.

'하긴 기분 좋으면 인간이 아니지.'

탁대는 쓰레기통에서 도시락을 꺼냈다. 비닐 포장이 2중으로 된 것이 종이 위에 떨어졌어도 끄덕이 없는 초밥.

'음식이 무슨 죄가 있다고……'

탁대는 자기 자리에 앉아 초밥을 꺼내 먹었다. 갈피갈피 벌어진 밥알과 함께 차지게 녹아드는 생선살의 풍미. 그건 황천수가 과장으로 오던 순간처럼 황홀한 맛이었다.

'으음, 살살 녹……'

막 풍미를 느끼고 있을 때 장미 한 송이가 탁대 앞에 불쑥 디밀어졌다.

"이유안 씨!"

놀란 탁대가 얼른 엉덩이를 들었다. 탁대 앞에 선 건 수애와 이유안이었다.

"덕분에 총무과로 복직되었어요. 그래서 인사드립니다. 고마워요."

이유안!

황골 우병기 때문에 큰 상처를 입었던 그녀가 해맑게 웃고 있었다.

"탁대 오빠, 인기 너무 좋은 거 아냐?"

옆에 서 있던 수애도 따라 웃었다. 뿌듯한 마음에 탁대도 함께 웃었다.

그날 오후, 권 팀장은 똥 마려운 강아지처럼 안절부절못하는 모습이었다. 핸드폰도 수없이 걸려왔다. 뭔가 곤란을 당한 눈치였다.

퇴근이 임박해서는 전화를 받는 횟수가 늘어났다. 그만큼 표정도 더 구겨져 갔다.

그러다 6시가 가까울 무렵이었다. 그가 팔호를 상담실로 호출했다.

'뭐지?

탁대는 촉수를 곤두세웠다. 눈치로 보아하니 승진과 전보에서 일어난 부작용인 건 틀림없었다. 팔호는 잠시 후에 혼자 돌아왔다. 권 팀장은 그대로 퇴근했다고 한다.

7시가 넘자 직원들이 하나둘 퇴근했다. 마지막으로 하채린과

금기열이 나가자 탁대는 비로소 팔호를 돌아보았다.
"권 팀장, 무슨 일이냐?"
"뭐, 골치 아픈 일이 생긴 거 같아요."
"골치 아픈 일?"
"여기저기서 전화받는 거 봤죠? 상담실에 있는 동안에도 세 통이나 받더니 서로 목청을 높이더라고요."
"혹시 인사 청탁 건 아니냐?"
"눈치로 봐서는 그런 것도 같아요."
"돈 먹었구나?"
"그건 확실히 모르겠습니다. 권 팀장님도 그런 건 나한테 얘기 안 하거든요."
"그래서 왜 너를 부른 거야?"
"MV 건설하고 또 다른 업체에 날 잡으라네요."
"그래?"
"저번에는 좀 쉬자더니 왜 마음이 변한 거지?"
"날 잡았냐?"
"예. 그쪽은 뭐 우리가 갑이니까요."
"흐음, 개박살 난 승진 인사에 마음이 상해서 술 한잔 얻어 마시려는 걸까? 아니면……."
"술 때문은 아닐 거예요. 권 팀장님은 주당은 아니거든요."
"그렇지? 주량이라야 소주 한 병에 맥주 두 병 정도."
"아무튼 날 잡히면 알려드릴게요."
팔호는 그 말을 남기고 일어섰다.
"가게?"

“오늘 학교 동창 모임이 있거든요.”

“오케이, 그럼 먼저 가라.”

팔호가 나가자 사무실에는 탁대 혼자 남았다. 가만히 사무실을 돌아보았다. 감회가 새로웠다.

화무십일홍.

아무리 아름다운 꽃도 오래가지 못하고 아무리 강한 세도도 영원할 수는 없다. 황천수와 도상욱의 약진으로 하루아침에 뒤집혀 버린 감사실의 판세도 그에 다르지 않았다.

'나도 오늘은 일찍 좀 쉴까?'

기지개를 켠 탁대는 시간을 확인하고 플러그를 잡아 뺐다. 그런 다음에 마지막 퇴실자 사인을 하고 로비로 내려왔다.

“어, 조 주사!”

당직 근무를 서던 맹대우가 탁대를 불렀다. 그의 옆에는 기능직 직원이 서 있었다.

“잠깐 나 좀…….”

맹대우는 탁대를 코너로 잡아끌었다.

“그 얘기, 혹시 감사실에서도 알아요?”

맹대우는 주변을 살핀 후에 조심스럽게 말문을 열었다.

『9급 공무원 포에버』 6권에 계속…